NOUS SOMMES LES SORCIÈRES

DU MÊME AUTEUR

Les Dames de Tarnhac, Presses de la Cité, 2005 ; nouvelle édition augmentée, 2021
Le Marchand de Bergerac, Presses de la Cité, 2007
La Cousette de Commagnac, Presses de la Cité, 2008
Le Double Secret de Bigaroque, Presses de la Cité, 2010 ; coll. Trésors de France, 2016
Passions romaines, Presses de la Cité, 2011
La Vérité pour héritage, Presses de la Cité, 2013
Une année dans la vie d'une femme, Presses de la Cité, 2016
La Dernière Héritière, Calmann-Lévy, 2018
Saint-Émilion, mon amour, Presses de la Cité, 2020
Le Portrait disparu, Calmann-Lévy, 2022

Guillemette de La Borie

NOUS SOMMES LES SORCIÈRES

Roman

TERRES DE FRANCE

Les Presses de la Cité

92, avenue de France – 75013 Paris
ISBN 978-2-258-20160-6
Dépôt légal : mai 2023

Avant-propos

Elle habite une cabane solitaire dans une sombre forêt, éternelle contrée des légendes et des enchantements. Cette masure sordide est mieux achalandée que la plus somptueuse clinique de boulevard. On vient consulter la devineresse de trois ou quatre départements à la ronde. Jadis, les clients n'apportaient que des dons en nature très modestes ; aujourd'hui, on la paie grassement en espèces et son crédit augmente de tous ces ruisseaux d'argent. Elle est riche maintenant quoique d'aspect miséreux. Le samedi pourtant elle consent à serrer d'un foulard de tête à carreaux ses trois ou quatre mèches de cheveux. C'est que le samedi, jour de marché au bourg, elle reçoit en son cabinet de consultations établi dans l'arrière-boutique d'un cabaret. Sa clientèle est en majeure partie composée de neurasthènes incurables, car la détresse a toujours rejeté les désespérés vers les forces occultes. Sur eux, sa puissance de suggestion est immense.

Georges Rocal, *Vieilles coutumes dévotieuses et magiques du Périgord*

1

Celui qui amasse pendant la moisson est sage ;
Celui qui dort pendant l'été
est un enfant de confusion.

Proverbes 10,5 (Ancien Testament)

— Voilà, ouf, on y est ! Le plan le montrait bien, une impasse au milieu de rien du tout, avec une falaise au bout…

La conductrice s'est exclamée très fort, s'étire dans un tintement de bracelets, fourrage dans sa chevelure rouge.

Et appuie furieusement sur l'accélérateur pour s'engager sur un chemin de terre. Celui-ci est indiqué en pointillé sur l'écran du téléphone, mais pas du tout sous ses roues : la voiture orange fluo grince et brinquebale sous une épaisse voûte de châtaigniers.

Sylvia, roulée en boule sur le siège passager, nez dans les genoux, ouvre les yeux. Consent un accusé de réception :

— Yseult, tu es une fée !

Soupire en refermant les paupières.

Elle manque même de l'énergie nécessaire pour aller au bout de son unique désir : fuir, se cacher, s'enfouir pour oublier.

« Où voudrais-tu aller ? » avait demandé Yseult, compatissante, un mois auparavant.

Sylvia s'était alors agrippée à une idée, comme à une branche capable de la retenir dans les flots de ses angoisses : le plus loin possible, à Prends-Toi-Garde.

Depuis presque quatre ans, et la disparition de sa mère, elle payait des impôts pour une maison qu'elle n'avait jamais vue, au fond du Périgord. Par négligence, ou par intuition. L'argent n'était pas un problème alors, elle gagnait bien sa vie.

L'héritage d'Hélène Labrousse, sa mère : une ferme abandonnée, avec dix hectares de bois et taillis. Selon le notaire parisien, la ruine était sans valeur, les terres incultivables. Le tout matérialisé par un mince dossier couleur marron glacé, à l'intérieur duquel était scotchée une petite clé plate, qu'il lui avait solennellement remis en bouclant la succession.

Le dossier était resté là, glissé entre des factures et des bulletins de salaire, sur une étagère de son studio parisien. Jusqu'alors, il lui avait semblé trop difficile de décider quoi en faire.

Et puis voilà. Cette maison inconnue était devenue tout d'un coup un espoir au bout du drame, de ces mois de tension extrême et sans issue.

Sylvia demeurait en état de sidération, écoutilles fermées dans son corps et dans sa tête. Traumatisme, avec flash-back, avait diagnostiqué un médecin, en signant sans hésiter un énième arrêt de travail. Renouvelable, bien entendu.

C'est alors qu'Yseult avait pris les choses en main. Depuis des années qu'elles se croisaient et se recroisaient, une relation un peu asymétrique s'était installée entre les deux femmes, appuyée sur une étonnante connivence : Yseult revendiquait une « sororité » avec sa cadette de vingt ans. Jolies, énergiques, un peu rebelles et originales, elles cochaient les mêmes cases.

Et pourtant... Déménager semblait à ce moment-là au-dessus des forces de Sylvia. Yseult s'en occuperait donc pour elle ; cela relevait de ses robustes évidences, et de sa formidable vitalité.

Elle qui dans une autre vie s'appelait Isabelle, et s'occupait de logistique dans une société de transport, avait tout abandonné à son soixantième anniversaire pour se consacrer à « harmoniser la vie » à coups de talismans, grimoires, huiles essentielles et tutti quanti.

« Tu dis, ton bled s'appelle Prends-Toi-Garde... Curieux ! En trois mots ? Ah oui, voilà... »

Yseult avait repéré le lieu-dit sur Internet :

Commune de Salibourne-et-Bayac, créée en 1989 par la réunion de deux anciennes communes du département Dordogne, région Nouvelle-Aquitaine. Chef-lieu de canton. 37,44 hectares constitués de calcaire du crétacé, avec des alluvions holocènes recouvrant les vallées. Altitude max. 545 m. Climat océanique dit altéré. 17 hameaux et lieux-dits, 1 498 habitants. Population active 39,2 %.

Salibourne, arrosée par la rivière Dordogne, doit son développement au XIX*e siècle à l'assèchement des marécages, devenus plaine limoneuse et occupés par des exploitations agricoles. Bayac, dont l'occupation est attestée depuis le paléolithique, possède un important domaine forestier planté en majorité de châtaigniers. Falaises de calcaire en relief.*

Bayac a été jusqu'au XVI*e siècle le siège d'une seigneurie importante (ruines subsistantes du donjon, église fortifiée classée monument historique).*

C'est-à-dire le bout du monde, à plus de six cents kilomètres de Paris, en descendant vers le sud-ouest. Yseult avait donc aussitôt déniché sur un site d'occasions cette improbable bagnole fluo – « Une excellente affaire, peu de kilomètres, tu la garderas longtemps ! » –, vidé le studio parisien de Sylvia et entassé à l'arrière tout ce qui pouvait y rentrer d'objets, vêtements et literie.

Et c'est elle encore qui a conduit presque une journée durant, dans une chaleur d'étuve et les embouteillages des grandes vacances.

Mais voilà, si près du but, le GPS s'égarait dans un dédale de petites routes tournicotantes...

Et Sylvia refusait décidément de prendre le relais :

« Désolée, je ne connais pas plus que toi, et mon téléphone n'a plus de batterie… »

Bien après avoir dépassé le bourg de Salibourne, alors qu'elles se croyaient tout à fait perdues, elles débouchent sur un carrefour au milieu des bois, sorte de patte-d'oie traversée par la route départementale. Un cabanon effondré et une boîte aux lettres antédiluvienne marquaient seuls un ancien chemin envahi de hautes graminées.

— On essaie ?

— Si tu veux…

Quelques dizaines de mètres à cahoter jusqu'à une clairière isolée.

Le moteur s'est tu, enfin. Ombre et quiétude bienvenues après cette journée d'été surchauffée, après tous ces silences contraints dans l'habitacle.

La fin d'après-midi dore de lumière des demi-ruines rassemblées autour d'une cour herbue, défendue par un portail de pierre et de fer rouillé. Yseult retient son effarement dans un sonore éclat de rire.

— Tu crois que tu pourras vivre ici ?

Sylvia ne répond pas ; elle n'écoute que le silence. Enfin !

La clé se révèle inutile pour la grille dégondée du portail, mais ouvre en forçant un peu la porte de la maison d'habitation. À l'intérieur, une épaisse couche de poussière grise démontre que rien ne s'est passé ici depuis…

— Depuis quand ? Ta mère venait ici de temps en temps ?

— Je ne sais pas. Elle ne parlait pas beaucoup de son enfance…

Sylvia non plus ne parle pas, ne voit rien, ne fait rien.

Épuisée d'avoir pris une décision, elle pleure doucement, et s'endort aussitôt que le matelas extirpé de la camionnette a été déposé au milieu de l'unique pièce habitable de la ferme.

Pendant qu'Yseult tourbillonne pour deux, nettoie, organise, aménage. Pressée de repartir, avec une plaisanterie un peu éculée comme excuse :

— J'ai un sabbat de sorcières, moi ! La semaine prochaine en Écosse, il faut encore que je prépare mon balai, mes cristaux…

En trois jours, l'opération commando est terminée, sans que Sylvia ait proposé d'y participer.

Un ménage succinct de l'unique pièce habitable de la maison, en déchargeant en vrac le contenu du carrosse orange dans un débarras. Des pistes étroites défrichées dans la végétation, jusqu'au cabinet de planches derrière la maison, doté d'un simple trou d'aisances, et à une fontaine occupant un angle de la cour :

— J'ai découvert une source miraculeuse ! décrète Yseult.

Puis elle se pend à son téléphone pour convoquer séance tenante un technicien capable de rebrancher l'électricité. Et comme souvent quand elle veut quelque chose, contre toute attente, cela marche. Une camionnette surgit du chemin le matin suivant :

— Bonjour, monsieur, vous avez réussi à nous trouver, bravo ! Ah non, surtout pas de compteur moderne, à cause des ondes... Le même abonnement qu'autrefois suffira. Au même nom, oui : Labrousse. Ah, elle s'appelait Sylvia, aussi ?

Claironnant à l'intention de son amie, qui se désintéresse de l'affaire comme du reste :

— Sylvia, savais-tu que tu portes le prénom de ta grand-mère ? Pas du tout ? Tiens, signe donc ici, pour être prélevée directement. Tu n'auras à t'occuper de rien...

Yseult assure encore un gros ravitaillement au bourg voisin, sans s'arrêter au supermarché : magasins de producteurs et produits bio par principe.

Elle revient en rigolant :

— Dis donc, on ne passe pas inaperçu, dans ce coin !

Sylvia s'arrache un demi-sourire en la regardant : Yseult ne pourrait passer inaperçue nulle part, avec ses cheveux rougis au henné, son lourd collier d'ambre et ses jupes de Gitane. D'autant qu'elle a toujours quelqu'un à convaincre ou à morigéner, en brandissant haut et fort ses tarots.

Puis, comme annoncé, Yseult serre très fort Sylvia contre sa large et moelleuse poitrine. Ce qui fait de nouveau monter les larmes de sa « petite sœur ».

— Ah non alors ! Tout ira bien, je te le prédis : la maison a de bonnes vibrations, et toi tous les dons pour t'en sortir ! Avec des provisions pour tenir un siège. Je reviendrai te voir à mon retour. Surtout, envoie-moi des petits SMS d'ici là.

Elle s'enfuyait déjà, précisant encore :

— Au fait, les clés de la voiture sont dans la boîte à gants. Et n'oublie pas de ramasser les prunes dans le verger, elles seront bientôt trop mûres…

Sous la pluie de recommandations, Sylvia ferme les yeux. Pas mécontente finalement de cesser d'être secouée par la chère Yseult.

Qui s'en va à pied, en balançant son sac à dos chamarré, jusqu'au carrefour de Salibourne, attraper un covoiturage vers le nord. Le meilleur bilan carbone pour le voyage retour, a-t-elle calculé.

Tout ira bien…

Sylvia n'en est pas si sûre, dans ce brouillard, cet engourdissement des sens où elle vit depuis des mois. Son corps même a perdu le rythme, sans faim, sans règles, sans désirs ni sensations. Toute une vie d'énergie, d'efforts, de rébellions pour en arriver là… Bientôt quarante ans, plus d'avenir, ni de famille. Ses vingt ans ou presque de vie professionnelle terminés dans une violente explosion, comme toutes ses histoires d'amour.

Elle, la dynamique, la gagneuse, éprouve juste le besoin de lécher tranquillement ses blessures. À l'exemple de ce chat malingre qui habitait là avant elle, et la surveille depuis la pente d'un toit, ses pupilles réduites à une fente, prêt à déguerpir.

— N'aie pas peur ! Je te ressemble tellement, si tu savais, mon vieux…

Jamais elle n'a vécu à la campagne, même pour quelques jours de vacances. Et tout lui paraît étranger dans cette clairière. Les pierres jaunes, le ciel immense, la nature omniprésente, même la texture de l'air est nouvelle. Pour vivre ici, il lui faut tout comprendre sans avoir rien appris.

Pourtant, à « Prends-Toi-Garde » le bien-nommé, elle se sent un peu moins mal, un peu moins friable et angoissée que partout ailleurs : aucune maison, aucune trace humaine alentour ; les bois épais filtrent les bruits et les tensions du monde, lui apportant une protection qu'elle ressent physiquement.

Et les jours passaient l'un après l'autre, sans limite définie, sans consistance. Juste un peu plus doux et légers qu'avant. Il y avait devant l'habitation un banc de bois décati, placé là comme exprès pour l'accueillir, elle : au long des heures, Sylvia y suivait la course du soleil, décidément plus enveloppant qu'ailleurs.

Sa clairière était presque parfaitement ronde, comme si elle avait été sculptée ainsi pour l'entourer, la défendre. Heure après heure, elle apprivoisait les lieux : à l'aplomb du portail, un chemin bordé de taillis épais, derrière lesquels se levait le soleil ;

puis d'est en ouest, après les bâtiments bas de la ferme, des chênes, déployant leurs branches arrogantes en des sortes de mains géantes et griffues. Au couchant, des noyers massifs, rugueux, montant haut vers le ciel à la recherche de la lumière, comme une armée dressée pour la protéger.

Elle se laissait immerger parmi tout un peuple d'oiseaux et d'animaux. En short et tee-shirt, pieds nus, immobile, ramassée sur elle-même, comme fondue parmi les occupants des lieux ; une présence infinitésimale qui ne voulait déranger personne. Bipède parmi les quadrupèdes, les insectes bourdonnant, les papillons virevoltant entre des fleurs ensauvagées, dont elle ne connaissait même pas les noms. Il y avait aussi les chats noirs, car en réalité ils étaient toute une famille à vivre là, qui poursuivaient des lézards verts. Parfois, elle se mettait à leur parler, et aussi aux fourmis travaillant en colonnes, que sa présence ne faisait pas dévier de leur chemin industrieux. Tout près roucoulait un couple de colombes ; ou bien était-ce des tourterelles, des palombes, des pigeons ?

Elle aurait aimé vérifier sur Internet ; mais rien qu'à l'idée de l'effort à accomplir, la question perdait de son importance. Depuis l'arrivée, elle n'avait pas rechargé son téléphone portable, et en éprouvait de moins en moins de culpabilité. Supporter des giclées de messages, le bain saumâtre de son ancienne vie, non merci !

Et puis, au-delà de la cour, dans un monde lointain qu'elle refusait, mais apercevait tout de même par échappées entre les toits bas, il y avait un petit vallon ensoleillé, de plus en plus sec et brûlé, tache de jaune paille dans le moutonnement de la canopée verte environnante.

Au fil des jours, son regard vague s'aiguisait, se fixait sur des lapins gris traversant en bande un coin de paysage ; un chevreuil surgissant d'une lisière, pour venir en quelques sauts se servir de baies rouges à quelques mètres d'elle. En lui adressant un regard indifférent, du moins le croyait-elle ; jamais elle n'avait vu d'aussi près un animal sauvage.

Il y avait aussi un chien, blanc et noir, poil luisant et collier de cuir rouge, qui apparaissait régulièrement sur le chemin. Pilant devant le portail pour remuer amicalement la queue, avant de reprendre sa course.

Sylvia trouvait un plaisir fugitif à cette apparition. Qui la plongeait dans des souvenirs oubliés : petite fille, elle avait beaucoup désiré un confident à quatre pattes. « Impossible en ville », disait sa mère, refusant avec la même autorité hamster, canari et poisson rouge. De son enfance rurale, Hélène Labrousse avait retenu, et détesté, les aléas du travail manuel, les ruades des ânes, les odeurs de porcherie. Et réussi à faire oublier à sa fille ces désirs-là, comme beaucoup d'autres.

À la torpeur grésillante de l'après-midi, elle quittait son banc pour aller chercher l'ombrage d'un tilleul, qui dominait en majesté « sa » cour. Encore un peu plus tard, quelques pas jusqu'à la fontaine pour une sorte de douche en plein air, un peu froide tout de même, à califourchon sur le muret de pierres chaudes. L'eau sur son corps amaigri la détendait, la purifiait. Pendant que ses vêtements, une fois passés sous le bec de bronze, séchaient sur un buisson.

En vivant ainsi quasiment dehors, elle découvrait comment les couleurs claires de l'aube, le pic chaud du soleil, la tiède tombée du jour sur ses épaules influaient sur son humeur ; et l'apaisement qu'elle en tirait.

Le temps s'écoulait ainsi, mollement, dans un entre-deux dont elle redoutait de sortir. Sans repères ni objectifs, délivré de ce découpage en tranches serrées auquel Sylvia avait obéi durant tant d'années.

Pour le reste, elle mangeait peu, piochant dans les provisions laissées par Yseult, et dormait mal, jamais profondément, sur l'incongru matelas multispire à mémoire de forme. Comme si son corps refusait de se laisser aller tout à fait, au risque d'être envahi par les images toujours tapies dans son cerveau inquiet.

Un jour où elle était ainsi pétrifiée dans des pensées immobiles, sur son muret, une couleuvre immense vint s'étirer lentement à quelques centimètres de ses pieds nus, sans paraître le moins du monde dérangée de partager les lieux avec elle.

Sylvia la regarda se déplacer, anneau après anneau, se détendre à chaque circonvolution. Ce rythme ralenti ne lui inspirait aucune peur, c'était le sien, et lui apportait même une sérénité oubliée depuis longtemps. *De la zoothérapie*, auraient dit les journaux féminins qu'elle lisait parfois, dans sa vie d'avant.

2

Soleil, feu et pensées n'ont pas de fin.

Proverbe italien

Dans le silence d'une fin de journée dorée, un hurlement, qui traverse la cour comme une fulgurance. Puis plusieurs autres, aussi déchirants. Les cris de douleur d'un enfant.

Ils résonnent dans les oreilles de Sylvia, pas si loin d'elle. Alors qu'assise sur la margelle de la fontaine, toilette faite, elle est en train de sucer des brins d'herbe, en les attaquant du bout des dents, pour savourer le minuscule plaisir de sentir la résistance des nervures, son goût acidulé.

Instinctivement elle se lève ; guidée par les cris, qui ne cessent pas, court vers eux, vers le vallon déjà tombé dans l'ombre, derrière lequel se lève le soleil. Toujours pieds nus, suit le chemin vers l'est, jusqu'à un mur éboulé qui court sur la lisière du bois. Trouve une brèche qu'elle escalade en faisant rouler des pierres autour d'elle, remonte une prairie encore illuminée de soleil, sèche, piquante aux pieds ; débouche, essoufflée, devant une haie de laurières. Les cris taraudent toujours l'air tiédi du soir. Un instant, juste un instant, en reprenant sa respiration, elle se demande ce qu'elle va faire dans cette galère, puis contourne la laurière.

Ressent aussitôt, violemment, l'atmosphère de panique qui règne là, et qui la pousse en avant.

Au bord d'une piscine bleu vif, comme dans les publicités de bonheur clés en main, un groupe entoure un enfant de trois ou quatre ans, rouquin, qui secoue convulsivement ses mains et hurle. À proximité, sur la pelouse émeraude, un barbecue renversé.

Sylvia s'approche, ses grands yeux gris fixés sur le gamin. À son passage, un chien aplati sur les dalles lève vers elle un regard implorant : c'est le visiteur régulier de Prends-Toi-Garde, avec son beau collier rouge. Lui l'a reconnue aussi, peut-être ? Certainement.

Depuis longtemps, depuis ces années de centre aéré où elle finançait ses études en tant qu'animatrice, elle connaissait le pouvoir de son regard, de sa voix sur les enfants. Et aussi celui de ses mains, qui caressaient, massaient, imposaient, apaisaient leurs douleurs.

Cela fait des années qu'elle n'a pas soigné un enfant, mais elle est sûre d'elle, droite et calme. Avance vers lui, ses pieds foulant les dalles chaudes et douces ; tout le monde s'est écarté pour la laisser passer. C'est insupportable de le voir ainsi, la peau de ses paumes et de ses avant-bras à vif, dans une odeur de chair brûlée.

Accrochant fermement le regard affolé, face à face avec lui, concentrée, Sylvia se frotte longuement les mains l'une contre l'autre. Puis s'approchant tout près, à quelques centimètres du gamin, les passe lentement au-dessus des brûlures, sans les toucher.

De grands gestes circulaires, comme pour ramasser ce feu destructeur ; et ensuite le rejeter loin derrière elle, à coups secs des poignets.

L'enfant ralentit peu à peu ses gestes fous, regarde l'inconnue. Sylvia comprend bien sa douleur, car elle aussi ressent la brûlure qu'elle recueille dans ses propres mains. Elle aussi cherche à s'en débarrasser, aussi vite que possible, derrière elle. Pour s'aider elle-même, Sylvia marmonne sans vraiment s'en rendre compte, comme souvent quand elle est concentrée :

— Allez, va-t'en !

Dans le silence tombé d'un coup sur toute la scène, deux, trois fois, dix fois de suite elle recommence les mêmes gestes, avec les mêmes mots. Elle sait ce qu'elle fait : il ne s'agit pas d'effacer par magie la blessure, seulement d'« enlever le feu », d'arrêter sa progression dans les chairs ; et ainsi de vaincre la douleur.

Le petit a cessé de gesticuler, il se laisse faire, tend même ses mains brûlées vers elle, dans un geste qui ressemble à une supplique. Au bout d'un moment, il ne crie plus. Il parle, pour s'étonner d'un filet de voix :

— *I'm not hurting anymore…*

— Maintenant, il faut passer tes mains sous l'eau froide.

En entendant sa propre voix assourdie, Sylvia se rend compte qu'elle n'a parlé à personne depuis bien longtemps. Et aussi que l'enfant s'est exprimé en anglais. Il ne comprend sans doute pas ce qu'elle dit en français. Alors elle ajoute :

— *You have to put your hands under cold water…*

Une jeune femme en maillot de bain, elle, a compris. Et s'approche d'eux, tremblante, inondée de larmes. Elle prend avec mille précautions le petit garçon par les épaules, de peur de lui faire mal.

— *Come on !*

Il obéit, mains en l'air.

Sylvia regarde autour d'elle, pour la première fois.

Dos à la laurière, une dame d'un âge certain semble prier, yeux fermés et mains jointes. Un vieil homme aux jambes très maigres et très blanches sortant d'un short très large continue d'arpenter les dalles de la piscine. L'oreille collée à son téléphone portable, il répète des explications dans un sabir français mâtiné d'anglais. Pendant que la jeune femme, la mère sans doute, arrose d'eau les mains du petit garçon.

La réunion familiale avait tourné au drame, avec l'accident de barbecue.

La tension redescend, et l'épuisement envahit Sylvia d'un coup.

— *At last, the Firemen !* Les pompiers, enfin !

L'homme aux cheveux blancs se précipite vers l'arrière de la maison, où vient de se garer un camion rouge, gyrophare tourbillonnant.

— *Goodbye !*

Sylvia, aussitôt, fait un signe d'adieu au garçonnet, qui lui répond sans bouger les mains, de ses grands yeux liquides.

Et elle s'enfuit. Repasse derrière la laurière, à l'abri des regards, dévale le pré aussi vite qu'elle le peut avec ses pieds écorchés. Hors de portée des voix qui l'appellent :

— Madame, madame, revenez !

Une course folle. Enfin la lisière des arbres, enfin le mur moussu, un moment pour retrouver la brèche, ne pas s'arrêter au branlement des lourdes pierres sur son passage, aux épines qui déchirent ses jambes, et voilà le couvert du bois...

Enfin ! Sylvia tremble en se glissant dans l'épaisseur de la futaie comme dans un refuge. Tout ce que l'exercice a exigé d'elle en énergie, en volonté et en concentration reflue maintenant dans une immense fatigue.

En plus de l'effroi de cette incursion dans son ancienne vie : comment a-t-elle pu réagir ainsi, accourir aux cris du petit, sans réfléchir aux conséquences ?

Le portail, la cour, le silence, la fontaine, vite :

elle y trempe longuement ses mains, rince les estafilades sur ses jambes, masse ses pieds endoloris. Boit, encore et encore. De l'eau fraîche contre le feu, contre la peur et la douleur. « Miraculeuse », prétendait Yseult.

Puis, sans attendre la nuit, rentre dans la maison, porte fermée. Incapable de rien avaler, se glisse sous sa couette, la seule bulle douillette dont elle dispose dans cette maison décatie.

Cet épuisement, elle le connaît bien, et n'en a pas peur, au contraire, il est celui du devoir accompli ; mais elle sait aussi d'expérience qu'il est inutile de lutter contre. S'endort vite, et bien. Paradoxalement, cette immense fatigue lui évite les pensées noires, les insomnies nauséeuses et, pendant quelques heures au moins, les cauchemars.

Car depuis son arrivée ils ne désarment toujours pas : quand elle se réveille en sursaut, essayant en vain de repousser des mains sans visage, elle sait qu'il lui sera impossible de se rendormir.

Dans son ancienne vie, elle aurait regardé une série jusqu'au bout de la nuit, se serait gorgé le cerveau d'images et d'impressions sans importance. Mais pas d'écrans à disposition, et de toute façon elle n'en a même plus envie.

Alors, elle a pris l'habitude de ressortir dans la nuit tiède. À ces heures-là, où la nature se repose de la journée, des lucioles, joyeuses petites veilleuses, parsèment la combe, comme des clins d'œil répétés à l'infini. La lune surtout la fascine, accomplissant sa ronde au-dessus de la cour. Selon les nuits, elle est immense, croissante, pleine, décroissante, rousse, voilée, laiteuse…

Jamais elle n'a eu peur de la nuit, l'obscurité la protège comme une armure, et elle marche, lentement, en rond, posant la plante des pieds avec précaution sur le tapis herbeux, attentive aux bruits qu'elle a appris à discerner, aux silhouettes des animaux en chasse, chats, renards ou oiseaux nocturnes.

Dès que l'aube point en lueurs roses, dès que les oiseaux reprennent possession de la terre, que des ronflements de tracteurs traversent la combe, elle rentre se réfugier sous sa couette, pour somnoler de nouveau.

3

Il fait bon vivre chez
qui la grand-mère est une sorcière.

Proverbe russe

À Prends-Toi-Garde, Sylvia avait été déposée comme on installe une plante, sous les rayons du soleil exactement, pour être nourrie, régénérée ; et arrosée par la pluie du ciel. De fait, c'était ce qui se passait, presque malgré elle : les larmes et la fatigue reculaient, l'énergie, la volonté qui lui semblaient l'avoir abandonnée ces derniers mois revenaient au soleil.

Elle s'acclimatait là, doucement, en écoutant bruisser les branchages au-dessus d'elle, en mâchonnant des herbes amères ou des pétales sucrés, en caressant les troncs grenus des arbres.

Pas vraiment chez elle, mais l'invitée plutôt, et l'obligée de ceux qui avaient vécu là auparavant. Avec l'impression d'être accompagnée dans ses découvertes par cette grand-mère dont elle portait le prénom, et ne savait pourtant rien.

Sylvia voyait sa présence partout dans la vieille ferme. Une silhouette haute et droite, pleine d'autorité, toujours un peu à distance, effectuant avec maestria, devant elle, ces gestes d'autrefois dont dépendait désormais sa vie quotidienne. Elle les reproduisait, comme dictés par une mémoire reptilienne : porter l'eau de la fontaine jusqu'à la maison dans un broc, ramasser et assembler du petit bois sec pour faire partir le feu dans la cheminée, utiliser un drôle de chaudron en équilibre sur un trépied pour faire bouillir ses pâtes quotidiennes, recouvrir de fougères les lieux d'aisances afin d'éviter les mouches… Jamais elle n'avait appris ces gestes dans sa vie citadine, mais ne les découvrait pas pour autant : elle les recevait et les reprenait à son compte, familiers et utiles. Elle, à qui personne n'avait jamais parlé de l'au-delà, cherchait presque religieusement les traces de Sylvia l'ancienne, comme elle l'appelait, de sa présence éternelle. Et croyait volontiers que les âmes planent sur les lieux qu'elles ont habités.

Un fantôme ? Oui, plusieurs fantômes même, car d'autres silhouettes plus floues l'entouraient comme un halo, un mouvement bienveillant autour d'elle.

Souvent dans son enfance elle avait éprouvé ce sentiment d'être ainsi entourée de présences invisibles ; ou du moins que les autres ne « voyaient » pas comme elle. Elle se savait différente, révoltée contre l'ordre établi, et avait appris à se taire. Éviter la méfiance, ou les ricanements, ou encore de passer pour folle.

Se convainquant, pour se rassurer, qu'il s'agissait simplement de bon sens : pour voir, il faut regarder. Or elle avait toujours beaucoup regardé, observé, pendant que « les autres » étaient occupés à mille autres choses.

L'expérience de l'âge venant, elle en avait appris aussi les conséquences : trop sensible, trop intuitive, jamais complètement heureuse. À trop bien comprendre et ressentir autour d'elle les souffrances, les chagrins, les maladies, à anticiper ce qui allait arriver, elle se laissait envahir du désir de compatir, soulager ou soigner. Et y réussissait souvent mieux que les autres aussi.

Voilà une des complicités partagées avec Yseult, justement : l'amie, avec assurance et naturel, pointait tout haut ce dont personne ne parlait jamais, et que Sylvia devinait sans oser le dire. Yseult lui avait donné la permission d'exprimer l'invisible, derrière le commun du visible.

Mais ces derniers mois, par réflexe de survie, elle s'était repliée sur elle-même, obligée à fermer les yeux et les oreilles, incapable d'écouter autre chose que ses propres tourments.

Assise sur son banc, dans la lumière et la rosée du matin, c'est le premier effort de concentration qu'elle ose depuis longtemps : se remémorer ce qu'elle sait de l'autre Sylvia Labrousse, la dernière habitante de Prends-Toi-Garde. Très peu de choses, et qui ne rendent guère compte de ce que montre la maison.

La grand-mère était selon sa mère « une originale », expression désuète et sibylline, « savante », et « solitaire ». Coupable aussi de refuser la vie moderne, le progrès, surtout de n'être jamais venue voir sa fille à Paris. Voilà les quelques mots qu'elle retrouve dans la bouche d'Hélène.

Sylvia scrute intensément ce silence ; revit une fois de plus le deuil, et ses « jamais plus », si brutaux.

Hélène Labrousse – décidément, ce nom de famille semblait se transmettre toujours de mère en fille – parlait rarement de son Périgord natal. Dans le petit appartement parisien, confortable et si bien ordonné, il n'y avait aucune photo de son enfance ; parce qu'elle n'en possédait pas, sans doute. Ses voyages autour du monde occupaient tout l'espace des souvenirs, en paroles et en images. Hélène était si fière de sa « montée » à la capitale, de l'emploi pérenne et salarié obtenu à la force du poignet, assorti d'un comité d'entreprise qui lui offrait chaque année une belle ration de voyages exotiques.

Tout de même, il lui revient un minuscule éclat de vie : un jour où la petite Sylvia de huit ou neuf ans rechignait à aller prendre son bain, Hélène avait lâché, dure, agacée : « Tu ne te rends pas compte de ta chance : une baignoire qui se remplit toute seule d'eau chaude. À ton âge, moi... »

Aucune réminiscence de la suite, juste du ton amer posé sur les mots. Aujourd'hui elle comprend mieux, mais c'est trop tard.

Un souvenir en appelle un autre, la mémoire se dilate peu à peu, à mesure que la chaleur monte sur la campagne ; elle se rappelle l'annonce de la disparition de la vieille Sylvia Labrousse.

C'était une vingtaine d'années auparavant. Hélène avait reçu un coup de téléphone, du temps où le combiné fixe trônait dans le séjour ; raccroché sèchement et annoncé la nouvelle à sa fille en détachant ses mots. Et en transformant l'événement en question pratique : il lui fallait « descendre » en Dordogne, aller-retour par le train de nuit pour ne pas perdre trop de journées de travail, afin de « tout régler ». À une date annoncée par un post-it vert sur la table de formica jaune : Hélène était partie, et reviendrait le lendemain.

C'était en mai, la saison des examens. Et des amours : la jeune Sylvia d'alors vivait une histoire de passion et d'incompréhension avec un garçon merveilleux, sans guère de place pour autre chose. Au retour de sa mère, Sylvia avait pourtant parfaitement ressenti – et oublié aussitôt – ce nuage d'émotions qui planait sur leurs silences. Se gardant bien de poser des questions, ou de s'en poser à elle-même. Elle comprenait juste que l'histoire entre la défunte et la survivante ne se terminait pas sereinement, et que personne n'avait envie d'en creuser les blessures.

Mais c'est maintenant qu'elle s'en rend compte : en refusant alors d'entendre parler de Prends-Toi-Garde, Sylvia s'était privée de mémoire. Il lui faut aujourd'hui reconquérir son héritage autrement, à travers chaque pierre, chaque objet de la ferme ruinée, pour en comprendre le sens. Peut-être, se dit Sylvia pour la première fois, la transmission est-elle un devoir, qui permet de vivre au-delà de la mort ? Elle en frissonne sous le soleil.

Et commence sa quête, in situ, en touchant les murs, les poignées de porte, les rares ustensiles, l'un après l'autre, d'une main interrogative, comme s'ils avaient chacun des secrets à délivrer.

La pièce unique de l'habitation, percée d'une petite fenêtre, avec sa table de bois, luisante de crasse ou de cire – allez savoir –, marquée d'innombrables coups de couteau. Trois chaises paillées, pas quatre, posées autour. Un évier de pierre usée, se déversant directement à l'arrière de la maison. Une cheminée si haute et si large qu'on l'a dotée d'un banc de part et d'autre, pour s'asseoir au plus près des flammes. Des objets dont elle connaît mal l'usage : le chaudron au bout de sa crémaillère, un bougeoir, des cuillers de bois, un peu de vaisselle de faïence blanche ébréchée, un grand châle tricoté, resté pendu à un clou derrière la porte d'entrée… Deux clous encore au-dessus du manteau de cheminée, l'un pour retenir la sangle d'un fusil antédiluvien, et l'autre un crucifix de bois, avec un brin de buis poussiéreux glissé en travers.

Tout cela sombre, austère, sans « commodités » aucune. Seuls son lit posé là, ses cartons de déménagement ouverts, et la présence presque continue de l'un des chats noirs, manifestement habitué des lieux, donnent un souffle de vie à la pièce.

Une trappe dans le plafond, aussi, qu'elle ouvre un jour avec précaution, déclenchant des nuages de poussière. Quelques barreaux d'échelle plus haut, elle aperçoit des bassines de zinc disséminées pour recueillir l'eau du toit, si abîmé qu'il laisse filtrer le jour… Elle referme vite, dépitée, pour respirer mieux.

La maison n'occupe qu'un côté de l'ensemble quadrangulaire qui délimite la cour. « Sa » cour, se dit désormais Sylvia, qui y passe l'essentiel de son temps, au point que ses pas dessinent des pistes entrecroisées dans l'herbe. Seules les rares pluies la poussent à l'intérieur.

Au-delà, rien d'accueillant non plus dans les bâtiments asymétriques aux murs épais, de pierres verdies d'humidité et réemployées au cours des siècles, dans un lacis d'ouvertures bouchées, de linteaux taillés incongrus.

Ainsi cernée par les bois alentour, envahie de végétation, la ferme constitue un véritable camp retranché, sans aucune habitation visible. Sylvia n'aurait pu choisir mieux comme solitude. Les sens toujours en alerte, saturée d'émotions, d'intuitions, angoissée souvent de ne pas les comprendre, elle se sent défendue par cette enceinte de vieux murs doublée de grands arbres frémissants. Et se plaît désormais à penser que c'est sa grand-mère qui l'a appelée à Prends-Toi-Garde, pour la protéger.

Pour la première fois, elle assistait à la lente mue de l'été vers une autre saison, aux lumières adoucies ; avec parfois des orages fulgurants, d'une violence inconnue, et qui la fascinaient. Visage levé vers le ciel, elle se laissait éblouir par les éclairs, balayer par le souffle des vents tourbillonnants, purifier par la pluie sur ses épaules nues. Elle apprenait à apprivoiser les bruits du silence alentour, craquements, crissements, vrombissements et pépiements des bois alentour, brouhaha de la route la plus proche par vent du nord, et souvent des aboiements de chiens sur tous les tons, du plus joyeux au plus féroce.

Un jour – elle était passée dix fois devant sans rien remarquer –, Sylvia découvre un renfoncement sur le côté de la maison, plongeant vers quelques marches affaissées perdues dans la broussaille. Elles conduisent à une cave, ou plutôt un minuscule abri voûté. À côté d'outils rouillés, d'un porte-bouteilles en fer, de bocaux accumulés, une paire de bottes de caoutchouc cuit et recuit, près d'un tire-botte. Un vrai signe d'humanité !

Timidement, Sylvia y enfonce ses propres pieds,

comme dans un trou noir. S'étonne de la sensation éprouvée. La semelle est chaude et douce. Encore plus que l'herbe ou la terre battue qu'elle arpente tous les jours. Ainsi équipée, elle se sent tout d'un coup plus sûre d'elle, mieux protégée. Prête à marcher, au moment où justement son corps reposé éprouve le besoin de bouger.

Il suffisait donc de cela ! Avec ces bottes de sept lieues, parcourt son itinéraire quotidien, banc, tilleul, muret, fontaine, et retour, se risque au-delà… Des points de vue inédits, dans une cour qu'elle croyait connaître déjà par cœur : pas après pas, précautionneusement, avec l'impression toujours d'être prise par la main, elle entre dans une grange, où quelques balles de paille sont encore entassées ; débouche sur le bâtiment bas qui devait servir de basse-cour : des clapiers démantibulés, un grillage incertain, une mare de vase craquelée. À gauche de la fontaine, ce bâtiment ruiné où elle n'est jamais entrée est sans doute une étable, à en croire ses stalles de bois poli écrasées sous les gravats. En face, juste au regard de la maison – une remise, ou un atelier ? –, elle se heurte à une porte barricadée. Sylvia se hausse sur la pointe des pieds vers la fenêtre vermoulue et à travers les toiles d'araignée aperçoit un long établi de bois, supportant des théories étonnamment bien alignées de bassines de cuivre, de cruches de terre, de fioles et de bocaux de verre, encore. Aux poutres, des squelettes de plantes mises à sécher tête en bas, dont ne subsistent que les ramures grisâtres. Un ordre figé, que Sylvia l'ancienne semble avoir soigneusement cadenassé. L'autre Sylvia se détourne de la fenêtre comme une voleuse ; tout à coup mal à l'aise de violer une intimité qui n'est pas la sienne.

Le soir tombe déjà, et pour la première fois elle remarque que la cour ensoleillée l'est un peu moins, que l'humidité monte plus vite de la terre, que les reliefs se creusent de pénombre. Chaussée de ses bottes, elle ose s'aventurer plus loin, passe le portail à demi effondré. Après tant de mois immobiles, le souffle de l'air sur sa peau en marchant, le parfum de pourriture chaude exhalé du sol lui donnent un peu le vertige. Au-delà, plein sud, un verger ensauvagé. Elle se jette sur des poires minuscules ; délicieuses, délicieusement acides, à condition d'en chasser les vers. Découvrant en même temps qu'elle a très faim, et qu'elle avait oublié le plaisir merveilleux des fruits fondant dans la bouche. Sylvia fait une orgie de tout, des prunes poisseuses, éclatées sous le soleil, des figues plus que mûres, aux petits grains craquants. En revanche ne restent plus que quelques abricots pourris à terre. Cette giclée soudaine de sucre dans le corps lui redonne des forces, la sensation que tout est possible.

Un moment parfait, optimiste et serein… Mais, tandis que les ombres s'allongent sous les fruitiers, vient la conscience qu'elle arrive trop tard dans le cycle des saisons ; bientôt il n'y aura plus rien.

Yseult, avec ses recommandations, avait raison… ce qu'elle a soigneusement voulu oublier.

Repense aux bocaux vides alignés derrière la fenêtre de l'atelier : jamais de sa vie elle n'a fait de confitures ni de conserves, mais devine bien à quoi ils servent, et que le moment en est déjà passé…

Au-delà, toujours vers le sud, des plates-bandes encore visibles, avec leurs mottes surplombant de minuscules chemins quadrillés. Des fils d'eau plus sombres, à l'aplomb de la fontaine, irriguent la terre blonde et sèche. Y poussent entremêlées d'orties, drues et bien vertes, une multitude de plantes inconnues. Un jardin d'Éden pour Sylvia, qui ne se nourrit depuis des semaines que de pâtes et de pommes sans saveur.

Elle retourne presque en courant chercher la bêche aperçue sous l'escalier, attrape un panier de rotin posé à côté. Au moment où elle touche l'anse tressée, le vif sentiment d'une présence, encore. Sa grand-mère, sans doute la dernière à avoir utilisé ce panier, le lui tend aujourd'hui elle-même.

D'un bon pas jusqu'à l'ancien potager : les bottes lui donnent l'assurance de ne marcher ni sur une épine ni sur une guêpe. Elle se met à déterrer des plantes indéterminées. Topinambours, panais, céleri, rhubarbe ? Des mots désuets dont elle n'a jamais appris le sens, ni vu la réalité, lui viennent à l'esprit. Elle bêche, creuse, déterre, arrache tubercules flétris et plantes ensauvagées. Son instinct, ou quelqu'un, lui souffle qu'elles sont comestibles, et elle décide de faire confiance.

Hale jusqu'à la cuisine le lourd panier et son chargement terreux. Au moment d'en tirer un plat, se sent de nouveau extraordinairement ignare. On lui a enseigné à faire des tableaux et des bilans, mais pas les gestes fondamentaux de la survie ! Ceux que les gens d'ici maîtrisaient sans doute de toute éternité, pour tirer parti de ce qui pousse dans la terre et sur les arbres. Inadaptée, elle est inadaptée à ce mode de vie qu'elle n'a pas appris. Et tellement découragée...

Faute de mieux, trie et nettoie des formes non identifiées, immangeables telles quelles. Attrapant le gros paquet d'allumettes laissé en évidence par Yseult, entreprend de faire du feu dans la cheminée, avec un fagot entreposé sous le banc. Il lui faut beaucoup de temps pour obtenir des flammes, et encore plus pour faire frémir de l'eau dans le chaudron. Le temps de se sentir chez elle, presque pour la première fois, dans cette pièce austère et sombre. Aussi fière sans doute de son *sweet home* que la première des femmes de Cro-Magnon dans sa grotte, devant l'étincelle de ses premiers silex !

À la nuit largement tombée, les racines sont enfin ramollies, qu'elle écrase à la fourchette pour obtenir une mixture, laquelle, additionnée de gros sel – Yseult en a acheté un kilo entier –, tient plus ou moins sa promesse de légumes.

Son intuition ne l'a pas trompée ; était-ce une

intuition, ou plutôt le soutien conjugué d'Yseult et de Sylvia l'ancienne ?

Ce soir-là, après tant de mouvement, de surprises, et un estomac rassasié, Sylvia s'endort d'un véritable sommeil, et parcourt la nuit entière sans interruption ni cauchemars. Une victoire !

4

L'automne est un andante mélancolique et gracieux qui prépare admirablement le solennel adagio de l'hiver.

George Sand, *François le Champi*

— Rassemblement, tout le monde en salle de réunion ! Jonathan, Amanda, Christophe, Sébastien… Toi aussi, Syb, bien sûr !

Bernard, chef du centre de secours de Salles-sur-Vézère, réunit tout son monde pour le débriefing de la semaine. Y compris la jeune stagiaire.

À la fin de la semaine, Sybille Mazeyrolle, étudiante en école d'infirmières, aura validé sa formation « Secours aux personnes » chez les pompiers.

C'est une fille du pays. Même si elle vit à Bordeaux avec sa mère, elle revient très souvent chez ses grands-parents, à Salibourne. Et c'est son père, vieux copain de Bernard à l'école primaire, qui a confié « Syb » à celui-ci.

— Nombre d'interventions ?

Sorties de véhicules, matériel manquant, prochaines astreintes... Tout y passe. C'est l'occasion de rappeler les bonnes procédures, les bons gestes. Et de souder l'équipe, avec les biscuits d'apéro qui circulent.

— Jonathan ?

Le chef d'équipe lit sa fiche bilan :

— Le régulateur nous a bipés à 7 h 12, pour un départ de feu dans la grange Verteilhac. Toujours la même, c'est la troisième fois. À force, on connaît le chemin, et on est arrivés très vite. Quasiment pas de dégâts. Mais il faudrait quand même se demander ce qui se passe.

— Oui, ça vaut le coup de prévenir la gendarmerie, je m'en occupe. Sébastien ?

— Un appel à 15 h 50, rerouté par Périgueux : brûlures sur un jeune enfant. Un Anglais paniqué, qui ne parlait pas français...

Rires autour de la table, et bourrades à Jonathan, parce qu'il se débrouille mal en anglais. Or, en Périgord, c'est très utile, surtout l'été.

— ... à l'Estaubière, sur la commune de Salibourne-et-Bayac ; mais assez loin du bourg, du côté de la falaise et de l'ancien donjon. On a eu du mal à trouver : pas d'indication routière, et le coin est complètement désert. Bref, on a perdu du temps, arrivée à 16 h 35 seulement...

— Alors ?

— Ben, il n'y avait plus rien à faire. On n'a

même pas utilisé de Brul'stop. Le gamin avait juste les mains et les avant-bras touchés : brûlures au second degré, mais rien aux yeux ni à la bouche. Et puis surtout, une coupeuse de feu était arrivée avant nous.

— Ah, il y a une coupeuse de feu par là-bas ? Qui l'a appelée ?

— Justement, personne ! Et personne ne connaissait cette femme. Elle était déjà repartie à notre arrivée.

— Il faudrait la retrouver, et lui demander son 06… L'hôpital de Périgueux en cherche tout le temps, des gens comme elle…

Les regards se tournent vers André, dit Dédé. Depuis le temps qu'il est là, rien ne lui échappe de l'actualité du pays.

Mais Dédé fait non de la tête.

— Connais pas ! Tu dis qu'elle est venue à pied ?

— Oui. D'après les Anglais, c'est une voisine, qui a entendu l'enfant crier et a traversé par la combe et les bois…

— Hein ? Mais personne n'habite, par là-bas ?

Sybille croise le regard interrogateur de Bernard. Voilà une occasion de se montrer une stagiaire modèle.

— À Salibourne, je n'en ai jamais entendu parler.

— Eh bien, justement, si tu pouvais te renseigner ?

— D'autant que les Anglais voudraient la remercier, précise Jonathan. C'était la première fois que leur petit-fils venait en vacances chez eux, ils étaient bouleversés !

Le chef reprend, à l'intention de Sybille :

— Nom et adresse, références, tarifs, numéro de téléphone portable, disponibilité, tout ce que tu peux ramasser comme infos, OK ?

— OK !

— Bon, ensuite : il paraît qu'il y a eu un problème pendant l'intervention incendie, hier ?

— Sur le véhicule 2, mécanisme de déroulage des tuyaux grippés, grogne un moustachu, en regardant le groupe des jeunes.

— On vérifie demain matin, avant le sport. Messieurs, bonne soirée !

La réunion se termine, les rangers raclent le carrelage.

— Et mesdames, alors ? s'insurge comme d'habitude Amanda, avec un clin d'œil à Sybille.

Mais celle-ci est occupée à remplir soigneusement son carnet de notes :

Voir Mamie pour coupeuse de feu

Parce qu'une coupeuse de feu, c'est forcément une vieille femme. Et que son arrière-grand-mère, Colette Vergne, née Cheyrou, sait tout de la vie d'autrefois à Salibourne. Et à Bayac aussi sans doute, même avant que les deux communes se marient. Elle est née, a grandi, s'est mariée dans le bourg, et a toujours vécu dans la même maison de la grand'rue, presque face à l'église.

Colette a quatre-vingt-dix-sept ans, toute sa tête,

mais plus de jambes du tout. Après plusieurs chutes, Michel Vergne, son fils, l'a installée à l'Ehpad des Eyzies. La vieille dame a eu bien du mal à abandonner la demeure familiale. « Quatre générations de Cheyrou doivent se retourner dans leur tombe, disait-elle, de voir cette maison abandonnée ! »

Sybille ira voir son arrière-grand-mère dimanche prochain, juste avant son retour à Bordeaux. D'une pierre trois coups, elle fera plaisir à tout le monde : à Mamie bien sûr ; mais aussi à Moumoune, sa grand-mère, qui se trouve parfois un peu seule dans l'accompagnement de sa terrible belle-mère. Et peut-être à Fabienne, sa mère, qui revient le moins souvent possible à Salibourne.

Être une femme divorcée est plus facile à Bordeaux que dans un petit bourg ; d'autant que les propres parents de Fabienne n'ont pas compris ce qui arrivait, et que beaucoup dans le pays ont pris fait et cause pour Sylvestre Mazeyrolle, le mari abandonné.

Au moment de la séparation du couple, les commentaires étaient allés bon train : « C'est malheureux tout de même ! », « D'ailleurs, ses parents à lui en sont morts de chagrin : pensez, deux cancers à moins de soixante ans... », « Des jeunes qui ont grandi ici, ils avaient tout pour être heureux ! »...

Sybille Mazeyrolle, qui heureusement était trop petite pour entendre tout cela, sert de lien entre tout le monde. Comme souvent les enfants de divorcés, mais peut-être elle plus encore, tant elle a besoin de faire plaisir à tout le monde, toujours et partout. L'arrière-grand-mère a tout de même lâché devant elle :

« Si tes parents étaient encore ensemble, ils auraient pu s'installer dans ma maison ! C'est affreux, ces volets fermés au milieu du bourg, ce jardin que personne n'entretient... »

Donc Sybille fera son enquête, en passant par Les Eyzies.

Commencer par en savoir plus sur les Anglais, d'abord. Pas difficile, tout le monde les connaît, au moins de vue. Et Corinne Cazes en particulier, qui tient ce samedi-là le guichet de la poste. Elle était en classe avec Fabienne, et accueille volontiers sa fille.

— C'est super que tu sois volontaire chez les pompiers, on a besoin de jeunes ! Qu'est-ce que je peux faire pour toi ?... Ah, les Craig ! Oui, ils habitent à l'Estaubière : leur boîte aux lettres angliche n'est pas normalisée, et difficile à trouver, quand c'est un remplaçant qui fait la tournée. Ce sont des originaux, hein !

Mme Cazes peut fournir une fiche complète.

Les Craig étaient un couple âgé, heureux d'avoir trouvé en Périgord la beauté et le calme qu'ils recherchaient. Et des prix plus abordables que dans la campagne britannique. Aimables avec le facteur, et les artisans qui travaillaient pour eux. Mais bon, comme tous les Anglais, ils ne faisaient aucun effort pour parler français, et ne se fréquentaient qu'entre étrangers. Passant leur temps à jardiner, visiter des châteaux et assister à des concerts ; ils chantaient dans la chorale anglicane de Limeuil. De temps en temps, leurs petits-enfants, ou peut-être arrière-petits-enfants, venaient en vacances.

En revanche, la guichetière ne connaît pas de coupeuse de feu dans le voisinage des Craig. Elle sait d'ailleurs à peine ce que le terme désigne.

— Un genre de guérisseuse ?

Sybille essaie d'être méthodique, en posant des questions précises, en observant et notant tout.

— Quand le facteur va à l'Estaubière, il ne dessert pas une autre maison dans le coin ?

Mme Cazes se rappelle tout d'un coup son devoir de discrétion :

— Confidentiel ! Imagine que des terroristes soient au courant ? Mais ce que je peux te dire, c'est qu'aujourd'hui personne ne peut s'installer quelque part sans qu'on le sache. Entre les courriers administratifs, les paquets, les livraisons, l'énergie, tout le monde est connecté, c'est comme ça... Il n'y a personne au-delà de l'Estaubière : les Craig disent bien qu'ils ont justement choisi leur maison pour cela, à l'écart et sans voisins. Je le saurais, tout de même, si le facteur passait par les bois de Prends-Toi-Garde ! Surtout étant donné le mauvais état des chemins, et la communauté de communes qui n'entretient plus rien...

— Alors merci beaucoup, et bonne journée !

Sybille avait rangé son carnet de notes. Et repris le volant pour rentrer à la Borderie, chez ses grands-parents.

Les Vergne tenaient une grande exploitation sur la route de Sainte-Alvère, en dehors du bourg. Il y a longtemps déjà, ils avaient fait le choix d'agrandir leurs terres en s'endettant, travaillaient énormément et produisaient des fraises vendues dans la France entière.

Monique et Michel Vergne souffraient de voir Fabienne s'éloigner : leur fille devenue bordelaise ne reprendrait jamais l'exploitation. La fille unique de leur fille unique était donc leur consolation, leur fierté, leur joie. Ils l'accueillaient comme une princesse. Syb, en plus d'être si jolie, joyeuse et généreuse, avait toujours bien réussi à l'école, et s'était choisi un beau métier ; dans un an elle serait infirmière diplômée d'État. Et elle revenait très souvent à la Borderie, en ce moment en particulier, grâce à ses stages de pompier volontaire au centre de secours local.

La jeune fille glisse sa voiture dans le hangar, toute petite à côté des tracteurs. Trompette et Clairon, les chiens de la maison, accourent en la reconnaissant. La vieille Clio de l'exploitation, presque entièrement à sa disposition, lui donne la liberté d'aller et venir. Au fond, la Borderie est sa vraie maison, celle des vacances, des fêtes et des animaux. Elle a repeint elle-même l'ancienne chambre de sa mère, et entretient de tendres relations avec les chiens.

Syb s'est arrêtée à côté d'un break qui, lui, s'apprête à démarrer.

— Allez, bon retour et à bientôt !

Michel Vergne est là, lui aussi. Un homme massif et chaleureux, avec des petits yeux plissés qui semblent toujours sourire sous la casquette.

Il fait un signe d'adieu au conducteur.

Un jeune homme, venu en renfort pour la saison au centre technique du Bugue, qui loue à la semaine une dépendance de la ferme aménagée en gîte. Il rentre maintenant chez lui, à Limoges.

— Oh je reviendrai vite, si vous voulez toujours de moi ! En ce moment, les modes de vie changent, il y a plus de branchements électriques à faire en campagne qu'en ville. Et pas assez de techniciens par ici.

Sybille, après avoir offert un délicieux sourire, reste concentrée sur sa mission.

— Du côté de l'Estaubière, à Bayac, ça vous est arrivé d'intervenir ?

Le garçon ne réfléchit qu'une seconde :

— Une seule fois, mais je ne risque pas de l'oublier ! Au lieu dit Prends-Toi-Garde : jamais vu une installation aussi vétuste, avec des gaines de coton sur les fils électriques, et des interrupteurs en porcelaine… Le compteur datait de 1963, hors service depuis plus de vingt ans. Je n'imaginais pas que cela puisse encore exister !

Sybille ne lâche pas le morceau, malgré le moteur qui ronfle déjà. C'était son jour de chance, ou bien la preuve que personne ne peut passer inaperçu dans le pays, comme l'affirmait Mme Cazes.

— Vous vous rappelez qui étaient les propriétaires ?

— Des bobos, genre new age : une vieille avec des cheveux rouges, qui voulait tout, tout de suite. Et une autre plus jeune, jolie femme avec des yeux incroyables, mais pas causante. Elles n'ont rien voulu savoir pour changer de contrat, d'autant qu'il n'y avait pas de transfert de propriétaire. Dans ce cas-là, qu'est-ce que vous voulez faire ? Je les ai bien prévenues, avec la puissance minimale, même un seul radiateur électrique risque de faire sauter l'installation !

— Et vous savez aussi leurs noms ?

Le garçon lance un clin d'œil au grand-père et se laisse faire :

— Oh, mais c'est un vrai interrogatoire ! Vous avez de la chance, je viens juste de terminer mon rapport d'activité, et de copier/coller mes tableaux...

Il sort un ordinateur de sa pochette, clique et reclique.

— Voilà ! Sylvia Labrousse.

— Ah oui, des Labrousse, il y en a eu beaucoup par ici ! constate Michel Vergne, placide.

— Elle est où, exactement, cette maison ?

— Au bout du chemin de Prends-Toi-Garde. Mais c'est pas vraiment un chemin, et pas vraiment une maison non plus, plutôt des bâtiments en ruine…

— Tu connais, toi, Papounet ?

Michel Vergne, conseiller municipal en charge du développement agricole, maîtrise parfaitement le cadastre de la commune.

Mais il a un instant d'hésitation : pas envie que sa petite-fille aille se balader dans ce coin-là, qui a toujours eu mauvaise réputation, avec la falaise à pic au bout.

— C'est une propriété abandonnée. On dit qu'elle a été construite avec les pierres de l'ancien château de Bayac. Pas de terres, mais une belle forêt autour et beaucoup de gibier ; les chasseurs y passent souvent. Je ne savais même pas qu'on pouvait encore y habiter !

— Voilà, vous savez tout ! plaisante le garçon. Allez, maintenant, il faut que j'y aille.

— Merci beaucoup et bonne route !

Sybille se précipite sur son carnet de notes.

5

Car nous sommes les sorcières…
Là où le vulgaire voit une pierre
ou un fouet, nous discernons, nous,
une force qui dans son écorce se tourmente,
comme sous le marc un vin nouveau
qui bouillonne.

Anonyme (XVIIᵉ siècle)

— Labrousse ? Té, mais c'est le nom de la sorcière !

La Mamie, le dimanche suivant, saute sur le sujet que lui propose son arrière-petite-fille.

— Pourquoi parles-tu de sorcière ?

Colette Vergne a toujours eu la réputation d'avoir la langue bien pendue. Ses souvenirs sont d'autant plus précis et péremptoires qu'ils sont anciens ; et que plus personne ne peut les contredire.

— Parce que c'en était une, tiens !

Sûre de son effet, elle continue, avec force détails :

— J'étais encore petite fille la première fois que j'ai vu « la Sylve », comme on l'appelait. Ma sœur et moi, nous jouions sur le grand chemin de Bayac, au retour de l'école. C'était sans doute pendant la guerre, parce qu'après ça n'a plus été possible, avec la circulation des autos… Tout le monde savait qui était la Sylve, même si elle ne venait jamais au bourg. Alors, avec Josette, on s'est arrêtées net. Elle avait des yeux !!! Des yeux qu'on n'oublie pas, transparents, un peu fixes. On aurait dit qu'elle voyait tout dans nos pensées. Elle devait être toute jeune encore à l'époque, car elle est morte il n'y a pas si longtemps.

— Plus de vingt ans, tout de même ?

Sybille tient ses renseignements du technicien en énergie.

— Tant que cela ? Le temps passe, hein…

— C'est l'heure du goûter, madame Vergne !

Jus d'orange, et biscuits méchamment enveloppés dans des sachets transparents, bien difficiles à ouvrir avec des vieux doigts arthritiques. Sybille, délicatement, désincarcère les sucreries, pour que son aïeule n'arrête surtout pas de raconter.

— Et alors, cette sorcière ? relance Monique avec un brin d'ironie.

— La Sylve avait des pouvoirs, ça c'est sûr ! Depuis toujours, les temps préhistoriques, Cro-Magnon et tout ça, il y a des sorcières ici. Elles ont reçu un don du ciel, qu'elles se transmettent de génération en génération, toujours par les femmes.

Ensuite, tout dépend de ce qu'elles en font, en bien ou en mal. On dit que le diable n'est jamais loin, pour s'acoquiner avec elles, tenter de leur voler leurs pouvoirs…

Croque dans une madeleine, reprend son souffle.

— Toutes les sorcières vivent à l'écart, sans homme ni maître, et c'est difficile de les trouver : elles se cachent au fond des forêts, ou dans les grottes des falaises.

Mme Vergne parle très fort parce qu'elle est sourde. Ce qui attire la curiosité des tricoteuses autour d'elles.

— Chez nous, en Dordogne, il n'y a que des sorcières blanches, celles qui sont bénéfiques. C'est là-haut qu'on trouve les noires, les méchantes : vers le nord, le Berry, l'Alsace, par là… Et elles sont encore pires en Écosse et en Allemagne, paraît-il ! Notre Sylve, elle guérissait les hommes et les animaux, levait les mauvais sorts, tirait le feu… Mais jamais on ne dit qu'on va voir une sorcière, ni pourquoi… Si les gens guéris parlaient, la sorcière pourrait leur en vouloir, et faire revenir le mal. Et puis ceux qui ont été déçus se taisent aussi, par peur du ridicule.

L'aïeule a assené la dernière phrase en regardant droit devant elle. Ah mais !

Et profite du silence pour enchaîner sur une digression familiale :

— Mon père s'est toujours méfié de la Sylve. Vous savez bien, il venait de Limoges, et s'était installé comme jeune médecin à Salibourne juste avant la Grande Guerre. Le premier docteur du pays ! Il a épousé ma mère, qui était d'ici, et s'est présenté aux élections municipales. Élu du premier coup, l'année de ma naissance ! Cela lui a évité d'être mobilisé. C'était un scientifique, qui ne croyait pas aux remèdes de bonne femme. Il interdisait même à ses pratiques de la consulter. Cela n'empêchait pas ma mère d'y aller, té !

Mme Vergne termine son jus d'orange, vérifie du coin de l'œil si on l'écoute toujours.

— Mon père aurait bien voulu poursuivre la Sylve pour exercice illégal de la médecine. Je l'entends encore tonner dans son cabinet : « Si les gosses toussent, bon sang, c'est parce qu'ils sont mal couverts en hiver, ou bien que la cheminée fume ; pas parce que quelqu'un leur veut du mal ! » Pour lui, les événements de la vie n'étaient pas gouvernés par des forces occultes. Il pestait contre ces rituels, ces incantations... Mais les gens ont besoin des sorcières, tout de même : elles agissent quand les médecins ne peuvent rien !

Monique époussette les miettes de gâteau sec qui tombent dans le giron de l'aïeule.

Et Colette prend un air mutin, toutes ses rides en mouvement.

— Moi, je crois qu'il faut conserver les traditions, les vieux remèdes de pays. Sinon on se prive de connaissances utiles, transmises depuis la nuit des temps, qu'il sera bien difficile de retrouver. Ah, je peux bien le dire, maintenant qu'il n'y a plus personne à Prends-Toi-Garde : moi aussi, je suis allée la voir, la sorcière, plus tard ! Comme tout le monde, hein, en cachette…

— Pourquoi ? demande Sybille ingénument.

— Ah, ça, tu ne le sauras pas, ma petite : il ne faut jamais parler de ce qu'on a vu et entendu chez une sorcière !

Elle regarde sa bru, qui aurait bien besoin selon elle d'une intervention surnaturelle, pour faire mieux marcher sa famille.

— La Sylve était devenue vieille, avec des cheveux tout blancs, mais son regard n'avait pas changé ! Et elle n'avait toujours peur de rien, seule au fond de ses bois. Du côté de Prends-toi-Garde, il y avait encore des loups, à l'époque !

Sybille hoche la tête. Il s'agit bien de ce nom-là : Prends-Toi-Garde.

Colette est lancée. Impossible de l'arrêter, et si ses indications pouvaient servir…

— Un endroit sauvage, désert, dans les bois de Bayac. Il paraît que déjà au Moyen Âge il y avait des sorcières par là. C'est l'une d'elles qui aurait détruit le donjon. Comme ça, d'une formule magique ! En dépouillant en même temps le seigneur de tous ses droits, et en s'adjugeant les pierres pour construire sa propre maison. Cela s'est passé bien avant la grande Révolution, le château ne s'en est pas relevé, et les gens d'ici lui ont toujours été reconnaissants de les avoir débarrassés !

— Mais comment savait-on que c'étaient des sorcières, puisque personne n'en parlait ?

— Oh, bé, on chuchotait un peu quand même ! Comme maintenant...

Celles qui l'écoutent claironner se regardent d'un air entendu.

— Et puis elles étaient bien utiles ! Les sorcières savent tout faire, purger, saigner, hypnotiser, faire des lavements, sortir les humeurs corrompues... Elles connaissent aussi les incantations pour éloigner le mauvais œil ; en patois, on dit le maljauvent.

— Elle guérissait quelles maladies, par exemple, ta sorcière ?

La future infirmière demande des précisions que la fille de médecin sait encore détailler :

— Elle était surtout défaiseuse d'encontres, comme on disait : l'encontre d'air, qui s'attrape en respirant, la cause des rhumes, des grippes, des coryzas. L'encontre de terre, qui vient par contact avec le sol, ce sont les rhumatismes, la goutte, les lumbagos...

Colette grimace, parce qu'elle en connaît d'expérience un rayon sur l'encontre de terre.

— Et puis elle savait tirer le feu, quand les mioches se brûlaient avec une marmite renversée, ce qui arrivait bien souvent. Après la guerre, avec le confort et les antibiotiques, on a eu moins besoin d'elle.

Sybille la tient, sa coupeuse de feu, ou du moins son ancêtre !

— Dans notre jardin, ma mère cultivait des boutures que lui avait données la sorcière ; et moi j'ai continué. Mais maintenant il n'y a plus personne…

Soupir de nostalgie de l'aïeule, que Monique essaie d'ignorer. Heureusement, le flot de paroles s'écoule encore :

— La Sylve soignait autant les esprits que les corps : elle était un peu magicienne, un peu devineresse. On allait la voir pour guérir les faiblesses du mari au lit, ou bien parce qu'un voisin avait jeté un sort sur une vache stérile ; pour un champ où le grain ne levait pas. Dans ces cas-là, les docteurs n'y peuvent rien ! Elle était même capable de guérir à distance : on lui apportait un bonnet, un foulard, ce que vous trouviez, du moment qu'il avait été porté par celui qu'il fallait remettre dans le droit chemin. On devait le tenir à deux mains devant soi, comme cela, et baisser la tête…

Mme Vergne, joignant le geste à la parole, repart derechef dans le passé. Le seul endroit où elle se sente désormais à son aise.

La belle-fille et l'arrière-petite-fille se regardent, avec l'impression que c'est l'absente, Fabienne, petite-fille prodigue, que la grand-mère aimerait bien hypnotiser.

— Ah, c'était toute une affaire pour rencontrer la Sylve ! Ceux qui n'étaient pas d'ici allaient trouver un petit drôle, le Jeantou, et lui donnaient un sou pour se faire accompagner jusqu'à la calfourche, comme on appelait le carrefour de Bayac. Vous savez que les sorcières vivent toujours près d'une clairière ? Parce que c'est là qu'elles se réunissent. Quand on y passe par les nuits de pleine lune, on voit danser les fagillières[1], comme des pointes de feu qui s'agitent dans la forêt. Si on n'y connaît rien en sorcières, cela peut faire très peur !

Fine mouche, l'aïeule sent que l'intérêt s'émousse avec les détails historiques, et revient à son sujet :

— De toute façon personne n'aimait trop prendre ce chemin : Prends-Toi-Garde a toujours fait peur ! La Sylve recevait à la calfourche, dans une cabane de feuillards…

— Mais pourquoi ?

— Ce nom, « Prends-Toi-Garde », ce n'est pas par hasard, hein ! Il s'y est passé des choses terribles, pendant les guerres de Religion. Une grande bataille, ceux qui y ont perdu la vie reviennent hanter l'endroit… Mon mari, ton arrière-grand-père, qui n'avait peur de rien, chassait souvent par là : il a trouvé dans ces bois des murs très anciens, presque des remparts. Avec des soubassements profonds, sûrement des anciens souterrains qui partaient du château pour aller jusqu'à Prends-Toi-Garde. On n'en parlait pas devant les gamins, de peur qu'ils aillent s'y perdre, ou s'approchent trop près de la falaise au-dessus de la Vézère : il y a eu des accidents, à toutes les époques.

La grand-mère faiblit un peu dans les circonvolu-

1. Mot occitan qui désigne des fées ou des sorcières.

tions de son récit, sa voix ralentit et le temps pèse de nouveau à ceux qui l'écoutent.

— Tout le monde redoutait d'aller dans ces bois : il fallait détourner le mal-jauvent : jeter un caillou derrière son épaule, comme ça, et cracher dans sa main droite. Ou alors retourner la poche droite de son tablier en disant très vite : « M'en douti, m'en douti, m'en douti... »

— Pour aller voir Mme Labrousse ?

— Oui, c'était plus souvent les femmes qui en avaient le courage, comme toujours ! Pour prévenir de son arrivée, il fallait juste frapper dans ses mains, comme ça, sur le chemin...

Les vieilles mains tachées ont un rythme impératif, qui réveille tout le monde alentour.

— La Sylve entendait, s'en venait jusqu'au cabanon, où l'affaire se déroulait. Ah, ça, la Sylve savait écouter, c'est sûr ! Elle regardait avec ses yeux étranges – je vous l'ai dit, ils étaient gris, ou plutôt transparents et cernés de noir –, comme si elle voyait à travers les corps, ou dans le cheminement des pensées.

— Et chez toi, qu'est-ce qu'elle a vu ?

La mamie est sourde, surtout quand elle ne veut pas entendre.

— On venait avec un cadeau : une fiole de ratafia, une poule vivante, un confit d'oie... On déposait cela derrière la cabane, sans rien dire. Et puis ensuite, on expliquait son souci, sa maladie. La Sylve posait des questions, et puis elle décidait. Soit elle allait tout de suite chercher un remède chez elle, un petit sac de toile rempli d'herbes, ou bien une décoction dans un pot, avec le mode d'emploi bien écrit dessus. Ah, qu'est-ce qu'elle écrivait bien ! On apprenait les pleins et les déliés, à l'époque ! Ou bien il fallait revenir plus tard, le temps pour elle de préparer un onguent, ce qu'elle appelait une embrocation, je n'ai plus jamais entendu ce mot-là...

Un silence.

— Vous la payiez pour cela ?

— Jamais d'argent, et jamais rien de la main à la main. Parce que la Sylve avait « le don », et le don ne peut s'exercer que s'il est gratuit : tout le monde sait cela. Mais évidemment, on laissait des cadeaux, ou bien on rendait un service : par exemple, ma mère envoyait son métayer couper du bois à Prends-Toi-Garde, et le rentrer sous son auvent. Mon mari a continué... Ah, ce n'était pas du tout une miséreuse, la Sylve : dans le malheur, les gens sont souvent généreux !

Mme Vergne devient plus grave, elle a quelque chose encore à dire :

— Quand elle venait à domicile – elle connaissait toutes les maisons de tous les hameaux –, on pouvait glisser une pièce dans sa poche. La Sylve faisait mine de ne pas s'en apercevoir. Elle a dû en recevoir, des sous, dans sa vie ! Il se disait qu'elle était toujours la première à payer son denier du culte...

— Parce qu'elle allait à l'église ?

— Bien sûr ! Et plus souvent que mon père, qui était franc-maçon. À l'époque, Bayac était une paroisse à part entière, il y avait un curé au presbytère. Je ne sais pas ce que tout cela est devenu... Avec les quantités de rameaux et d'eau bénite qu'elle utilisait, il lui fallait être en bons termes avec le curé ! D'ailleurs, le curé de Sagelat, pas très loin d'ici, était aussi un guérisseur fameux. Et celui de Doissac tirait le feu. À Laroque, il y en avait un qui détournait les orages.

La vieille dame hausse d'un ton, accélère pour convaincre :

— Dans tout le pays, il y avait des sorciers, avec chacun leur spécialité : la Marie du poivre à La Rocque, Pipette à Domme, la Coutounette à Calviac, le féticheur de Vitrac. À Villefranche-du-Périgord, la sorcière de la Tire-lance. Mais notre Sylve était la plus réputée ! Dans notre métairie du Vignal, je l'ai vue désensorceler les bêtes qui avaient attrapé la maladie ; elle avait tracé un cercle devant l'étable, et il fallait y faire passer chaque animal, les bœufs, les moutons, même le chien.

— Décidément, vous l'avez vraiment bien connue, cette sorcière... remarque Monique, songeuse.

— On l'appelait aussi dans les maisons des mourants, avant même le médecin et le curé. Pour jeter du sel dans le feu, parce que le pétillement éloigne le diable ! Ça, c'était le bon temps, quand les vieux finissaient leur vie à la maison, et qu'on les veillait jusqu'au bout. Parce qu'ici...

Sybille note soigneusement :

Une femme nommée Sylvia Labrousse, habitant à PTG, est intervenue avec succès sur l'enfant Craig, quatre ans, atteint de brûlures aux mains.

Une ancienne du village se souvient d'une autre femme portant le même nom, vivant au même endroit, qui aurait aussi été coupeuse de feu, et serait morte à la fin du XXe siècle.

Et elle trace une double flèche, pour indiquer les actions à envisager : *Aller à PTG* et aussi *prendre contact avec SL.*

La jeune fille referme son carnet, avec le sentiment de n'avoir pas perdu son après-midi.

— Allez, Syb, on y va ?

Monique Vergne sourit en se levant. Toutes ces histoires ont fait passer bien plus vite la visite dominicale à la belle-mère.

L'aïeule, fatiguée d'avoir tant parlé, et l'esprit tout occupé du passé, somnole dans son fauteuil roulant.

Sybille dépose un petit baiser de remerciement sur la vieille main veinée de bleu. Grand-mère et petite-fille disparaissent sur la pointe des pieds.

6

Et tout à coup, l'été s'est effondré en automne.

Oscar Wilde

« Les clés sont dans la boîte à gants », avait dit Yseult. Depuis leur arrivée, en juin, l'engin orange prenait la poussière dans la grange ouverte à tous vents, ce qui finissait par lui donner une couleur moins agressive. Lui aussi prenait racine, avec de longues orties poilues grimpant à l'assaut des jantes.

Mais les provisions d'Yseult n'étaient pas éternelles, comme Sylvia avait tenté de le croire ces dernières semaines. Pain, pâtes et riz, yaourts, et une nouvelle boîte d'allumettes, du savon, du shampooing, du dentifrice… Tous ces paquets, tubes et flacons dont elle usait au jour le jour, avec beaucoup de parcimonie, s'étaient peu à peu vidés. Il lui fallait absolument se ravitailler.

D'autant qu'après les belles journées d'été indien, rousses et douces, qui donnaient une curieuse allégresse aux paysages, et teintaient même son humeur, une pluie fine était arrivée, qui semblait ne plus jamais vouloir s'arrêter. Le ciel plombé, la tristesse humide de Prends-Toi-Garde durant ces jours-là l'atteignaient si profondément qu'ils l'obligèrent à se décider.

Commencer par le commencement. Consulter l'état de son compte en banque, car elle n'a plus aucune idée de l'état de ses finances. Même à Paris, au printemps dernier, elle ne voulait plus le savoir.

Sylvia, résolument, branche dès le matin le chargeur de son téléphone sur la porcelaine branlante de l'unique prise électrique de la pièce. Rien ne se passe.

Au bout d'un moment, il lui faut se résoudre à accepter l'idée que la batterie n'a sans doute pas survécu à plusieurs mois d'inactivité. C'était pourtant un bijou technologique dernier modèle, attribué par son chef de service seulement quelques semaines avant son départ. Il lui faut un moment pour intégrer cette certitude que désormais les ponts sont coupés, définitivement, entre elle et son ancienne vie. C'est ce qu'elle a choisi, pourtant, en venant s'installer ici.

Alors, étape suivante, retrouver son portefeuille, abandonné dans son sac à main, lui-même enfoui au fond d'un carton. Désagréable sensation de retour en arrière en manipulant le cuir granuleux de sa besace de travail. La trousse est bourrée de cartes de fidélité, de transports, de pressing, si inutiles ici. En plus de sa carte bleue, avec une liasse de fadettes, elle y retrouve deux, non trois billets carmin, soit 30 euros, plus 6 euros et 22 centimes en pièces. Soit toute sa fortune liquide.

Quand on n'a pas grand-chose à faire, tout prend un temps infini. Sylvia s'habille avec soin, constate pour la première fois l'usure de son jean jamais repassé : les trous ne sont plus très loin. Du coup, elle se demande à quoi elle ressemble ; il n'y a pas de miroir à Prends-Toi-Garde. Celui du rétroviseur de la voiture, bien poussiéreux, et qu'elle n'avait jamais pensé à consulter, lui renvoie un visage un peu différent de celui qu'elle connaissait. Et dont autrefois elle prenait si grand soin matin et soir.

Les traits sont émaciés, les yeux encore agrandis, le teint tanné. Mais ce sont ses cheveux qui la surprennent : dans la masse disciplinée en torsade, elle découvre une mèche entièrement blanche, depuis le front jusque derrière l'oreille gauche. Un choc : comment cela a-t-il pu arriver, en seulement une saison, et comment ne s'en est-elle pas rendu compte ? Depuis longtemps, privée du calendrier de son téléphone, elle a perdu le compte des jours. Par association d'idées, se demande une fois de plus si son quarantième anniversaire, en octobre, est déjà passé ? Quelle importance… surtout ne pas y penser, et partir enfin.

Ce n'est qu'au creux de l'après-midi, sous une pluie obstinée, alors que le jour baisse déjà, et qu'elle n'a vraiment plus le choix, que Sylvia s'installe au volant de la voiture orange ; glacé et hostile.

Depuis qu'elle a décroché son permis de conduire à dix-huit ans, sur injonction maternelle, elle ne l'a guère utilisé ; c'est un machin inutile à Paris.

Commencer par réviser le maniement des vitesses... Puis contact, ronflement de la mécanique au premier tour de clé – hélas. Hurlement du moteur quand elle cherche à passer la marche arrière ; deux soubresauts et il cale.

Elle regarde ses mains posées sur le volant : tremblantes, mais aussi râpeuses, rouges et couturées de partout.

Recommence. Contact, très lente marche arrière. Par ce temps pluvieux, la terre est floue sous ses roues, le chemin glissant, inquiétant comme tout le reste. Première vitesse, elle franchit le porche en patinant, suit des traces anciennes, débouche sur un carrefour qui lui rappelle un vague souvenir. Ensuite ?

En réalité, le chemin de la civilisation n'est pas si difficile à rejoindre : deux panneaux routiers face à elle, indiquant à gauche les ruines du château de Bayac (*XIIe et XIIIe siècles*) et à droite la départementale qui mène vers Salibourne et Périgueux.

Trois petits kilomètres et quelques tournants plus tard – seconde, troisième, seconde, calage, première –, Sylvia remonte une rue ponctuée de violentes publicités. Elle avait peur de conduire sur une route déserte, la circulation réduite dans le bourg l'effraie encore plus. Ralentit au maximum, bloquant une voiture derrière elle qui klaxonne, calage, finit par aboutir sur une petite place où clignote fièrement l'enseigne d'une boulangerie. Vite, stopper ce moteur infernal, cette angoisse qu'il suscite chez elle.

L'effort l'a épuisée, et Sylvia se gare comme elle peut, à cheval sur un trottoir ; bien consciente que ses notions de Code de la route sont trop anciennes pour servir.

S'extirpe de la voiture en serrant son sac contre elle. La portière claque trop fort, provoquant une véritable explosion à ses oreilles, dans le silence assoupi du village.

Immédiatement, elle sent des regards posés sur elle. Un homme, accompagné d'un chien qui lui ressemble, fait de grands gestes furieux dans sa direction. Elle ne comprend pas et tourne le dos, s'enfuit, vite.

Remonte la rue principale aux maisons mortes derrière leurs volets fermés. Sauf une silhouette mussée derrière une vitrine, qui la suit des yeux. Deux femmes, un peu plus loin, s'arrêtent tout net de bavarder quand elle les dépasse. Ces regards sont comme des piques, des épines blessantes qui se fichent en elle, alourdissant chacun de ses gestes.

Sylvia n'a pas côtoyé tant de « gens » depuis des mois. Surtout elle ne connaît que l'anonymat des grandes villes, et n'imagine pas qu'une inconnue, jeune et jolie de surcroît, puisse attirer l'attention dans un bourg déserté. Elle ne sait pas qu'elle devrait désamorcer la méfiance d'un signe de tête, d'un bonjour qui ne coûte rien. Elle avance dans la rue, nuque raide, regard fuyant, la boule au ventre.

Par chance, une enseigne verte du Crédit agricole apparaît tout de suite, avec son distributeur de billets en évidence sur la façade crépie de neuf. Elle se jette dessus, fourrage dans son sac, glisse sa carte bancaire dans la fente, répétant entre ses dents : « 2936, 2936... » Refaire ces gestes oubliés, qu'elle accomplit depuis ses dix-huit ans et son premier compte en banque, lui paraît maintenant difficile !

Une grosse croix rouge, menaçante, barre aussitôt l'écran : *code erroné.* Sueur glacée, sentiment de honte et de culpabilité. Pourtant, elle est sûre de sa mémoire et de ces chiffres. Deuxième tentative, en se concentrant et en appuyant bien sur les touches : 2-9-3-6, valider... Cette fois-ci, c'est le symbole *Attention !* qui s'affiche, et prévient que la carte sera avalée à la troisième erreur de code. L'évidence s'impose : depuis tout ce temps, son code doit être périmé.

Sylvia arrache sa carte et comme une voleuse rebrousse chemin.

Vers la boulangerie, où elle pourra au moins acheter du pain avec ce qui lui reste d'argent liquide. Le même visage, derrière sa vitrine, la suit dans l'autre sens.

Driiiiiiing !

En s'ouvrant, la porte de la boulangerie déclenche une sonnerie stridente qui la surprend, l'agresse, tant elle a perdu l'habitude du bruit.

Une jeune vendeuse qui consultait son téléphone posé sur le comptoir se redresse et lui sourit. Un instant, Sylvia l'envie terriblement, rien que pour ce téléphone à l'écran allumé, brillant, joyeux, tellement attirant.

— Quatre tourtes ?... Des grosses ou des petites ?... Plutôt bien cuites, alors, vous n'allez pas toutes les consommer d'un coup ?... Je vous les emballe, elles se conserveront mieux...

Sylvia ouvre la bouche pour remercier, quand retentit de nouveau la stridulation. Les deux commères se sont engouffrées derrière elle, entraînant à l'intérieur ses impressions angoissantes de la rue.

Sylvia est certaine qu'elles ne sont pas venues faire autre chose ici que la surveiller, elle. Et se retrouve comme une gamine, jambes tremblantes. Incapable de lutter contre cette hypersensibilité qui inquiétait tant Hélène, autrefois.

« Maman, annonçait, un lendemain de rentrée scolaire, la petite Sylvia de huit ans, ma maîtresse ne m'aime pas...

— Mais qu'en sais-tu ? » la tançait Hélène, fatiguée de ramener sans cesse sa fille vers la réalité.

La petite ressentait tout déjà, les ondes malveillantes, les tensions, les sentiments négatifs, et cela lui faisait perdre ses moyens. Ou au contraire lui donnait des ailes, quand elle comprenait de l'intérieur les tourments des autres et trouvait intuitivement les mots ou les moyens pour les soulager.

Rien décidément n'a changé. Dans ce petit bourg, à la tombée de la nuit, Sylvia perçoit la suspicion qu'elle provoque, et s'imagine pire encore. Yseult le lui avait bien dit, qu'elle ne pourrait pas passer inaperçue ici. Yseult, à qui elle n'a pu donner de ses nouvelles, Yseult, qu'elle aimerait tant avoir près d'elle ce soir.

Les yeux fixes, le menton haut, Sylvia laisse en plan la conversation avec la boulangère, attrape ses tourtes empaquetées dans du papier glissant, qui s'échappe de ses bras. Tourne les talons en abandonnant la monnaie sur le comptoir. Quelques-uns de ses derniers euros volatilisés.

L'homme au chien de tout à l'heure, mains dans les poches, est là, devant elle, lui barrant le passage. Et fixant ostensiblement la plaque d'immatriculation de sa voiture.

Qui n'est pas estampillée du chiffre 24 de la Dordogne, se dit Sylvia, comme si c'était un péché grave.

Tant pis pour l'épicerie, elle ne se sent pas capable de rester plus longtemps ici.

Jette avec violence ses tourtes sur la banquette défoncée. Puis son corps noué de partout, dans le même geste. Démarre, ripe sur le trottoir, frotte un poteau, rate de justesse le chien, qu'elle n'avait pas vu.

— Oh, oh, oh ! C'est pas des façons…

Dans le rétroviseur, l'homme et le chien glapissent de concert.

Ils avaient bien vu qu'elle n'était pas normale, cette femme !

Sylvia accélère encore, faisant rugir son moteur dans la petite rue limitée à trente kilomètres/heure. Les rares passants se réfugient sur le trottoir, mines courroucées.

La nuit tombe. Seconde, troisième, Sylvia conduit les mains crispées sur le volant, envahie par la peur de se tromper de route, de ne jamais retrouver son refuge de Prends-Toi-Garde. Entre chien et loup, avec la pluie qui zèbre le pare-brise, ses mauvais phares ne balaient pas grand-chose devant elle. Elle arrache un morceau de pain pour se donner des forces, puis encore un autre. Retrouver la route de Périgueux : était-ce bien tout droit ? Les arbres penchés au-dessus de la chaussée lui semblent plus menaçants qu'à l'aller. Elle voit des ombres mouvantes partout autour d'elle, animaux, humains ou mirages, elle ne sait pas. L'instinct plus que la raison rappelle à son corps tendu que les fantômes ne lui font pas peur, les animaux non plus ; c'est une agression humaine qu'elle craint, toujours et partout.

Enfin le carrefour, toujours à sa place ; et le chemin obscur, si mal délimité qu'elle hésite, avance, recule, avance, pour tenter de mettre ses roues dans une trace. Puis accélère pour échapper à des pinceaux lumineux à l'approche derrière elle, dérape dans la boue. S'arrête, affolée, croit mourir.

Encore une centaine de mètres en zigzaguant jusqu'au portail, une aile froissée contre les taillis au passage, un effort pour sortir de la voiture, courir dans l'obscurité, en serrant contre elle les tourtes, ou ce qu'il en reste. Des gouttes de pluie piquent ses bras nus. S'engouffrer dans la maison noire, mordre encore dans un pain, chercher à tâtons son lit. Plus jamais, plus jamais ça, on ne l'y reprendra plus. Maintenant qu'elle est chez elle, c'est la révolte et la colère qui s'imposent à elle.

7

Les sanglots longs des violons de l'automne
blessent mon cœur d'une langueur monotone.

Paul Verlaine, « Chanson d'automne »

Dans le ciel au-dessus de la cour, des théories d'oiseaux migrateurs fuyaient en escadrilles, en même temps que les feuilles mortes du tilleul dansaient au ras du sol. Les jours raccourcissaient, la rosée du matin cédait de plus en plus tard sous ses pieds nus, et la nuit se gorgeait d'humidité : l'automne devenait une évidence.

Personne ne lui a jamais appris à évaluer la course des saisons, mais ces observations infimes la renvoient sans cesse au temps qui passe. Sylvia a toujours été cyclothymique ; immergée ainsi dans la nature, il n'y a plus d'échappatoire.

Depuis son incursion ratée au bourg, sa déroute financière et numérique, son incapacité à communiquer avec ses semblables, tout la ramène devant un avenir bouché. Le beau temps et les couleurs d'été lui avaient rendu le courage de vivre, la pluie le lui reprend. Le temps s'étend comme un espace vide, cotonneux, indifférent. Avec cette angoisse nouvelle, très primaire, de mourir de faim et de solitude.

Un matin particulièrement frisquet, Sylvia se décide : pendant la belle saison elle avait continué à entasser ses cartons inutiles dans une sorte de réduit, à gauche de la cheminée. Des tours branlantes qui contiennent toutes ses possessions, vêtements trop élégants, livres jamais commencés, bibelots tellement inutiles, appareils et lampes qu'elle ne peut brancher nulle part…

Cherchant à en exhumer des vêtements d'hiver – où Yseult les a-t-elle mis ? – elle voit au fond du cagibi une couchette accolée au montant de la cheminée ; encore garnie d'un matelas de bruyères sèches – si sèches, si craquantes, presque réduites en poussière – et d'un gros édredon rouge satiné, crevé par endroits, dont les plumes s'agitent au moindre mouvement. Voilà donc où dormait sa grand-mère, dans cette habitation sans chambre !

Un rapide ménage pour dépoussiérer tout cela, et elle découvre, derrière le montant de la porte, comme un rideau de lin, marbré de traces d'humidité, qu'elle soulève lentement : il masque, ou protège, une étagère. Six rayonnages exactement, entièrement garnis de livres et de cahiers rangés serré. Dans cette maison où il y a si peu d'objets, c'est étonnant !

« Savante et solitaire », disait Hélène à propos de sa propre mère, en ajoutant : « Elle croyait à beaucoup de fadaises, des vieilleries... »

Pour le reste, la récolte est décevante : ses uniformes de bureau, chemisiers soyeux, vestes et escarpins, jupes courtes et collants fins, sont tout à fait dérisoires ici, pour l'hiver... Reste un second jean, des chaussettes et quelques pulls. Pas vraiment des pulls, hélas, de gracieuses petites choses sans beaucoup de laine, faites pour être portées dans des bureaux surchauffés. Jusqu'ici, jamais elle ne s'était habillée pour avoir chaud, et pour la première fois découvre cette bizarrerie-là du monde où elle vivait. Alors, le châle de laine tricotée pendu à la porte lui apparaît comme un trésor, même avec son odeur aigre de poussière. Elle s'emberlificote dedans pour sortir.

Obéissant à un ordre muet, Sylvia a bien compris qu'il lui faut dorénavant se chauffer, et pour cela faire une plus grande provision de bois. Elle s'impose donc d'aller chaque jour en chercher un peu plus loin, un peu plus que nécessaire à sa consommation quotidienne. Une corvée qui lui démontre à chaque effort son épuisement physique, et sa maladresse, lui vaut écorchures, courbatures, douleurs multiples. De quoi s'énerver, ou se décourager, selon les moments.

— Zut et zut, je n'y arrive pas !

Alors qu'elle s'acharne devant l'auvent à casser les branchages rapportés la veille, en obligeant ses doigts blessés, douloureux, à travailler, un énorme ronflement de moteur envahit l'espace d'un seul coup. Deux secondes plus tard débouche une fourgonnette rouge pétard, qui pile devant le porche.

Un des chats, somptueusement étalé sur la pente d'un toit, déguerpit. L'abandonne, pense Sylvia.

Ainsi prise à découvert, en situation de faiblesse, il lui faut lutter contre la panique, l'envie de s'enfuir. Elle pense, fugitivement, au fusil accroché au-dessus de la cheminée. Une vieille pétoire dont elle ne saurait pas se servir, juste pour faire peur.

De toute façon, c'est trop tard, « les gens » sont là. Deux portières ouvertes simultanément, deux passagers qui sautent de concert du véhicule, comme dans une chorégraphie bien rodée.

Sylvia entortille plus serré le châle autour d'elle, avance dans ses baskets sans lacets, sales et trouées, et fait face, au milieu de sa cour. En position de défense de son territoire.

Ils ont l'air si jeunes et sûrs d'eux, ces pompiers, ou plutôt un pompier et une pompière, dans leur uniforme bardé de bandes réfléchissantes, avec leurs gros godillots solidement enfoncés dans la boue du chemin. Et elle se sent si fatiguée, elle, par tant de choses, qu'ils n'ont sans doute jamais vécues.

La fille vient vers elle, à pas prudents.

Sylvia voit la peur dans ses yeux. Ressent aussi son désir de bien faire, et l'énergie qu'elle met dans sa démarche.

En face, elle se sent tout d'un coup misérable. Maintenant qu'il fait froid le matin, elle espace ses toilettes de chat ; trop, elle le sait bien. Son image d'elle-même, réputée élégante jusqu'ici, en prend un coup.

Ce matin, elle donnerait beaucoup pour une bonne douche chaude. Autant que pour une connexion à Internet !

— Bonjour, madame Labrousse, nous ne vous dérangeons pas ?

C'est la fille qui parle, d'une voix chantante. Le même accent chaleureux que la jeune boulangère, l'autre jour.

— Voilà : nous cherchons une personne qui habite par ici, et qui aurait soigné un enfant brûlé. C'est bien vous, n'est-ce pas ? conclut-elle avec un sourire timide.

Que répondre ? Un silence qui ne réfute rien. Mais n'engage à rien non plus.

Précautionneuse toujours, la jeune fille continue :

— Je suis… Nous venons du centre de secours de Salles. Vos voisins vous sont très reconnaissants d'avoir secouru le petit, à la fin des dernières vacances. Ils souhaiteraient vous remercier !

La fille sait ce qu'elle fait, se rapproche encore de quelques pas. Elle a vingt ans sans doute, des yeux noisette et une longue natte ramenée sur l'épaule.

Le garçon, en arrière, ne semble pas très concerné par l'affaire.

— M. et Mme Craig, qui ne s'expriment pas très bien en français, nous ont chargés de vous demander…

Sylvia a envie de rire, et cela la détend un instant. L'anglais a toujours été sa matière forte, nul besoin d'envoyer des pompiers pour lui parler !

Les yeux de la jeune fille ribouldinguent, mine de rien font le tour des lieux. Et Sylvia voit ses pensées se dérouler en même temps : tour à tour de la curiosité, de l'effarement, de la consternation. Ce regard bienveillant mais sans complaisance lui flanque un coup dans la poitrine.

Est-ce de la honte qu'elle ressent ? Sa fierté et son énergie viennent se fracasser sur ce sentiment désagréable, qui la laisse les bras ballants devant les jeunes gens. En tout cas, elle frissonne maintenant, parce qu'elle n'est pas assez couverte pour affronter debout, sans bouger, le vent du matin. Tandis qu'eux, engoncés dans leurs polaires, peuvent tenir longtemps ainsi…

— Le petit garçon va bien. Grâce à vous, il ne gardera aucune séquelle de l'accident.

Sylvia hoche la tête. Elle n'en doutait pas. Mais cela lui fait du bien d'avoir agi comme il fallait. Pourtant elle se tait.

Le visage de la fille est toujours aussi transparent. Elle tente la pédagogie :

— Et puis nous, les pompiers, nous avons quelque

chose à vous demander : accepteriez-vous de nous donner votre numéro de téléphone portable, pour que l'on vous appelle en cas de besoin, pour soulager les brûlures ? Il y a les accidents comme celui-là, mais aussi les malades du cancer, après des radiothérapies…

— Je n'ai pas de portable, tranche Sylvia, d'une voix qu'elle perçoit désagréable et froide.

D'autant qu'elle fuit aussi le regard qui s'attache à elle, pour ne rien laisser transparaître.

Ce n'est pas après la fille qu'elle en a, bien au contraire. Mais c'est ce sentiment de désespérance, qui l'envahit, qui se cristallise sur la perte de son téléphone…

La jeune pompière a manifestement appris qu'il ne faut jamais brusquer les gens. Elle regarde longuement son interlocutrice, puis autour d'elle, le portail défoncé, le toit crevé de l'étable, la cour abandonnée à ses mauvaises herbes. Laisse couler encore un moment.

Sylvia perd ses moyens sous le regard compatissant de cette gamine. Au contact si proche de ce monde auquel elle a appartenu, elle mesure tout ce qui lui manque aujourd'hui, propreté, nourriture, vêtements, relations…

La jeune fille déroule délicatement une nouvelle demande, comme une faveur :

— M. et Mme Craig aimeraient savoir si quelque chose pourrait vous faire plaisir, ou vous rendre service, madame ?

La phrase de la petite pompière résonne en elle. Madame ! Depuis combien de temps ne l'a-t-on pas appelée ainsi ? Malgré elle, une liste se constitue dans sa tête : un téléphone, bien sûr, avec une connexion Internet ; un pull bien chaud, et puis du pain, du savon, des pâtes et du riz… tout ce qui s'achète avec de l'argent, en somme.

Et puis de l'attention, voire de la tendresse, elle n'ose penser… De l'amour. De l'amitié aussi, celle qu'Yseult lui donnait avant de disparaître.

Face à tant de gentillesse, elle se sent encore plus seule, enfermée dans son angoisse. Impossible d'expliquer ces sentiments paradoxaux à des gamins. Elle se tait donc.

Le garçon a compris la fin de non-recevoir et s'apprête à remonter dans son habitacle bien protégé. La jeune fille, elle, attend encore, regarde le silence recouvrir la rencontre. Buste penché en avant, elle y met toutes ses forces. En forme de conclusion, pointe le menton vers l'ancienne basse-cour.

— Vous avez un poulailler magnifique !

La petite a l'œil. Elle a su voir, au-delà de la ruine, l'harmonie et la taille de la construction.

Puis, dans un même mouvement synchronisé, les deux jeunes gens s'accrochent chacun à leur portière et rebondissent sur les sièges de la fourgonnette.

— Bonne journée, madame, et merci encore !

Marche arrière, crissement des grosses roues

crantées s'enfonçant dans la boue, ronflement décroissant de l'énorme moteur.

Sylvia, transie par sa longue station immobile, repart casser du bois, tout en essayant de déchiffrer ce que cette visite suscite en elle. Le dialogue minuscule et avorté a réveillé des émotions violentes, comme l'eau versée sur une plante desséchée lui redonne tout d'un coup un peu de vigueur, de couleur. Tout cela mêlé à l'inquiétude d'avoir été retrouvée jusqu'ici, sous son nom, alors qu'elle n'a donné d'adresse à personne ; et à l'abattement d'être devenue une pauvresse, incapable de relations apaisées avec ses semblables. La joie floue aussi d'avoir été utile à quelqu'un, à quelque chose : le gamin va bien ! Et par-dessus tout le regret d'une main tendue qu'elle n'a pas su saisir. Mélange troublant, désordonné et contradictoire, raccord avec le gris du ciel qui occupe son esprit la journée entière.

8

Se la gallina tacesse,
nessuno saprebbe che avesse fatto l'uova.
(« Si la poule se taisait,
personne ne saurait qu'elle a pondu un œuf. »)
Proverbe italien

L'oreille toujours aux aguets, hypervigilante à tout danger, Sylvia s'était habituée à écouter le silence environnant. Et à discerner à chaque instant la provenance et la raison d'être de chaque son déchirant le calme ; tant ils étaient rares.

Parfois, dans son rond de ciel, des escadrilles bien ordonnées s'abattant d'un coup sur la ramure d'un arbre, dans un grand froissement d'ailes. Des alouettes, martinets, passereaux, bécasses ou palombes, en migration évidente vers le sud et le soleil. Sylvia était incapable de les reconnaître mais savait qu'ils allaient chercher ailleurs la nourriture que la terre ne fournissait plus ici. Et considérait leur départ comme un très mauvais signe, ajouté aux autres.

Un matin, sortie du lit frissonnante pour aller se soulager dans la cabane de planches, elle est alertée par une cacophonie de caquetages furieux. Une journée claire, tranquille, sans présence humaine dans les parages, ni danger apparent. Sylvia s'enroule dans le châle, devenu son uniforme d'automne, et enfile ses bottes. La tenue complète de Sylvia l'ancienne, qui lui donne une silhouette de petite vieille. Partagée entre curiosité et appréhension, se laisse guider par le vacarme, de plus en plus distinct. Pas à pas à travers les arbres, un raccourci jusqu'au carrefour.

Le vacarme provient de la cabane effondrée qui marque l'entrée du chemin. Une brouette y a été roulée, qui occupe presque tout l'espace. Remplie à ras bord d'un ballot de paille et surmontée d'une cage grillagée. À l'intérieur, deux poules d'un noir luisant, superbes. Qui, furieuses d'être entravées, le manifestent à coups de bec. Un gros sac de grains à côté, sur lequel est fixé un petit carton, avec une unique phrase, *THANK YOU SO MUCH !*, écrite à la main, en lettres capitales.

Aucun doute sur la provenance. La jeune pompière, sensible à son beau poulailler, a joué les intermédiaires avec les Anglais.

Quelle drôle d'idée, ces poulettes rondes et effrontées ! Sylvia se laisse surprendre par la vitalité débordante du cadeau. Puis éblouir par la perspective des œufs frais que ces pondeuses pourraient lui offrir ; les protéines qui lui manquent depuis des mois.

Elle apprécie également à son juste prix la discrétion anonyme des donateurs, qui ne lui imposent pas de remerciements. Et aussi, de manière vague, perçoit toute cette chaîne d'humanité mise en branle pour parvenir jusqu'à elle, s'y réchauffe en ce matin froid.

Tout y est, jusqu'à la brouette flambant neuve pour transporter ses pensionnaires, leur nourriture et leur litière. D'un outil pareil elle n'aurait pas eu l'idée non plus, mais imagine déjà tous les efforts qu'il va lui éviter, pour transporter chaque jour le bois et l'eau.

Un ronflement de moteur, au loin sur la route. Sylvia s'aplatit derrière les ruines du cabanon, le temps que passe la voiture. Attrape les manches de la brouette et pousse énergiquement sa volière caquetante sur le chemin. Tout d'un coup, la journée prend une autre couleur, dorée comme les feuilles des arbres autour d'elle, qu'elle n'avait pas encore remarquée.

Bien sûr, jamais de sa vie elle n'a possédé ni soigné de volailles. Jamais non plus elle n'a pénétré dans le bâtiment bas aux travées grillagées. Il lui faudra donc agir à l'instinct, en cherchant la trace de celle qui l'avait précédée dans les lieux ; de nouveau il lui semble qu'on l'aide à trouver les bons gestes. Ou bien est-ce tout simplement le bon sens.

En plus des billes rondes qui l'observent depuis la cage, trois chats noirs se sont approchés, paupières mi-closes et dos souple du prédateur.

— Allez-vous-en, ne touchez pas à mes poules !

« Mes poules ! » Sa phrase la fait sourire, et sa voix l'étonne en résonnant dans la cour.

Multiplier les gestes plus ou moins utiles : traquer les toiles d'araignée, rafistoler les trous du grillage, avec celui de la cage justement, étaler la paille, remplir mangeoire et abreuvoir. Des œufs de pierre calcaire, bien blancs et bien polis, sont restés disséminés sur place : cela donnera-t-il l'idée à ces dames de pondre ? Trouvera-t-elle des œufs dès demain matin ? Son incompétence la désole, autant que l'absence de tutos sur Internet.

Puis elle installe les volatiles :

— Bienvenue chez vous !

Parler à des êtres vivants, palpitants, émouvants même, lui fait du bien. Les poules – qu'elle baptise aussitôt Morgane et Mélusine, puisqu'elles enchantent sa journée – semblent en tout cas ravies de se dégourdir les pattes. Elles enchevêtrent les diagonales dans la cour et grattent l'herbe avec ferveur.

À la mi-journée, fatiguée, Sylvia ouvre son dernier paquet de coquillettes « aux œufs frais » pour fêter l'événement.

S'étonne du temps écoulé à ne pas penser, et des toiles d'araignée dans ses cheveux. Décide d'une grande toilette, en faisant tiédir l'eau glacée de la fontaine. Indispensable, et pourtant brrr, brrr...

Les deux poules ont déjà transformé sa vie.

Sylvia possède assez de culture littéraire pour se méfier du renard, aperçu plusieurs fois derrière la maison : avant la tombée de la nuit, elle barricade son petit monde derrière le grillage. Puis s'effondre d'un coup, épuisée, en pensant, comme Perrette près de son pot de lait, à ses futurs œufs à la coque. Depuis un moment, elle dormait souvent plusieurs heures de rang. C'est que même les cauchemars s'estompaient dans ce temps en apesanteur.

9

L'amitié du chien est sans conteste plus vive
et plus fidèle que celle de l'homme.

Michel de Montaigne

Une fois de plus, le chien vient s'arrêter sur le chemin, à courte distance du portail. Jappant, les yeux brillants, la queue frénétique. Black-and-White, comme Sylvia l'a surnommé, à cause de son pelage bicolore et de ses origines british, est là, et il a envie de jouer, qu'on se le dise !

Au fil de ses dernières apparitions, ils avaient fait plus amplement connaissance. L'animal se roulait à ses pieds dans la boue pour offrir son ventre à gratter, puis lui sautait dessus avec ses pattes sales, la léchouillait tant et plus. Elle, elle trouvait un plaisir fou à entourer son encolure chaude, à fourrer ses doigts dans les poils doux et denses à la fois, à murmurer des compliments au creux de ses oreilles.

Depuis, elle le guette vaguement, tout le temps. Matin et soir, dedans, dehors, dans les bois, croit entendre son trot, ses aboiements joyeux. Si ce chien n'avait pas de maître, elle en ferait bien son compagnon de galère, à côté des chats noirs, nettement moins démonstratifs, et des poulettes indifférentes.

Mais Black-and-White semble parfaitement soigné ailleurs, alors qu'elle ne parvient pas à se nourrir elle-même. Ni à se chauffer, ni à communiquer, ni à rien, et voilà ses pensées sombres qui la reprennent, sous le ciel bas.

L'appel de Black-and-White tombe donc à point. Sylvia s'empresse de rejoindre le chien sur le chemin, gratouillages affectueux et joie des retrouvailles. Il l'entraîne vers la combe, elle le suit volontiers.

Tout d'un coup, derrière le détour du chemin, retentit une voix féminine :

— *Shelby, Shelby, come on !*

Apparaît une vieille dame essoufflée, traînant une laisse vide, aussi rouge que le collier. En apercevant Sylvia, elle s'arrête, un peu à distance.

— *Excuse me ! Shelby ran away, as she always does…*

Elles se sont reconnues tout de suite. Le même souvenir les saisit au même instant : à la fin de l'été précédent, les cris du petit, ses mains agitées et douloureuses.

L'une et l'autre restent sur leurs gardes.

Ce n'est pas de cette femme âgée que Sylvia a

peur, bien sûr. C'est de sa voisine dans ce coin de campagne, et de la maîtresse de ce chien qu'elle a commencé à aimer. Qui pourrait affirmer ses droits de propriétaire sur l'animal et le chemin.

Elle aurait peur d'un simple bonjour ? Et en même temps se demande ce qui chez elle effraie cette femme, pour la rendre aussi prudente.

Le chien bondit de l'une à l'autre, allers et retours frénétiques. Comme pour combler cette peur, et le bout de chemin qui les sépare.

C'est l'Anglaise qui finalement s'approche, doucement, toutes rides souriantes.

— *Excuse me*, je ne parle pas bien le français...

— *No problem, we can speak English...*

La phrase est sortie toute seule de sa bouche, comme du temps où elle rencontrait des fournisseurs américains.

Pourtant, cela aurait fourni un prétexte parfait pour couper court. Mais Black-and-White, toujours aussi excité par les retrouvailles, ne le désire pas ; et elle non plus, au fond...

— *Oh, great... My name is Pandora Craig. I'm your neighbour, thank you so much for your help last summer, we're so glad you've helped our grandson...*

Pandora Craig, donc, qui s'est empressée de la remercier d'avoir soigné son petit-fils, l'été précédent...

Le chien, enthousiaste, multiplie les assauts sur les épaules de Sylvia.

— *Shelby, sit, sit !*

— *I love your dog ! He's beautiful…*

— *She ! Shelby's a female, a young border collie… She also loves you very much…*

Sans qu'elles s'en rendent compte ni l'une ni l'autre, à force de parler du chien – qui est en réalité une chienne, c'est dire si elle n'y connaît rien ! –, elles se sont rapprochées. Et détendues.

L'anglais de Sylvia revient, sa voix s'éclaircit au fur et à mesure qu'elle parle. La vieille dame, dans sa langue, en devient bavarde, mi-français, mi-anglais :

— Les border collies sont des chiens très intelligents… affectueux, et surtout… *how you say it…* hyperactifs. Shelby a besoin de courir, et moi je marche mal. L'arthrose… Alors elle part, et revient, *an hour later*, *very pleased…* explique la propriétaire avec un petit rire d'excuse.

Shelby, consciente d'être au centre de l'attention des deux femmes, resserre ses cercles autour d'elles, en jappant.

— *Look at her !* Elle nous veut toutes les deux en promenade avec elle…

La petite chienne émet des gémissements suggestifs, les yeux mouillés ; fourrant son museau dans les mains de Sylvia, puis mordillant le bout de cuir rouge que tient sa maîtresse.

— *Yes !* J'ai compris, Shelby !

Sylvia ne sait pas pourquoi elle a tout d'un coup envie de pleurer, devant de telles manifestations d'amour.

Avec tact, Mrs Craig ne s'aventure pas au-delà du sujet canin, tend la laisse :

— *If you could spare some time,* si vous avez le temps… nous pouvons aller dans les bois avec Shelby ? *Take her !* Moi, elle me tire trop fort. *She's dangerous…*

Avec reconnaissance, Sylvia croche la laisse sur le collier rouge et se laisse entraîner par Black-and-White-Shelby, qui procède par vigoureux bonds en avant.

De chemins creux en sentes mal dessinées, elles se retrouvent vite au-delà du monde connu de Sylvia. La chienne caracole toujours joyeusement autour d'elles.

— *You know*, les chiens ont plusieurs manières de communiquer : lécher, aboyer, remuer la queue. Shelby vous montre son affection avec les trois !

Sylvia sourit. Si longtemps qu'elle n'a pas souri, ses muscles zygomatiques en ont perdu l'habitude. Elle voudrait remercier pour les poules, et cherche comment s'y prendre, puisqu'il n'y a pas eu de donataire officiel.

L'Anglaise fait tous les frais de la conversation, sans laisser s'installer de silence propice pour commencer une phrase.

— Shelby est merveilleuse, *don't you think* ? Mais *a bit tiring. My husband and I*, nous avons toujours eu des chiens. La compagnie d'un chien apaise, *isn't it* ?

Sylvia se tait. Elle perçoit bien les efforts de son

interlocutrice pour la mettre à l'aise, avec ses histoires de chien.

Canithérapie, le mot lui vient à l'esprit. Et aussi qu'elle doit avoir l'air bien mal en point…

Brusquement, ses larmes jaillissent. Incontrôlables. Même si ces pleurs-là ne sont pas de la même eau qu'à son arrivée.

Avec un petit signe d'excuse de la main, elle rend la laisse et s'enfuit, dans un remue-ménage de feuilles mortes.

Court à travers bois, sans les retenir, sans se demander où est son chemin. Sa tête est comme un iceberg qui se dégèle.

Shelby, décidément fort intelligente, reste à l'arrêt pour la regarder partir, museau dressé et œil humide. Même Mrs Craig fait comme si de rien n'était, et clame très fort dans l'air froid, avec une sereine amabilité :

— *Goodbye, thank you ! See you soon !*

10

La Toussaint est le jour où les morts de demain vont rendre visite à ceux d'aujourd'hui.

Henri Duvernois

Sybille Mazeyrolle était revenue à Salibourne pour les vacances de la Toussaint. Contente de quitter son studio vide, qu'elle n'avait toujours pas commencé à aménager. Décidément elle ne s'y sentait pas bien, sans réfléchir vraiment au pourquoi. Et si bien accueillie à la Borderie, par ses grands-parents comme par les chiens.

Reprendre le volant de la Clio lui rendait tout de suite ce merveilleux sentiment de liberté qu'elle ressentait à parcourir seule les petites routes du pays. Et elle avait retrouvé avec plaisir l'équipe du centre de secours. Au programme, un dernier module « sauvetage et mise en sécurité » à valider.

Tout lui plaisait chez les pompiers, jusqu'aux longues astreintes occupées à entretenir le matériel, et à discuter. La solidarité, lorsque retentissait la sonnerie d'alerte, et qu'il fallait être à bord du camion en moins de cinq minutes, et même l'adrénaline du gyrophare. Elle qui avait grandi sans frères ni sœurs, ni même cousins, trouvait à Salles une place bien à elle, et un esprit d'équipe sous la houlette placide de Bernard. Bien plus que dans le service d'oncologie où elle était affectée à Bordeaux, apprenant à délivrer des traitements selon des protocoles compliqués à des patients qu'elle ne reverrait jamais ; en se dépêchant toujours, en ne s'attachant surtout pas à l'un ou l'autre des malades…

Sybille aurait pu expliquer tout cela à ses grands-parents, mais redoutait de parler d'autre chose. La « chose », c'était la décision de sa mère, qu'elle avait apprise juste avant eux : Fabienne, considérant que son rôle de mère serait bientôt terminé, avec le diplôme de Syb à la fin de l'année, préparait un départ définitif en Californie. En mère attentive et organisée, elle avait déjà déménagé sa fille dans un joli studio, lui offrant une indépendance que celle-ci n'avait jamais demandée.

« Mais pourquoi la Californie ? Déjà, Bordeaux est loin, mais Los Angeles… »

Moumoune revenait toujours au sujet qui fâche. Elle prononçait « Lossangelesse… » dans un drôle de mélange de soupirs et de dégoût, d'accent occitan et anglais.

« Et puis on n'a jamais fini d'être une maman ; j'en suis bien la preuve, moi… »

C'était peut-être cela le problème. Sybille ne voulait pas répondre, et s'était contenté ce matin-là d'embrasser sa grand-mère.

« Allez, je ne veux pas être en retard pour mon retour à Salles ! »

Tandis qu'elle conduisait, le regard transparent de Mme Labrousse lui revenait avec une incroyable précision. Que devenait-elle ? Juste avant de faire sa rentrée à Bordeaux, Sybille avait livré au chef de centre le nom et l'adresse de la coupeuse de feu.

« En un temps record ! » avait admiré Bernard.

De façon très professionnelle, se gardant bien de citer ses sources, ni de s'attarder sur les histoires bizarres de son arrière-grand-mère. De toute façon, pour une petite fille solitaire qui avait grandi en compagnie de la télé, de *Sabrina, l'apprentie sorcière* et de *Charmed*, traiter quelqu'un de sorcière n'était pas si grave.

À la réunion d'équipe suivante, on lui avait proposé de terminer l'affaire, durant ses derniers jours de présence.

« Déplacement à Prends-Toi-Garde, avec un véhicule léger d'intervention. En binôme avec Sébastien, mais c'est toi qui prends la main… »

Tout en conduisant, elle revoit encore la silhouette toute droite de cette femme, si maigre et si visiblement épuisée. Seule dans cette maison insalubre mais exhalant pourtant un charme étrange, qui la poursuivait depuis. Malgré la force de son regard, la compétence qu'elle avait démontré avec l'enfant, et son silence si digne, Sybille était certaine que Mme Labrousse avait besoin d'aide.

Sébastien, expérimenté en « risques psychosociaux », était du même avis qu'elle. Mais il était aussi formel : cette dame était majeure, ne demandait rien, et on ne pouvait pas aider quelqu'un contre son gré. Pour faire intervenir les services sociaux, il fallait attendre qu'elle exprime un besoin précis.

Au débriefing de fin de journée, le chef de centre s'était montré un peu déçu :

« Oh, elle n'a pas de portable, la coupeuse de feu ? Dommage… Bon, dès que vous avez un moment, vous irez voir les Anglais. Il faut leur suggérer de faire un cadeau utile à cette dame, et surtout d'entretenir des relations avec elle ! La solidarité de voisinage, ça existe, bon sang ! »

Bernard croyait en l'humanité ; c'est pour cela qu'il faisait ce métier depuis si longtemps.

Donc, après l'entraînement physique, course à pied, cordes à nœuds et exercices de déroulement des lourds tuyaux à eau, ils étaient partis pour l'Estaubière. Même équipage, même véhicule, Sébastien connaissait maintenant le chemin.

Laissant sur leur gauche le chemin de Prends-Toi-Garde, ils avaient trouvé la boîte aux lettres rouge estampillée des armes de la monarchie britannique, et apprécié l'allée bien empierrée qui conduisait à la maison. Le contraste était saisissant.

Accueil infiniment gentil du vieux couple, proposant *whisky or cup of tea*. Voilà ce qu'aimait Sybille :

ici, en Dordogne, on prenait le temps de vivre. Pourtant, puisqu'ils étaient en service, les pompiers avaient dû refuser.

Dans leur anglais scolaire, ils avaient fait le compte rendu de la rencontre avec la coupeuse de feu.

L'émotion affleurait vite chez la jeune fille, en racontant ce qu'elle avait vu, la ferme ruinée, le dénuement de sa propriétaire. Peu de mots, mais beaucoup de soupirs et de points de suspension.

« Oh, my God, my God ! » répétait la vieille dame.

Que leur voisine la plus proche, qui leur avait fait le plus beau des cadeaux en soignant leur arrière-petit-fils, vive dans un tel dénuement la troublait beaucoup.

« Elle est étrange, fragile… mais dit n'avoir besoin de rien. »

Par chance, les mots se ressemblaient en anglais, et tous les répétaient à tour de rôle, avec des accents différents, sans savoir qu'en faire :

« Strange, frageaïle… »

La femme refusait le contact, et de toute façon ne possédait même pas de téléphone. Elle ne voulait pas non plus être dédommagée.

« *I'll go…* la visiter, pour la remercier », avait assuré Mrs Craig, comme une évidence.

Alors Sybille, sans réfléchir, avait ajouté :

« Elle a un très beau poulailler vide. *Poultry, chickens.* Peut-être cela lui rendrait-il service d'avoir des poules ? »

En bonne petite-fille d'agriculteur, cette ferme

silencieuse, sans chien de garde ni volaille caquetante, l'avait décontenancée.

Et Sébastien, roi de la logistique, d'ajouter :

« À condition de prévoir aussi de quoi les nourrir... *to take care of them !...*

— *Oh, I understand, I understand !* » avaient acquiescé les deux vieux époux, en se regardant et hochant consciencieusement la tête.

Le message étant passé, il avait fallu partir. Le magnifique border collie de la maison, que Sybille avait caressé tout en parlant, les avait raccompagnés avec des bonds jusqu'à la fourgonnette.

Et voilà, à peine revenue en Dordogne, trois mois plus tard, ces souvenirs-là s'imposent de nouveau dans les pensées de Sybille. Comment allait Mme Labrousse, depuis ? Mais à Salles personne ne parlait plus d'elle. Il s'était passé tant de choses depuis l'été ; des inondations après un gros orage, une électrocution, un tracteur renversé sur son chauffeur... Et même, ce jour-là, plusieurs départs de feu inexpliqués occupaient les esprits : malveillance ou accident ? Sébastien est en vacances. Amanda, chef du standard et âme du centre de secours, en congé maternité. Sybille déploie toute son énergie à cocher les objectifs de son stage : « sauvetage et mise en sécurité », ces mots-là lui conviennent tout à fait !

Et de toute façon la sonnerie retentit dans le hangar : tout le monde à son poste, en uniforme. Oui, elle aime cela !

11

... se trouva fort dépourvue
quand la bise fut venue...

Jean de La Fontaine,
« La Cigale et la Fourmi »

Une semaine de pluie presque ininterrompue, des gouttes épaisses durant des heures entières, transformant les paysages en brouillard, le toit en un tambour retentissant, la cour en bourbier. Même pour aller chercher du bois sous l'auvent, il fallait patauger, et Sylvia rentrait boueuse et transie. À l'intérieur, l'humidité remontait de la terre battue, des courants d'air tourbillonnaient entre fenêtre et porte disjointes. L'eau dégoulinait le long du conduit de cheminée, entraînant des paquets de suie dans l'âtre, faisant fumer le feu qu'elle s'acharnait à entretenir. Au-dessus d'elle, la pluie se déversait jour et nuit, à travers les tuiles disjointes, dans les bassines de zinc qu'elle devait vider régulièrement, en grimpant au grenier par l'échelle branlante.

Au milieu du bric-à-brac accumulé autour des récipients, elle avait aperçu un jour un livre de grammaire moisi, mangé par les souris, avec une étiquette au nom d'Hélène Labrousse, sa mère. En se redressant, dans un grand moment de solitude et de nostalgie, elle s'était retrouvée face à une chouette aux yeux ronds, ouverts, terrifiants. Et pourtant, il fallait bien continuer à les évacuer, ces fichues bassines, pour les transporter jusqu'à l'évier de pierre.

De puissantes rafales de vent faisaient grincer, battre les volets dégondés autour de la cour, jusqu'à secouer la vieille maison entière. Elle qui n'avait jamais eu peur ici, protégée par les arbres et par les pierres, par l'empreinte de ceux qui l'avaient précédée, ressentait maintenant l'hostilité des éléments déchaînés. C'était un paysage nouveau à réapprendre : les grands noyers au nord désormais tout à fait dénudés, leurs branches noires, tordues, comme des squelettes à l'horizon, transformaient l'aspect de la clairière. Oiseaux et insectes disparus, elle se sentait cernée d'un silence sans espoir. Tous les progrès accomplis depuis l'été pour apprivoiser son héritage, lui arracher de quoi vivre, semblaient anéantis, ou perdus d'avance.

La nourriture devenait une obsession permanente. Car les tourtes de pain étaient terminées depuis longtemps ; liquidés aussi le café, le lait, le chocolat, le quinoa et le boulgour, toutes les provisions de la précieuse Yseult. Restaient des pommes talées, des racines flétries. Des noix en quantité, à condition de passer beaucoup de temps et d'efforts à énoiser, des châtaignes aussi. Sa cuisine se résumait au chaudron de la cheminée, sous lequel elle tentait de maintenir du feu, autant pour épargner son unique boîte d'allumettes que pour se réchauffer. L'essentiel de ses repas, ce qui lui tenait finalement le mieux au corps, était constitué de galettes obtenues en faisant blanchir les amandes des glands disputés aux écureuils. Puis écrasées, passées au feu. Souvent, elles étaient à demi cuites, à demi carbonisées, à demi digestes…

Malgré ses visites de courtoisie au poulailler, et un service trois étoiles de grains, paille et eau fraîche, les poules n'avaient pas encore pondu le moindre œuf, et représentaient surtout une tâche de plus dans ses journées occupées seulement à survivre.

« Eh, mes cocottes, je ne vous nourris pas à ne rien faire ! » tonnait Sylvia, histoire de déverser sa colère et sa peur sur quelqu'un.

Les poules accueillaient leur taulière et ses revendications à coups de bec enthousiastes ; avant de s'éloigner dignement. Indifférentes, elles aussi.

Souvent, le soir tombé, une fois Morgane et Mélusine enfermées pour la nuit, Sylvia croyait voir un renard rôder derrière la basse-cour, à la lisière du bois : une petite tête pointue, des oreilles dressées et des yeux brillants.

Et cela l'angoissait : même tellement décevantes sur le plan nutritif, ses poulettes représentaient une compagnie, un cadeau offert par la charmante vieille dame, signe d'humanité, un peu d'humour et d'espoir. Voilà à quoi elle était rendue, à s'inquiéter sans cesse pour deux volailles, et à attendre d'elles l'impossible…

La sensation de faim lui était devenue permanente, avec de désagréables crampes à l'estomac, et des moments de faiblesse vertigineuse. Sylvia se sentait de plus en plus fragile ; un rondin de bois lui avait écrasé un orteil, qui noircissait lentement et la lançait en permanence. Puis, en divisant les derniers croûtons de pain, durs comme du bois, elle s'était coupée avec un couteau rouillé. Et la plaie, à la jointure de l'index, ne cicatrisait décidément pas. Se creusait, même, au fil des gestes indispensables à la vie quotidienne.

Tous les jours, elle regrettait d'avoir compris trop tard cette nécessité venue du fond des âges, qu'il fallait entasser des provisions pour l'hiver. Au coin du feu qu'elle tisonnait, repliée sur elle-même dans le grand châle pour lutter contre le froid, elle glissait dans des délires, où elle s'imaginait en train de ramasser les pommes de terre avant qu'elles pourrissent, de transformer en confitures les prunes et les mûres, d'aligner pommes et poires sur des claies… Les mirages de la faim, et un retour à la réalité plus dur encore.

Encore plus rageant : quand elle arpentait les bois humides avec sa brouette, en se perdant parfois, pour amasser les fagots obligatoires, des champignons surgissaient partout, pour peu qu'il ait un peu plu. Voluptueux, colorés, délicatement ourlés... Mais faute de les connaître elle n'osait pas y toucher, le ventre gargouillant pourtant de faim.

Sans cesse elle se heurtait à ces savoirs qui lui manquaient, comme des pièces d'un puzzle indispensables à la survie. S'en agaçait, enrageait parfois. Dans son ancienne vie, elle aurait trouvé les solutions sur Internet. Et dans ses moments de désespérance, de plus en plus nombreux, elle tournait et retournait le problème comme une obsession : pour avoir accès à Internet, il lui fallait absolument réparer son smartphone. Pour cela, elle avait besoin d'argent, et donc de récupérer le nouveau code de sa carte bancaire. Seule solution, téléphoner à son agence parisienne, aux coordonnées si soigneusement consignées... sur son smartphone.

Et voilà, la boucle infernale était bien verrouillée, elle n'en sortait pas. Se réfugiait sous sa couette, renonçant pour un moment à lutter contre cette impression d'engourdissement douloureux, de rétrécissement de sa vie.

Quelque chose en elle pourtant ne voulait pas disparaître, pas comme cela, et l'obligeait à tenir jour après jour. À entretenir son feu, écraser ses glands, admirer la flamboyance de l'automne, ramasser du bois mouillé. « Tu t'en sortiras », lui avait prédit

Yseult. Mais Yseult aussi avait disparu, dans ce grand vide pluvieux qui l'entourait.

Parfois un ronronnement de moteur brouillait le silence, et elle se surprenait alors à guetter sa direction. À espérer le retour du camion rouge : cette fois-ci, elle accepterait l'aide de cette gamine avenante. Pas le choix.

Mais la campagne restait déserte. Sauf de temps en temps, une visite éclair de la petite chienne au collier rouge.

« Tu remercieras tes maîtres, pour les poules ! » lui avait lancé Sylvia un jour.

L'animal avait répondu en remuant joyeusement la queue, comme s'il acquiesçait, avant de disparaître.

Et puis il y avait eu l'invasion des chasseurs.

Cela avait commencé avec les premiers vols d'oiseaux au-dessus de la clairière, justement. Et s'était répété, sans doute tous les dimanches. C'est du moins ce qu'elle se disait, en se repérant ainsi vaguement dans l'avancée du temps.

À l'aube, une noria de 4 × 4 boueux écrasant la végétation, défonçant le chemin, et se garant en terrain conquis, face à son portail. Des hommes en treillis et gilets fluo, des chiens excités en dégorgeaient, aussi bruyants les uns que les autres.

La première fois avait été une horreur.

Tout d'un coup, trois jeunes hommes bardés d'armes dans la cour, avec leurs molosses. En se retrouvant face à face avec eux, par surprise, alors qu'elle sortait de la cabane d'aisances, elle avait hurlé. Des cris venus du tréfonds de sa peur, les mêmes que lorsqu'elle s'était défendue en vain, quelques mois auparavant. Transformée en furie, les poings en avant, elle leur avait crié de déguerpir.

Rires gras, plaisanteries graveleuses, ils ne se laissaient pas déloger.

Alors, sans réfléchir, elle avait ramassé des pierres, ces petits silex pointus comme il y en avait tant dans sa cour, pour les leur jeter dans les jambes.

Les chiens s'étaient mis à gronder. Mais les chasseurs, pas du tout intimidés, riaient et s'avançaient.

« Ma petite dame, allons, soyez un peu plus aimable ! »

Un des molosses, touché par un caillou, s'était approché d'elle en montrant les crocs, jusqu'à lui happer la main. Sans serrer, avec un grondement satisfait, comme un bon chien qui n'abîme pas le gibier qu'il doit rapporter entier à son maître.

Quelques longues secondes de frayeur suspendues, jusqu'à ce que l'homme décide :

« Titus, au pied ! »

Le chien avait lâché sa proie à regret. Et c'est elle qui s'était enfuie, titubant de peur, pour se réfugier dans la maison. Les marques des crocs bien visibles sur sa paume, et leurs rires derrière la porte, encore.

« Non, mais elle est complètement hystérique, celle-là ! Une folle, avec sa mèche de diablesse ! Allez, on y va, les autres nous attendent… »

Bientôt les bois retentissaient de coups de fusils.

Et elle, désormais, les jours de chasse, se terrait comme une bête traquée, ne sortant qu'à la nuit.

C'est un de ces jours-là, après le départ des voitures, le brouillard tombé d'un coup et le silence enfin revenu, qu'elle s'était retrouvée face à lui, en allant – enfin – nourrir ses poules.

Une silhouette floutée par la brume, des yeux jaunes juste derrière le mur de la basse-cour. Qui semblaient l'observer d'un regard tendu, inamical. Ce n'était pas le renard qu'elle connaissait bien, avec son petit museau triangulaire, sa queue pelucheuse, s'enfuyant souplement dès qu'elle s'approchait un peu. Celui-là la guettait, et ne céderait pas le terrain. Était-ce Titus, le molosse qui avait failli lui arracher la main un matin ? La bête paraissait plus haute sur pattes que le bâtard du chasseur, avec une grosse tête et des petites oreilles pointues dressées. Un loup ? Elle avait beau se raisonner, savoir qu'il n'y avait presque plus de loups en France, que les loups n'attaquent pas les hommes, que peut-être celui-là fuyait justement les fusils des chasseurs, etc., elle était glacée de peur. Jusqu'aux os, jusqu'à la moelle. Le nez, les pieds et les mains engourdis de froid ou de peur, de peur ou de froid. Pendant si longtemps. Pourtant, il fallait bien qu'elle s'approche, pour jeter du grain aux poules, apeurées elles aussi, ce qui ne trompe pas… Comment y avait-elle réussi, sous la lueur de ce regard, dans la nuit d'hiver ? Elle ne le savait pas. Mais était certaine d'avoir attrapé là le froid de la mort.

12

Ajoutons-y l'autorité,
la conscience de son rôle, le regard,
le ton, l'assurance… et une ardeur
intense au service de sa cause.

Georges Rocal,
Vieilles coutumes dévotieuses
et magiques du Périgord

— Salut, Syb !

— À demain, je file…

En sortant du centre de secours, Syb se dépêche de rejoindre sa grand-mère. Le dernier jour du mois d'octobre se tient la fête patronale de Salibourne-et-Bayac. Avec brocante, stands des associations, buvette et barbecue.

« Quelle chance que tu sois là cette année, juste au bon moment ! »

Depuis des années, les Vergne animent l'équipe de préparation du dîner des anciens, prenant la suite de la vieille Colette. La petite Syb, autrefois, donnait un coup de main avec ferveur.

Moumoune lui a demandé de s'y coller de nouveau.

Sur la route du retour vers Salibourne, l'automne est magnifique, roux, jaune, doré, mordoré… Quand elle débarque dans la salle des fêtes, où tout le monde est en train de s'attabler, sa grand-mère lui confie aussitôt sa première mission :

— Je suis débordée, comme d'habitude. Tu veux bien distribuer les corbeilles de pain ? Avec un petit mot gentil à ceux que tu reconnais, ou qui te reconnaissent ?

Cela fait du monde, avec quatre grands-parents et deux parents nés dans le canton.

— Ah, quel plaisir de te voir ici ! Il n'y a pas tant de jeunes que cela dans la commune, et encore moins qui reviennent pour la fête !

On sert le tourin. Une soupe à l'ail qui vous emporte la bouche, mais spécialité périgourdine incontournable.

Au fil de ses déplacements entre les tables, Sybille essuie les mêmes questions attendues, sur ses études, la santé de ses parents, sa nouvelle vocation de pompier. Pour en arriver à celle-ci, que la tablée entière écoute :

— Il paraît que tu es allée à Prends-Toi-Garde ? Et donc, tu lui as parlé, à la sorcière ? Elle t'a répondu ?

Tout le monde ici a l'air au courant de sa rencontre avec « la sorcière », comme ils l'appellent.

— Mme Labrousse, vous voulez dire ?

La conversation avec son arrière-grand-mère, trois mois auparavant, semblait s'être transmise, amplifiée, démultipliée, dans les maisons de Salibourne, Bayac et autres hameaux. Riche des détails distillés par la vieille dame et additionnés de beaucoup d'autres, encore plus croustillants.

— Les sorcières, c'est héréditaire, hein !

Ils en parlent comme s'il s'agissait d'une maladie, songe Sybille en jonglant avec ses panières.

Les convives, abreuvés de télévision, d'histoires de sorcellerie, de superpouvoirs, de revenants de l'au-delà et de *witches* américaines, mélangent tout cela dans une excitation malsaine. Ils reprochent surtout à cette femme de se tenir à l'écart du village, sans donner prise aux commérages, et de vivre autrement qu'eux.

Exactement comme son père à elle, dont on doit aussi dire du mal derrière son dos.

Sybille, agacée, décide de ne plus répondre. Elle sert les cafés, un sourire, et hop, passe à quelqu'un d'autre, à autre chose. Mais on ne la laisse pas tranquille :

— Et puis il y a eu l'ouverture de la chasse !

Mme Mazeyrolle, cousine par alliance de son défunt grand-père paternel, qu'elle a à peine connu, l'agrippe par le poignet, avec le privilège de la parenté.

— Tiens, voilà Pierrot, il pourra te raconter, il était aux premières loges !

Pierrot, qui fumait dehors, avec les autres jeunes, a été sommé d'entrer dans la grande salle. On lui tend aussitôt un verre. Monique, qui a l'œil sur tout, essaie en vain de s'interposer. Avec lui, il y a toujours un risque de bagarre...

Mais Pierrot, son kir déjà en main, ne demande qu'à parler. Et les anciens ne demandent qu'à commenter cette énième version de l'incident à l'ouverture de la chasse.

Sybille ne peut éviter d'entendre.

Comme toujours – enfin, au moins depuis très longtemps – les chasseurs de Salibourne s'étaient garés sur le chemin désaffecté de Prends-Toi-Garde, pour couper ensuite à travers Combenègre, et retrouver ceux qui arrivaient de Bayac.

Cette fois-là, Pierrot et ses copains, descendant tranquillement de voiture avec leurs chiens, étaient tombés sur une femme, devant l'ancienne ferme.

— Complètement ahurie ! Un regard de folle, avec sa mèche blanche, comme Cruella. Ma grand-mère aurait dit que c'était la mèche du diable ! Elle n'avait même pas l'air de savoir que c'était le jour de l'ouverture, ne comprenait rien, voulait à toute force nous faire partir... On l'a draguée gentiment, Jordan lui a fait son numéro, vous le connaissez... Eh bien, c'est tout juste si elle ne nous a pas craché au visage ! Elle est possédée par le démon, cette femme-là : une vraie sorcière ! J'ai dû empêcher mon chien de lui arracher la main...

Le garçon, sûr de son bon droit et de son auditoire, multiplie les détails et les adjectifs, sincèrement choqué par ces mauvaises manières. En parlant bien fort pour être entendu de tous, et surtout de Sybille.

Il a déjà raconté plusieurs fois l'histoire, aussi souvent qu'on le lui demandait : au café, à la palombière, à un élu du conseil municipal, et déjà une première fois tout à l'heure, à l'extérieur de la salle des fêtes.

— Une folle, je vous dis, et agressive avec ça ! Quand on s'est approchés d'elle, elle a hurlé « Bas les pattes ! ». Et c'est pas aux chiens qu'elle parlait, je vous assure ! D'ailleurs, les cabots, ils n'arrêtaient pas d'aboyer, ils comprennent vite à qui ils ont affaire...

Un habitant de Salibourne lui donne la réplique :

— C'est la fille à la bagnole orange, immatriculée dans le 60 ? Bé, je la connais, moi ! Elle a bien failli m'écraser. Oui, elle est folle, pas même capable de répondre quand on lui parle, c'est la petite vendeuse de la boulangerie qui me l'a dit. Une sauvage ! Va savoir comment elle vit, toute seule, et de quoi, hein ?

— À un moment elle avait une copine avec elle, qui avait des cheveux rouges...

— D'ailleurs, il y a toujours eu des sorcières par là-bas...

Le maire sans étiquette de Salibourne-et-Bayac, venu serrer les mains de ses électeurs les plus anciens et vénérables, intervient en posant la main sur l'épaule de la jeune fille :

— Arrête-toi un peu, Syb ! Décidément, tu ressembles à ta grand-mère, à toujours t'activer. Regarde, l'apéro n'attend que toi !

Joyeusement, il lui désigne un verre de kir rempli, à côté du sien. Sybille, qui en a assez entendu comme ça, accepte l'invitation.

Serge est un bon copain de son grand-père, et Sybille, en trinquant, plante ses yeux dans les siens.

— Pourquoi ils s'excitent comme ça sur la dame de Prends-Toi-Garde ? Elle a des problèmes, c'est sûr. Mais plutôt que de la traiter de folle, il faudrait voir ce dont elle a besoin.

Le maire s'est déjà fait son idée sur l'affaire qui agite le bourg.

— Oh, ne t'inquiète pas, va ! Quand les gens ont besoin de quelque chose, ils savent venir le demander à la mairie ! Je te rassure, cette femme n'est pas du tout une clocharde. Après la prise de bec avec le Pierrot, la secrétaire de mairie a consulté l'administration, au cas où elle aurait squatté la ferme abandonnée, ça peut arriver, hein ? Eh bien pas du tout, elle en est la propriétaire légitime, avec presque dix hectares de bois autour. Dont une chênaie avec des sujets magnifiques, je peux te le dire ! Aucun problème d'impayé sur ses impôts, pas d'affaires en cours. Rien sur les réseaux sociaux, un profil LinkedIn qui date un peu. Ta copine, elle est bilingue, diplômée d'une école de commerce, et elle a été directrice commerciale dans un groupe pharmaceutique parisien. C'est juste une baba cool qui a décidé de se la couler douce… Mais faut pas pour autant qu'elle embête nos chasseurs : tout le monde a le droit de vivre.

13

C'est la maladie qui rend la santé agréable ;
le mal qui engendre le bien ; c'est la faim
qui fait désirer la satiété, et la fatigue le repos.

Héraclite

Un matin Sylvia se réveille grelottante, au milieu d'aboiements qui battent ses tempes, résonnent dans ses oreilles. La gorge douloureuse, assaillie de bouffées de fièvre qui détrempent et glacent la couette. Cette précieuse couette, tout ce qu'elle possède de doux et de chaud, pour se protéger des courants d'air, de l'angoisse, de la désespérance.

Dans cette pièce sans lumière, traversée de craquements et de ses propres bourdonnements d'oreilles – ce n'étaient pas des aboiements, en réalité –, elle a soif, tellement soif. Une obsession pour sa bouche en carton. Mais elle se sent incapable de se lever, d'aller jusqu'à la fontaine chercher de l'eau. Elle pèse des tonnes, le moindre mouvement lui est impossible.

Alors elle reste immobile, tour à tour brûlante et frissonnante. En plein délire, elle voit passer pêle-mêle Yseult, Hélène, Sylvia l'ancienne, la jeune pompière, dans le décor sordide de cette pièce noire.

Elle essaie de parler, de les appeler à l'aide – Un téléphone, s'il vous plaît. Au secours ! –, mais aucun son ne sort de sa bouche, ou personne ne se rapproche assez d'elle, et toutes disparaissent quand elle tente d'ouvrir les yeux.

À chaque tentative déçue, elle mesure un peu plus sa solitude et sa faiblesse, sa soif, sa douleur. Jusqu'où pourra-t-elle tenir ainsi, l'esprit brouillé, dans un corps qui ne répond plus ?

La tentation de se laisser glisser. Elle referme ses paupières si lourdes, espérant juste ne plus avoir mal, ne plus avoir peur.

Depuis qu'elle a découvert dans le réduit, sous la couchette, un pot de chambre de porcelaine blanche, elle n'a plus besoin de sortir la nuit, ni par temps de pluie. Et surtout pas en ce moment.

Quand elle se réveille de nouveau, au bout de trois minutes ou de trois heures, elle ne sait, ses vêtements sont embués de transpiration ; elle a l'impression d'étouffer, à force de ne pouvoir avaler, même le peu d'amertume qui lui reste en bouche. C'est peut-être cela, mourir ? Bizarrement, elle pense d'abord à ses poules, qui ne survivront pas sans elle.

Et plonge dans une immense tristesse sans fin

et sans contours, peuplée d'images, de souvenirs décousus, avec des sentiments mélangés d'effroi, de désespoir, d'apitoiement sur elle-même. Avec aussi le soulagement coupable d'en finir, d'arrêter de se battre contre elle-même, quand elle se sent glisser dans une demi-inconscience. Et cela recommence, encore et encore : la fièvre lui bat de nouveau les tempes, la soif et la douleur l'épuisent…

Et puis un matin de jour sale, ou bien est-ce à la tombée de la nuit, l'un des chats noirs miaule sans discontinuer derrière la fenêtre fermée. Ce n'est pas une hallucination, cette fois-ci : l'animal, poil hérissé et queue dressée comme un cierge, tourne en rond sur l'étroit rebord. Miaou, miaou… sans renoncer. L'obligeant, elle, à sortir de sa torpeur.

Est-elle capable de se lever ? La fièvre a sans doute un peu cédé, car une certaine clarté d'esprit lui revient.

Au bout d'un long, très long moment, Sylvia parvient à la décision de se lever, et met encore plus de temps à l'exécuter. Elle se sent comme une poupée de chiffon ; jamais elle n'a éprouvé une telle faiblesse. *Miaou, miaou…* Doucement, très doucement, assurant chaque geste, elle se met en mouvement, une jambe, la deuxième, assise, debout. Le vertige la reprend plusieurs fois. *Miaou…* le chat miaule de plus belle, un effort encore pour aller ouvrir la fenêtre, à deux pas. Une humidité glacée la saisit au visage, aux épaules. Pendant ce temps l'animal, d'un bond bien calculé, saute à l'intérieur de la pièce.

En se retournant, sur ses jambes de coton, elle aperçoit sur la table un pichet rempli, que depuis son lit elle n'avait pas vu. Cette eau, coulant dans son gosier, à travers tout son corps, lui paraît délicieuse, extraordinairement revigorante. « Miraculeuse », aurait dit Yseult. Sa gorge lui fait encore mal, mais elle peut enfin déglutir.

Se recoucher, vite, tant la tête lui tourne.

Le chat, après elle, s'installe d'autorité sur la couette. S'y allonge de toute sa longueur, se love contre elle. Jamais il ne s'était permis pareille privauté. Ses pupilles, d'ordinaire réduites à un trait, se dilatent dans l'ombre de la pièce, donnant à Sylvia l'impression d'être couvée, protégée. Et surtout le petit corps tiède contre son ventre joue le rôle d'une bouillotte. Lui insuffle sa chaleur, jusqu'à l'intérieur d'elle-même.

Sylvia se rendort, se réveille, se rendort.

Mais ses idées, au fil du temps, s'éclaircissent, prennent de la consistance. Elle n'est donc pas morte, pas cette fois-ci ! Son quarantième anniversaire est passé, c'est certain, et ce n'est pas si grave ; elle n'a jamais aimé les anniversaires, après tout ! La fièvre lui a offert des heures et des heures de sommeil sans cauchemars.

Ce qui ne tue pas rend plus fort, se dit-elle tout d'un coup, comme une évidence. Impossible qu'elle ait enduré tout cela pour rien, depuis le drame jusqu'à aujourd'hui. Après tout elle s'était bien battue, révoltée quand il le fallait, et elle avait survécu à tout.

À ce moment précis, seule et sans forces dans son lit, elle se sent pleine de ressources, de choses à partager. Qui lui donnent l'énergie de se lever de nouveau. Ce serait trop bête de mourir de froid maintenant, se dit-elle avec un semblant d'humour.

Ses gestes sont lents, précautionneux, mais elle vient à bout des tâches qu'elle s'est fixées : rallumer le feu, devenu amas de cendres froides. Tant mieux, les flammes y mettent du leur, presque à la première allumette.

Quitter ces vêtements à l'odeur aigre de fièvre ; assise au plus près de la chaleur de la cheminée, elle passe de l'eau tiédie sur son visage, son corps maigre. Une renaissance, même si elle doit bien constater que son deuxième jean est devenu vraiment trop large, et que les os de ses hanches saillent encore un peu plus. Elle s'habille enfin, en oignon, superposant tout ce qu'elle possède de tee-shirts, chemisiers, chandails, collants et chaussettes. Se sent ainsi un peu plus protégée de tout.

Puis Sylvia mange ce qu'elle trouve, et surtout ce qu'elle peut avaler : quelques pommes verrées, ainsi que des noix écrasées, qui lui râpent l'intérieur des joues mais lui font tout de même un bien fou.

À bout de force, se rallonge, ferme les yeux. Se découvre presque sereine, et sans aucune envie de pleurer. Au moins cela de gagné !

Plusieurs jours de suite, elle s'autorise à rester ainsi en boule sous la couette, juste occupée à respirer, les yeux dans le vague, avec les poutres noircies comme unique horizon. Et le chat presque toujours collé à elle, ronronnant comme une forge rassurante.

Elle ne s'oblige à se lever que pour boire, encore et encore, grignoter ses dernières réserves et entretenir un feu d'enfer : merci, les provisions de bois accumulées ces dernières semaines, grâce au cadeau de la brouette !

Un soir, elle entreprend d'aller fouiller encore dans ses cartons, à la recherche de vêtements oubliés, et ouvre la porte du cagibi. Immédiatement, ressent la différence de température entre les deux parties de la pièce : telle une giclée d'air tiède, délicieuse, qu'on lui soufflerait à la figure. Elle ne met pas longtemps à comprendre pourquoi : juste au-dessus de la couchette du fond, une bouche d'air a été grossièrement pratiquée dans le chambranle de la cheminée, qui envoie directement dessus la chaleur du feu. Sylvia s'effondre sur l'édredon crevé, autant de fatigue que de plaisir. Une évidence pour elle : elle a été guidée vers ce refuge, au moment où elle en avait le plus besoin.

En enveloppant l'édredon dans sa deuxième et dernière housse de couette, en ajoutant oreiller et couette, elle se confectionne une sorte de tanière miraculeuse, à l'abri des vents coulis. Si confortable ! Elle découvre même une ampoule nue tombant du plafond, encore en état de marche, qui délivre une curieuse lumière jaune et tremblotante.

Le chat, aussitôt, investit les lieux à sa suite, comme un habitué.

En s'installant là pour méditer, elle éprouve une certitude toute neuve : elle est sauvée ! Monte en elle son ancienne énergie, à elle la battante, un désir de vivre presque sauvage.

14

C'est quand le malade devient un livre ouvert, consentant, que nous pouvons lui faire du bien.

Anonyme, conseils
de sages-femmes (XIXe siècle)

Le beau temps était revenu d'un coup un matin, comme pour l'encourager à ressortir, à revivre. Un beau temps encore différent de celui qu'elle avait connu à l'été, et même dans la splendeur bigarrée de l'automne ; ciel bleu layette derrière les arbres noirs, soleil rasant, presque orange, incendiant la cour. Ce soleil sans chaleur l'aide à reprendre des forces, à abattre avec plus de courage sa fastidieuse routine : ramasser et stocker du bois, transporter des brocs d'eau ; nettoyer le poulailler, et aussi sa cabane d'aisances. Casser des noix, blanchir des châtaignes, écraser des glands…

Ce matin, même les poules caquettent à son apparition, sur un registre victorieux. Quand il fait beau, elles pondent ! Merveille des merveilles ; jamais elle n'aurait imaginé ressentir un tel bonheur devant des œufs. Et déguste aussitôt l'un des deux, presque cérémonieusement. À la coque, le mode de cuisson le plus pratique avec une unique casserole de fer-blanc, au fond noirci par le charbon de bois.

Et Black-and-White apparaît sur ces entrefaites, nez au vent, la queue frétillante. Elle aussi semble contente de profiter du beau temps, et saute à cœur joie dans les flaques de boue du chemin. Toutes deux ont pris l'habitude de se faire des amabilités : caresses, regards enamourés, gratouillis derrière les oreilles. Sylvia fourre son nez dans le pelage d'hiver de l'animal, rêche et touffu. Elle reçoit en remerciements de grands coups de langue. La petite chienne repart ensuite comme une flèche vers la combe. Sylvia, frigorifiée, se dépêche aussi de rentrer au coin de son feu…

Où quelque chose la dérange, un bruit inhabituel. Tend l'oreille :

Clap, clap, clap… une fois, deux fois, trois fois.

Des mains frappées l'une contre l'autre, à intervalles réguliers.

Le bruit se rapproche, *clap, clap, clap…*

Enfin, une silhouette se dessine sur le chemin. Un petit homme rond surmonté d'une casquette, balançant un sac en plastique. Circonspect, il s'arrête bien avant le porche.

Sylvia l'y attend toute droite, prête à se défendre.

Défendre son domaine, sa précieuse bulle de sécurité.

— Bonjour, marmonne-t-il.

Et ceci dit, ouvre son sac, en extrait trois bocaux de verre remplis qu'il aligne devant le porche.

Puis recule de trois pas.

Elle reste sur ses gardes, tout en se morigénant : aucune raison de craindre ce brave homme.

Qui refait les trois pas en avant, jusqu'à se retrouver presque au portail, visage tendu vers elle.

— On m'a dit que vous pourriez faire quelque chose pour moi ?

Il désigne du doigt son front, dont la partie droite est couverte de petites vésicules, jusqu'à la paupière toute boursouflée. Certaines semblent infectées, rouges et purulentes.

Comme Sylvia ne dit rien, il précise :

— Ça me démange tout le temps, ça brûle…

Dans le silence qui suit, elle l'observe, reconnaît vite un zona.

— Le docteur me dit de prendre du paracétamol et d'attendre… mais je n'y arrive pas !

Il a presque pleuré ces derniers mots.

Sylvia le considère de haut en bas, avec une bienveillance non feinte : elle voit simplement un homme angoissé devant une douleur qu'il ne comprend pas. Cette capacité d'empathie la tient droite, les yeux grands ouverts. Et comme toujours l'incite à prendre sur elle ce qu'elle perçoit de difficultés chez l'autre.

Elle a déjà eu un zona, douloureux, mais rien de grave. Le médecin a sans doute raison de le prendre à la légère. Mais cet homme, qui ne doit pas être souvent malade, a peur et ne ressent rien d'autre.

Malgré elle, Sylvia laisse son regard diverger vers les bocaux alignés par terre. Des pâtés sans doute, qui lui font sacrément envie, au point que son estomac vide en gargouille.

Revient à l'homme, qui s'agite.

— Mais qui vous a envoyé ici ?

— Personne, personne, répond l'homme avec prudence. On m'a dit que vous pouviez me guérir ?

Jamais elle n'a soigné de zona, mais elle connaît de l'intérieur cette impression de brûlure irradiante, de démangeaisons. Et ressent l'envie, dans ses mains et même dans tout son corps qui se penche en avant, de soulager cet homme. Sans doute parce qu'elle vient de passer elle-même par une grosse fièvre, elle sait à quel point on peut être désemparé, inquiet de sa propre fragilité ; et de la souffrance, qu'elle soit petite ou grande.

Plus les bocaux de pâtés, devant elle, qui lui font de l'œil…

Sylvia hoche la tête. Elle pourrait bien essayer ; au moins, elle ne risque pas de faire du mal.

Cherche autour d'elle où installer le monsieur. Pas question de le faire rentrer dans la maison. Le banc fera l'affaire.

D'un geste, lui propose de s'asseoir.

Se place devant lui dès qu'il s'est laissé tomber sur le bois vermoulu.

Se concentre quelques instants, yeux clos, pour tirer le meilleur de ses mains. Les frotte doucement, y fait passer toute l'énergie possible. Doucement, s'approche.

Ressent tout de suite de la chaleur, des picotements. Oui, il y a bien du feu sous cette peau tannée, ridée, abîmée. Et recommence, en secouant ensuite vigoureusement ses mains.

L'homme a fermé les yeux ; il soupire bruyamment.

— Que c'est bon, mais que c'est bon… Je savais bien qu'avec vous ça marcherait !

— Comment le saviez-vous ?

Il bougonne, le regard toujours clos :

— La réincarnation, moi, j'y crois !

Elle ne comprend pas, mais le voit ouvrir les yeux, et s'ébrouer, tout joyeux.

Et sur cette phrase sibylline, accompagné d'un clin d'œil, il se lève.

Passe sa main pas très propre sur ses vésicules. Comme pour vérifier qu'elles sont toujours là.

— Attention, cela enlève le feu et la douleur, mais pas le reste : il faut surtout bien nettoyer votre visage, à l'eau stérile ou au savon de Marseille. Et laisser sécher ensuite à l'air. À partir du moment où la brûlure est stoppée, la peau va cicatriser. Ensuite, seulement ensuite, quand il n'y aura plus de plaies, vous passerez une crème hydratante…

Les mots lui sont venus avec une assurance qui l'étonne. Même si c'est du simple bon sens, venu de sa vie d'avant. Hélas, ici, elle n'a rien de tout cela à lui proposer.

Et elle se sent épuisée, comme à chaque fois qu'elle s'est concentrée pour tirer le feu.

Heureusement, l'homme est pressé de partir. Il repasse prestement le porche, en désignant les bocaux au passage :

— Vous allez voir, vous vous régalerez, c'est ma femme qui les fait ! Et à l'occasion je vous remonterai un peu mieux votre cabane. Ce sera plus confortable, en hiver, pour les gens qui viennent vous voir…

— Mais personne ne vient me voir !

Elle a protesté pour elle-même, car l'homme est déjà sur le chemin, d'un bon pas déhanché, en tripotant son visage infecté.

Dès qu'il a disparu, Sylvia se jette frénétiquement sur les bocaux. Une étiquette d'écolier collée sur le verre indiquait *Pâté de sanglier* d'une ferme écriture manuelle.

Ce ne peut être un hasard ! Le lendemain, dans un matin glacé, à la lumière transparente, de nouveau des battements de mains sur le chemin. Moins autoritaires que les précédents, mais tout aussi insistants. Sylvia s'enveloppe dans son châle.

Cette fois-ci c'est une très jeune femme, enceinte, qui vient déposer un paquet de bonbons aux couleurs criardes devant le porche. Puis attend, les mains sur ses reins cambrés.

Sylvia s'est approchée, encore plus intimidée que la veille. Effrayée, même : ce ventre habité, énorme sous le pull distendu, l'impressionne, et l'émeut, comme le mystère de la vie. Elle n'a d'autre expérience de la grossesse que les conversations de filles, dans son ancienne vie. Et si cette jeune femme, presque une enfant, était sur le point d'accoucher ?

Elles se regardent, longuement. Aucune des deux ne sachant que faire. D'une voix de petite fille, la visiteuse, qui danse d'un pied sur l'autre, finit par demander :

— Si on allait dans ma voiture ? Ce serait mieux pour moi...

Puis elle reprend lentement le chemin du carrefour, de la démarche syncopée, touchante, de celle qui porte une charge trop lourde. Sylvia la suit, sans trop savoir pourquoi, ou plutôt parce qu'elle ne sait que faire d'autre.

Au carrefour, il y a bien une camionnette stationnée, qui n'a rien à envier à son carrosse orange. Ailes cabossées, peinture éraillée, jantes boueuses. Mais en ouvrant le hayon arrière on y trouve, en plus de caisses d'outils, une grande couverture matelassée, à la propreté douteuse.

— C'est pour le chien de mon copain...

La petite grimpe aussitôt dessus, s'allonge en soupirant d'aise.

— Excusez-moi, mais je ne suis bien qu'allongée, et encore…

La laisser se reposer un peu… Sylvia, debout devant le marchepied, attend, silencieuse, le moment où elle devra lui expliquer que les femmes enceintes ne sont pas de son ressort. Elle est si menue, avec un visage d'enfant si tourmenté, et ce ventre derrière lequel elle disparaît presque…

La petite finit par ouvrir les yeux. Entourant son abdomen, comme si elle voulait prendre le problème à pleines mains, elle explique :

— Le bébé est en siège. Il faut absolument qu'il se retourne, sinon bonjour la galère pour l'accouchement. Ou bien ils me feront une césarienne. Et ça, c'est encore plus horrible. Alors on m'a dit de venir vous voir…

Sylvia a déjà entendu hier parler de ce « on », dont il est inutile de demander l'identité. Mais son impuissance se confirme. De nouveau, elle laisse le silence s'installer, puis demande :

— Il est pour quand, ce bébé ?

— Encore deux mois… mais jamais je n'arriverai jusque-là !

Ouf, au moins pas d'accouchement imminent.

— Mais pourquoi ?

Une grimace.

— J'ai tellement mal au dos…

Les larmes perlent à ses yeux. L'aveu remplit Sylvia de compassion ; en même temps que de tendresse pour cette petite vie qui palpite entre elles, si présente.

Et là, tout d'un coup, elle sait pouvoir être utile. Comme auprès d'Hélène, autrefois, dont elle massait le dos, le soir, après ses longues journées passées devant l'ordinateur. Sans savoir ce qui soulageait vraiment sa mère, de la tendresse de sa fille ou de ses mains. Et elle est heureuse de pouvoir offrir au moins cela à sa visiteuse.

Pourquoi pas ? Elle se fie à son instinct, oublie la prudence.

— Voulez-vous vous retourner, pour me montrer comment vous avez mal ?

Maternellement, doucement, elle aide la jeune femme à trouver une position confortable sur le côté, relève son pull. Et se concentre sur ce dos étroit, comme fondu dans les rondeurs dues au bébé. Met toute l'énergie de ses doigts à passer sur chaque vertèbre, détendre chaque nœud, masser, étirer, faire du bien à chaque centimètre de peau. C'est un sentiment puissant, qu'elle reconnaît à chaque fois avec gratitude, de pouvoir ainsi « faire du bien ».

Quand, fatiguée, elle s'arrête, la jeune femme lui sourit, visage détendu.

— Qu'est-ce que c'est bon ! Et pour retourner le bébé, vous allez faire quoi ?

Elle ne doute de rien, décidément…

— C'est lui qui décidera quand ce sera le moment.

Sylvia a parlé sans réfléchir, sans doute pour

cacher son ignorance. Et sans réfléchir non plus palpe le globe rond et chaud, qu'elle sent vibrer sous ses doigts.

— Oh, regardez, s'extasie sa « patiente », il bouge, il vous écoute ! Oui, c'est un garçon, on me l'a dit à la dernière échographie. Un gros gars qui fait déjà plus de deux kilos. Dites-lui donc de mettre la tête en bas !

De fait, sous la pression de sa main, le ventre se déforme, un petit cône apparaît, puis un autre, déformant et reformant le ballon sous ses doigts.

La future mère rit de plaisir, en se pelotonnant comme un chat. Sylvia baisse les yeux, troublée. Tend la main pour aider sa visiteuse à se relever. Maintenant, elle a l'impression d'être allée trop loin.

— Ce que c'est bon de ne plus avoir mal ! soupire de nouveau la femme-enfant, béate.

Qui se redresse, guillerette ; se cambre, le ventre triomphant.

— Merci, merci, oh ce que c'est bon ! Combien je vous dois ? Ah, non, c'est vrai, rien… En tout cas c'est mon copain qui va être content ! Je vais pouvoir l'accompagner à la chasse dimanche prochain.

Elle esquisse un pas de deux maladroit, avant de remonter en voiture.

— Et même aller en boîte samedi ! Bien sûr, il ne croit pas aux sorcières, lui ! Alors je ne lui raconterai rien…

Sylvia la regarde démarrer, sur les chapeaux de

roue. Elle se sent bien fatiguée, tout d'un coup. Comment l'homme puis cette gamine sont-ils arrivés jusqu'ici ? On ne passe décidément jamais inaperçu nulle part…

15

Le but d'une encyclopédie est de rassembler
les connaissances éparses sur la surface de la terre ;
d'en exposer le système général aux hommes
avec qui nous vivons, et de le transmettre
à ceux qui viendront après nous.

Denis Diderot

Les pâtés de l'homme au zona ont un goût inconnu, corsé, fondant, long en bouche. Sylvia s'en accorde une grosse tranche tous les soirs, à la nuit tombée. Qu'elle tourne et retourne avec sa langue, pour en garder la saveur le plus longtemps possible : le cadeau se marie très bien avec des noix, qu'elle possède en abondance. Et chaque repas protéiné lui apporte une énergie presque immédiate ; alors, trois bocaux entiers, des jours et des jours d'affilée…

Parce qu'elle se sent moins faible, peut-être aussi parce que faire du bien à d'autres lui en a fait, à elle ? Parce que les jours continuent à raccourcir encore, et qu'elle se réfugie au chaud dans son cagibi, sous la lumière jaune, l'essentiel de son temps ? Parce que, plus que jamais, elle éprouve la curieuse impression d'être menée par la main ?... Un jour, Sylvia se décide.

Un à un, elle évacue les cartons entassés dans le réduit vers la salle, où l'espace est moins compté. Les pousse plutôt, cassée en deux, car elle n'a pas la force de les porter. Et dégage entièrement les lieux, pour libérer l'accès à l'étagère de livres. Un long moment les regarde, sans oser rien toucher. Se contorsionne pour lire, étonnée, les titres sur les dos des livres.

Pas de romans, pas d'arabesques dorées, pas de guides de voyages et de cuisine, comme il y en avait tant chez Hélène. Ni de livres de poche, comme dans son studio parisien. Non, c'est une bibliothèque de travail. Des ouvrages bien usés, avec des coins hachés, des pages jaunies et gondolées. Certains sont reliés de peau grise, sans doute très anciens. Comment et pourquoi ces livres sont-ils arrivés dans cette demeure de paysanne ? Mentalement, elle en appelle à sa grand-mère pour comprendre.

C'est-à-dire qu'elle en commence l'inventaire avec la certitude nouvelle qu'ils lui sont destinés, à elle : pas d'indiscrétion envers les défunts. Fait glisser avec respect de lourds volumes, plusieurs tomes d'une encyclopédie. Déchiffre une page de garde :

Dictionnaire raisonné des sciences,
des arts et des métiers
Édité de 1751 à 1772
Sous la direction de Denis Diderot
et de Jean Le Rond d'Alembert
Tome IV, C et D

Dans la table des matières, des mots au hasard lui sautent au visage, dont elle n'aurait pas compris l'intérêt il y a seulement quelques mois : *Chanvre : comment tisser le... Charpente : les différents assemblages possibles de... Champignons, Chênes,* etc. Presque aussi bien qu'Internet !

Sylvia déchiffre, voudrait s'approprier tous ces mots, qui lui parlent de Prends-Toi-Garde, d'un univers où elle se sent étrangère et pourtant invitée. Ce ne sont pas des fadaises, ni des vieilleries !

Le temps n'existe plus, la lumière du jour baisse, et elle sort encore un nouveau tome, feuillette, se plonge dans une notice, puis une autre. Panais, Raisin de Smyrne, Rhubarbe... Tiens, c'était peut-être cela, cette plante acidulée ramassée à la fin de l'été ? Car en face du texte il y a à chaque fois des schémas, des dessins à la gravure précise et élégante. Voilà donc les topinambours, ces tubercules déterrés dans le potager.

TOPINAMBOUR (Hist. nat. & Jard.) On en distingue de trois espèces ; celle d'Espagne, celle de la Virginie, & celle du Canada. La première a passé de

Newfoundland dans les jardins d'Espagne. Elles ont toutes les trois à-peu-près les mêmes propriétés médicinales.

On doit les choisir grasses, bien nourries, tendres, rougeâtres en dehors, blanches en dedans, & d'un goût approchant de celui de l'artichaut. Elles nourrissent, elles humectent beaucoup, elles adoucissent les acrimonies de la poitrine : mais elles engendrent des humeurs grossières, & excitent des vents.

Ces fruits ou plutôt ces racines sont émollientes, & bonnes pour prévenir ou dissiper les maladies qui proviennent de la rigidité des fibres ; c'est un aliment convenable à ceux qui font beaucoup d'exercice, & aux gens bilieux, & à tous ceux dont les humeurs sont trop âcres & trop agitées[1].

C'est la première fois qu'elle se concentre ainsi sur un texte depuis son arrivée. Un texte long, difficile à déchiffrer, écrit dans un vieux français plein de pièges. Mais elle a déjà compris qu'il y a dans ces livres les moyens d'apprendre à se nourrir, se chauffer, se soigner…

La nuque endolorie, les yeux fatigués, Sylvia lit toujours, au hasard, livre après livre. Au-dessous de la lourde encyclopédie, elle déplace un catéchisme publié en 1913, frappé de l'imprimatur de l'évêque de Périgueux. Il laisse échapper une image pieuse :

1. Toutes les citations concernant les arbres, fruits et légumes sont tirées de l'*Encyclopédie* de Diderot et d'Alembert.

Souvenir
Première communion
Sylvia Labrousse
27 mai 1919.

Une écriture enfantine, à l'encre violette, avec pleins et déliés. Elle pose un doigt sur le signet, caresse l'image : la grand-mère, née vers 1912, est bien là, à côté d'elle.

Il y a encore, à hauteur de ses yeux, des petits livrets formant collection, recouverts de papier marron amolli par l'humidité. Sur chacune des couvertures, une étiquette au nom de Sylvia Labrousse, encore. D'une écriture plus rapide, plus moulée ; adulte en somme.

La même prière est imprimée au revers de chaque fascicule :

Je promets à Dieu le créateur tout-puissant d'assister les femmes dans leurs couches, que j'apporterai tous mes soins pour empêcher qu'il n'arrive aucun accident à la mère ni à l'enfant ; Je promets que je n'userai point de superstition, soit par parole, soit par signe, soit par quelque autre manière que ce soit, et que j'empêcherai de tout mon pouvoir que l'on en use et que je ne ferai rien par vengeance ou par mauvaise affection. Ainsi Dieu me soit en aide.

Elle attrape des paragraphes à la volée ; il est question de matrones, d'obstétrique, d'accouchement, de stérilité et de perte du fruit des entrailles de la mère, avec parfois croquis à l'appui. La découverte l'émeut, comme un secret de famille mis à jour : la Sylvia Labrousse du XXe siècle était donc sage-femme ! Jamais Hélène n'avait fait allusion au métier maternel.

Un autre livre est glissé derrière la collection de livrets. Qui, lui, tombe quasiment en poussière. Le titre est en latin cette fois-ci, sur une couverture parcheminée :

Malleus Maleficarum
Le marteau de la sorcière
– édition de 1597, Strasbourg –

Une histoire de sorcières et de maléfices : voilà qui plairait beaucoup à Yseult ! Mais elle, Sylvia, n'a nulle envie de l'ouvrir, et le remet à sa place.

Sylvia repère aussi plusieurs dictionnaires, une collection de calendriers lunaires allant des années 1952 à 1993, offerts par l'*Administration des Postes, Télégraphes et Téléphones.*

Et tout en haut, un grand rouleau de papier grainé, maintenu par une ficelle de chanvre. Le titre apparaît aussitôt qu'elle tire sur le nœud :

Prends-Toi-Garde
Plan cadastral 1963
(échelle 1/5 000)

Soudain fébrile, elle transporte sa trouvaille sur la table de la pièce – Brrr… qu'il fait froid –, déroule le plan, en cale les coins avec des tomes de l'*Encyclopédie*. Le chat la suit, s'installe en rond sur une chaise paillée, continue à l'observer.

C'est comme si elle déchiffrait un grimoire, dont elle s'étonne de maîtriser déjà beaucoup d'éléments. Au coin, une boussole indique les quatre points cardinaux. La route, le chemin, les grands chênes, l'ancien potager. Elle repère les bâtiments, chacun bien délimité, au milieu d'une parcelle (*57,6 ares*) qui englobe toute la clairière. Et tout autour, tel un jeu de l'oie, d'autres formes plus ou moins biscornues, plus ou moins grandes, délimitées par des lignes tracées à l'encre rouge. Un double trait autour, qui vaut sans doute limite de propriété. Indiqués en pointillé, des chemins serpentent entre ces parcelles, largement piquées de petits ronds noirs. Chacune porte un nom souligné, et une surface en ares. Ces noms lui semblent venir tout droit du Moyen Âge : *Taillebastine*, *Chavaroche*, *la Ladrerie*, *Tire-lance*, *Gipoulou*, *Combenègre*…

Au nord-ouest est signalé le donjon de Bayac, avec ses remparts dominant la falaise hachurée et en dessous un large trait bleu et sinueux. La rivière Vézère est donc si près ? C'est donc de là que montent les nappes de brouillard qui enveloppent la ferme, certains soirs.

Sylvia murmure l'un après l'autre, lentement, les lieux-dits du domaine de Prends-Toi-Garde. Prend conscience de la dimension de l'ensemble en additionnant les surfaces signalées : neuf hectares soixante-deux.

Une propriété d'environ dix hectares, en majorité plantée de bois et taillis, disait en effet l'acte de propriété, dans le dossier marron apporté de Paris. Mais rangé dans quel carton ? Elle renonce à chercher.

Jusqu'ici, Sylvia n'avait aucune idée de ce que représentaient dix hectares, elle sait maintenant comment ils la protègent, l'entourent. À condition d'en connaître le mode d'emploi.

Tout en bas, enfin, une pile de cahiers d'écolier remplis à la main, avec des lettres bien moulées et déliées qu'elle attribue à la même plume. Les soupèse un moment, caresse le papier gris, respire leur odeur de poussière et d'humidité. Son héritage est là, évidemment, plus que dans les murs ruinés de la ferme.

Ne pas les ouvrir, pas tout de suite. Avec des gestes respectueux, elle transporte la pile entière près du lit, désormais libéré de sa gangue de cartons. D'un bond, le chat la rejoint.

Tant d'efforts l'ont épuisée, il lui faut s'allonger de nouveau, se réchauffer aussi. Lui vient tout de même encore une idée, très terre à terre. Sous l'ampoule nue, elle reprend le tome de l'*Encyclopédie* qui traite de la lettre *C*, comme *Champignons* :

Les bons champignons sont ceux qui prennent leur accroissement dans la durée de la nuit, naturellement. Charnus, blancs en dessus, rougeâtres en dessous, de consistance assez ferme, se rompant facilement, moelleux en dedans, d'une odeur & d'un goût agréables : qu'au contraire, les champignons mauvais ou pernicieux sont ceux qui ayant demeuré trop longtemps sur la terre, sont devenus bleus, noirâtres ou rouges, & dont l'odeur est désagréable.

Suivent des planches de gravures de toutes sortes de champignons, ornés de noms latins : *Boletus edulis*, *Russula virescens*, *Tricholoma columbetta*, *Agaricus viridis*...

Longuement, mémorise les dessins de chapeaux, pieds, lamelles et spores. Demain, elle ira à la recherche de ces « bons champignons », parmi tous ceux qui surgissent dans ses bois.

16

Elles sont devineresses, marchandes
d'onguents et de sortilèges, charlatans,
fabricantes de poudres ensorceleuses
de toutes sortes, guérisseuses, avorteuses...

Dictionnaire (XVIIIe)

Jusqu'ici, le grand poêlon accroché au montant de la cheminée était pour elle un objet désuet de décoration, comme il y en avait dans les magazines de sa mère, autrefois. Désormais elle a compris comment s'en servir : une noisette de graisse – prélevée dans la couche blanche protégeant les terrines de pâté – pour saisir sur la braise sa première récolte de champignons, quatre belles morilles orangées ; avec un œuf battu par-dessus, offert par Mélusine. Délicieux repas, qui suffit à la rendre euphorique ! L'aurait-elle cru, du temps où elle était perpétuellement au régime ?

Car on ne l'y reprendrait plus, la pluie et le froid

allaient revenir : la nourriture à engranger était devenue la préoccupation principale de ses journées. Loin même devant ses problèmes de connexion et de finances ; et une inquiétude latente, à propos de ces « on » qui parlaient d'elle.

Chaque jour de beau temps Sylvia s'ingénie à faire des provisions. Arrache encore quelques racines comestibles à l'ancien potager – des poireaux squelettiques, peut-être ? –, découvre un buisson de menthe odorante qui l'enchante. Et part en expédition, suivant le pointillé du cadastre, jusqu'aux ruines du donjon perdu, à l'aplomb de la falaise.

Bingo ! Il n'y pousse aucune des plantes indiquées, ce n'est pas la saison, mais plus elle s'enfonce loin des chemins, plus elle trouve du bois mort en abondance. Vive l'invention de la roue, avec la brouette qui démultiplie ses forces et ses stocks !

Le ciel bleu persiste, mais le froid devient plus mordant. Et ses préoccupations aussi. Un matin, du givre blanc remplace la rosée dans la cour, pendant qu'un vent coulis fait grincer les contrevents. Son compagnon noir, lui aussi parti en chasse avec le beau temps, revient miauler un matin devant la porte.

— OK, entre, tu es chez toi...

Il s'en va s'installer en rond devant le feu, et Sylvia décide de suivre son exemple. Elle se calfeutre à l'intérieur, en roulant des torchons pour colmater les courants d'air de la fenêtre. Toutes ses maigres réserves entassées à côté de la cheminée.

Le moment est venu.

Dans la couchette, où elle a coincé son propre matelas, pour un confort maximal, les épaules serrées dans le châle de Sylvia l'ancienne, avec la cheminée ronflant de l'autre côté du chambranle, elle pose sur ses genoux la petite pile de cahiers usés, écornés.

C'est un rendez-vous vers lequel elle se hâtait lentement depuis la découverte de la bibliothèque. Un moment presque parfait, comme elle ne se souvient pas d'en avoir connu ici. Ni ailleurs, d'ailleurs ? Une sorte d'accord serein avec elle-même, sans angoisse ni cauchemars.

Déjà, elle a compris en les feuilletant qu'ils ne racontaient pas une histoire, ni des souvenirs à lire dans l'ordre. C'étaient plutôt des cahiers de notes dépareillées, de listes et de pense-bêtes.

Ces dernières semaines, à chaque fois qu'elle en a ouvert un au hasard, elle s'est étonnée d'y trouver ce qu'elle cherchait sans le savoir.

Dans ce temps immobilisé, rythmé seulement par les bûches à remettre au feu – feu qu'elle maîtrise de mieux en mieux, il ne s'éteint presque plus jamais et lui permet d'économiser ses allumettes –, Sylvia se laisse peu à peu happer par les mots. Écrits parfois d'une plume violette plus ou moins pâlie, parfois avec une pointe Bic pâteuse en usage à la fin du XXe siècle, mais toujours du même tracé minuscule et précis, à peine déformé au fil du temps. Il y en a des pages, des pages et des pages.

Encore une grosse bûche, qui fait jaillir une myriade d'étincelles…

Elle cherche à saisir le fil rouge de ces lignes écrites à des époques différentes, peut-être le temps de toute une vie.

Un des cahiers retranscrit manifestement des écrits encore plus anciens, qui se réfèrent explicitement à une certaine Hilaria, laquelle a dû vivre elle aussi à Prends-Toi-Garde.

Il y a des prières, ou des incantations à réciter, en vieux français et en latin, attribuées aux moines d'Échourgnac, de Cadouin ou de Redon-Espic, qui semblent apprises par cœur. Il est question d'user des braises du feu de la Saint-Jean pour tracer des croix sur les murs, de placer un morceau de pain bénit sous la paille le jeudi saint, pour éloigner les rats, ou une pièce de monnaie sous le soulier pour rendre inefficace un mauvais sort…

Tout cela à peine compréhensible pour une femme d'aujourd'hui, nourrie de plans média et de tableaux Excel. Pourtant elle s'accroche, cherche la cohérence…

Le cahier suivant est un herbier : des plantes séchées, assorties de croquis, et de plans grossièrement dessinés. Avec parfois des précisions écrites en dessous. Par exemple, à côté d'une sorte de trèfle couleur d'amande brûlée, un dessin qu'elle identifie tout de suite : c'est le mur de pierres sèches courant à la lisière du bois, avec encore une indication : *Au soleil couchant en regardant dans la direction du donjon.*

Voilà la clé ! Les petites croix rouges qui parsèment les plans indiquent ce qu'il faut y chercher, en se référant aux croquis des plantes : orpin, fougère, armoise, camomille. Et puis ail, bourrache, guimauve, lierre. Il est question aussi de bouses de vache, de clous rouillés, d'argile...

Rien n'est écrit au hasard, elle en est certaine, même s'il lui manque des éléments pour comprendre.

Son ignorance l'agace. Encore une bûche dans le feu, encore quelques noix, et un nouveau cahier.

Celui-ci n'est qu'une longue liste de maux aux noms désuets, plus ou moins clairs pour elle, sur une cinquantaine de pages écrites serrées. Rhumatismes, goutte, toux, asthme, gale, fluxion, suette miliaire, verrues...

Chaque item est suivi d'un ou plusieurs remèdes, quantité et préparations comprises. Il est question de coquilles d'escargot pilées, de queues de cerises diurétiques, de pommes de terre bouillies en cataplasmes, d'argile roulée dans un linge. Et de plantes, connues et inconnues d'elle, mais citées dans le cahier précédent : le gui pour guérir l'épilepsie, l'ail comme vermifuge, de la tisane de camomille contre les maux d'estomac, de la bourrache et du lierre pour soulager les affections pulmonaires...

Dans presque tous les cas, il faut boire ensuite de l'eau rouillée pour retrouver ses forces. À bon entendeur salut !

Tout cela, si bizarre soit-il, se loge dans sa mémoire.

Et voilà ce qu'elle espérait vaguement depuis la première page du cahier : pour soulager les zonas, l'eau de sauge est souveraine. Comme pour les inflammations de la gorge et des muqueuses.

Mais à quoi ressemble la sauge ?

Retour à l'*Encyclopédie* : SAUGE, s. f. *salvia* (*Hist. nat. Bot.*) *Genre de plante à fleur monopétale & labiée… Le pistil sort du calice, il est attaché comme un clou à la partie postérieure de la fleur, & entouré de quatre embryons qui deviennent dans la suite autant de semences arrondies & renfermées dans une capsule qui a servi de calice à la fleur.*

Un croquis représente si bien la plante qu'elle se demande s'il n'y en a pas un buisson juste devant la maison…

C'est bien ça ! Elle s'étire dans le lit, frotte ses yeux fatigués par toutes ces pages de pattes de mouche, dont elle n'a pas sauté une ligne.

Et range soigneusement les cahiers ; y compris le dernier, encore vierge, prêt à l'emploi. Ces descriptions calligraphiées, précises, sont faites pour transmettre des connaissances, s'y référer au quotidien, soigner ceux qui viendraient frapper des mains devant chez elle.

Encore une bûche au feu pour mieux réfléchir.

Tout prend du sens : souvent, dans sa vie d'avant, comme avec le petit des voisins ou les visiteurs de la semaine précédente, il lui est arrivé de chercher à tâtons l'antidote aux souffrances qu'elle percevait si bien. Et parfois de trouver les bons gestes pour la soulager ; sans bien comprendre ni comment ni pourquoi. Ces gestes, mus par l'intuition plutôt que par la raison, la dépassaient.

Désormais, elle sait que c'est parce que quelqu'un lui tient la main ; et surtout qu'avec du travail et des connaissances elle pourrait faire encore mieux.

Yeux fermés, lumière éteinte, les souvenirs remontent.

Sylvia a déjà connu ces expériences : une amie en larmes parce qu'un de ses amoureux s'était enfui, qu'elle avait écoutée toute une nuit. Un inconnu sous le choc après une chute de scooter, longuement massé. Un jour, dans un amphi bondé, elle avait même réussi à calmer une étudiante en proie à une impressionnante crise de tétanie.

C'est à la même époque, alors qu'elle finançait ses études en travaillant dans un centre aéré, qu'elle avait découvert, en cherchant à calmer un enfant, que l'imposition de ses mains stoppait la douleur, et même les brûlures.

Tout cela, elle le portait au fond d'elle-même depuis bien longtemps, sans savoir qu'en faire.

Dans la solitude de ces derniers mois, cette propension s'était encore aiguisée, à force d'observer, autour d'elle et en elle. À force de se blesser, d'être malade ou insomniaque. Contre ses bobos elle a essayé bien des choses, pour cicatriser une plaie infectée, calmer les gargouillements douloureux de son estomac ou pour désinfecter sa bouche remplie d'aphtes que les noix mettaient à vif. Parfois réussi, souvent échoué. Voilà que les cahiers de sa grand-mère, avec des explications pleines de bon sens, prolongeaient et organisaient ses intuitions. Tout ce que ses longues études ne lui avaient jamais appris.

Même si, en femme du XXIe siècle, elle ne prend pas tout au pied de la lettre, n'a nulle envie de fondre de la graisse de couleuvre pour soulager des rhumatismes, ou de réciter des formules latines sur un mourant.

Mais elle aimerait bien savoir identifier la regoule et le plantain, trouver l'eau sous la terre avec une baguette de coudrier, ou piler de la verveine au mortier ! Mais qu'importe ! Devant ces textes, elle se découvre agile à retenir, intuitive, passionnée. Comme avant !

Surtout, elle devine, dans cet environnement qu'elle a choisi sans savoir pourquoi, la cohérence qui lui manquait tant : Prends-Toi-Garde, sa nature préservée, ses ressources, sa solitude, produit ce qui lui est utile, ici et maintenant. Un trésor.

Bien plus que des recettes pour se nourrir ou se soigner, Sylvia l'ancienne, au fil des pages, se révèle humaine et sage. Lui offre là les moyens de vivre dans cette maison, la sienne. Elle s'était crue démunie, mais manquait simplement de posséder les clés de son héritage.

La nuit est venue, enveloppant le jour déclinant. Sylvia, en tisonnant son feu et préparant son œuf-pâté du soir, se demande si la guérisseuse connaissait l'existence de sa petite-fille qu'elle n'avait jamais vue. Certainement, décide-t-elle. Et aussi que ces cahiers s'adressent à elle en particulier, d'une manière affectueuse, réconfortante. Voilà qui l'aide à s'endormir.

17

Aussi longtemps que les lions n'auront
pas leur historien, les récits de chasse
tourneront toujours à la gloire du chasseur.

Proverbe africain

Un temps brouillardeux, la buée sur les carreaux inégaux de la petite fenêtre en témoignait. On est sans doute un dimanche, car depuis le matin les bois alentour résonnent de ronflements de moteurs, d'exclamations et d'aboiements. Les détonations des fusils viendront un peu plus tard, elle le sait.

Ces jours-là, Sylvia se blottissait chez elle. Mais depuis la découverte de son cocon chauffé, et de la bibliothèque de sa grand-mère, le temps passé à l'intérieur lui pesait moins. Elle avait retrouvé la capacité enfuie de se concentrer pour lire. L'*Encyclopédie*, les cahiers et même le *Malleus Maleficarum* lui offraient une mine d'informations et de pensées à méditer, noter, faire un peu siennes. Ces dimanches lui offraient comme une pause bienvenue, dans le travail quotidien qui mangeait l'essentiel de ses journées : l'eau, le bois, le feu, les noix… sans cesse recommencé.

Quand le silence se confirme autour d'elle, ce qui signifie que les chasseurs et leurs chiens sont partis vers Combenègre – elle s'essaie désormais à désigner les lieux par leur nom, et à se remémorer ce qu'ils renferment d'arbres, arbustes et végétaux –, Sylvia se décide à sortir.

Un coup d'œil prudent alentour, elle traverse rapidement la cour jusqu'au poulailler, où cela caquette triomphalement. Morgane et Mélusine se révèlent d'agréables compagnes, avec leurs rengorgements offensés, mais des pondeuses très occasionnelles. Quand les œufs sont au rendez-vous, elles le claironnent, et Sylvia se précipite pour récupérer l'offrande du jour.

Mais ce jour-là, elle s'arrête net au milieu de la basse-cour.

Un éboulement sourd, suivi d'un cri aigu, qui se module ensuite dans des tons caverneux si près, si près d'elle. Aussitôt elle s'alarme de cette violation de son territoire.

Entre les taillis, une silhouette décorée d'un gilet jaune fluo s'agite, juste à la lisière du bois. Réapparaît quelques instants, son fusil cassé sur l'épaule, retombe en gémissant.

Elle comprend d'expérience ce qui vient de se passer : une pierre s'est détachée de la vieille muraille branlante enserrant la clairière, et en a entraîné d'autres. Cela arrive, particulièrement à cet endroit, pour peu qu'on s'y appuie trop ; elle avait déclenché semblable avalanche en déposant un panier de glands qu'elle venait de ramasser ; par chance, elle s'était éloignée avant l'éboulis.

Sylvia reste debout, hésitante. À ce moment précis, elle se sent une proie pour les chasseurs, comme les chevreuils aperçus ce matin, qui détalaient derrière la maison. Mais il y a aussi cet instinct simplement humain qui la pousse en avant.

Cet homme a besoin d'aide. Qui en dehors d'elle pourrait le retrouver là, couché dans les taillis, à l'intérieur d'une propriété privée où il n'a rien à faire ? Qui d'autre qu'elle peut lui porter secours ?

Sylvia franchit le portail, marche en direction de l'homme, qui continue à gronder sourdement, face contre terre. Autour de lui, plusieurs pierres de belle taille, aux angles tranchants à souhait, ont en effet dégringolé. Sylvia fixe, obnubilée, un filet de sang qui dessine lentement un chemin sinueux, à travers l'humus de feuilles mortes, en suivant la pente du fossé.

Les indications de Sylvia l'ancienne lui reviennent distinctement en mémoire. Prêtes à servir. Des linges propres en quantité, de l'eau fraîche, des orties pilées pour arrêter l'hémorragie, une poignée de fleurs de millepertuis pour cicatriser. Ou à défaut un tapon de toile d'araignée ; en vérifiant, précisait le cahier, que les fils n'aient pas ramassé la poussière, ce qui pourrait provoquer une infection. Bien sûr, elle ne possède rien de tout cela.

Et surtout la saisit une de ces prémonitions fulgurantes, comme elle en a connu déjà plusieurs fois dans sa vie et qui lui donnent l'impression qu'elle porte sur ses épaules tout le malheur du monde ; cet homme est en train de mourir, aucun onguent n'y pourra rien.

Il gémit maintenant par spasmes qui soulèvent bizarrement le corps massif à demi recouvert de fluo, et son fusil, en faisant craquer en écho les feuilles mortes. La tache de sang s'élargit toujours autour de lui, zigzaguant autour du sac à dos affalé sur le côté. Une sonnerie de téléphone portable résonne, étouffée par les vêtements. Une fois, deux fois, s'arrête, recommence encore et encore, sans que le blessé réagisse.

Et Sylvia non plus. Il ne fait pas très froid, elle reste là longtemps, à toute petite distance du chasseur, comme recueillie. Elle n'a plus peur, elle veille sur la souffrance de l'homme, et sur sa propre impuissance. Solidaire de ce combat déjà joué et perdu entre la vie et la mort. Certaine de ne pouvoir y prendre part ; et pourtant encore coupable de la peur qui l'a d'abord dominée.

Elle attend, longtemps, longtemps, que le corps devienne tout à fait silencieux et immobile. Hormis cette sonnerie de téléphone qui revient régulièrement ; obsédante, pour elle qui n'en a pas entendu depuis si longtemps.

En cette saison, le jour tombe vite et déjà la grisaille envahit la campagne. Au loin, le tintamarre de la battue recommence, se rapproche. Elle distingue des voix, des aboiements.

Et revoilà cette peur du chasseur, plus forte que tout : la fuite comme réflexe, Sylvia tout d'un coup tourne les talons, court aussi vite que possible se réfugier dans la maison, referme bien la porte derrière elle, tisonne son feu.

Avec une pensée désolée pour les œufs abandonnés, elle se glisse sous sa couette comme dans un terrier, encore habillée, et sans dîner. Presque aussitôt plonge dans un demi-sommeil agité, annonciateur de cauchemars, comme elle en a tant connu.

Combien de temps ? Quelques minutes ou plusieurs heures ? C'est sans doute le remue-ménage autour de la maison qui l'a réveillée. Tout lui revient à l'esprit, et elle se fige dans le noir.

La nuit enveloppe la campagne, elle a appris à la reconnaître à la texture particulière des sons autour de la maison. Et pourtant des claquements de portières et des exclamations, sur tous les tons, l'entourent comme une ceinture de danger oppressante. Puis une sirène à deux tons annihile tout le reste ; qui se rapproche de plus en plus, comme si elle devait finir dans sa chambre. Des pinceaux de phares balaient brièvement le mur ; rien n'est étanche dans cette maison. Elle se sent envahie, transpercée même par tous ces mouvements. Ou bien est-ce un cauchemar d'un nouveau genre ? S'enfouit encore plus profondément sous la couette, refusant d'entendre, de comprendre. Et, par la force de la suggestion, se persuade qu'elle dort. Ou finit par s'endormir vraiment.

Quand elle rouvre les yeux, il fait toujours nuit noire, mais le silence est retombé. La vision de l'homme fluo, à terre, l'obsède de nouveau ; impossible maintenant de dormir, et elle sait trop comment va monter l'angoisse, jusqu'au matin.

La boule au ventre, elle s'emmitoufle dans le grand châle comme dans une armure et sort sous un clair de lune laiteux, fantomatique, avance dans le brouillard qui éteint même le son de ses pas. Passe le portail. Mais c'est comme si elle avait rêvé ; il n'y a aucune voiture autour, aucun chien, et personne non plus au pied de la vieille muraille. Même pas de tache de sang décelable sur la terre noire des bois noirs.

Sylvia vacille. Grelottante, l'estomac assailli de crampes, elle court vers la maison, dérangeant un animal qui couine pour le faire savoir. Il lui faut repousser tout ce noir autour d'elle : se met à tisonner son feu, y retrouve des châtaignes à demi calcinées, qu'elle avait enfouies la veille dans la braise. Et les avale, toutes, arrosées d'une eau tiède où infusent des feuilles de menthe. Puis, sous la lampe jaunâtre, se replonge dans les livres : l'unique manière d'espérer atteindre l'aube en échappant à ses pensées noires.

Sylvia plonge dans un « livre de raison » de Prends-Toi-Garde découvert contre le mur salpêtré. Tenir à pleines mains l'ouvrage relié de peau rend Sylvia plus sûre d'elle, même s'il est à peu près illisible.

Commencé *en l'an de grâce 1688*, et tenu de manière discontinue, il a été écrit, lui, par des plumes différentes. Mots inconnus, écriture fine et très délavée : le XVIIe siècle est impossible à déchiffrer. Guère mieux pour le XVIIIe, où elle reconnaît un peu de la Grande Histoire : une référence à l'édit de Nantes, qui devait ramener la paix dans la province de Guyenne ; la naissance d'un Dauphin à la cour de France, nommé Louis-Joseph, le 22 octobre 1781. Une grande inondation à Limeuil, confluent des deux rivières, durant le mois de nivôse 1793.

Le XIXe siècle est plus accessible, avec une graphie plus familière. Il y est question de démêlés avec un feuillardier dénommé Jeandemai, d'un passeur sur la rivière qui menace d'envoyer ses clients endettés envers lui tout en bas de la falaise, d'un orage à grêle qui a haché menu les noyers. Les noms propres, qui reviennent sans cesse, elle les a déjà vus sur le plan cadastral : Labrousse bien sûr, et puis Combenègre, Bayac, Taille-bastine…

Encore des listes, des inventaires, où elle grappille au hasard.

Ainsi, il est rentré à Prends-Toi-Garde, le 18 janvier 1872, avec reçu au nom de Pierre Labrousse :

— *quatre brassées de fougères, assez pour en faire deux litières,*
— *une pièce de drap fin de Saint-Cyprien,*
— *deux sacs de farine de froment, l'un apporté du moulin du pech de Lafaille, et l'autre de Rouchayrolle.*

Le nom de Sylvia Labrousse attire son attention, encore une ! Celle-ci a été portée en terre à la nuit tombée, dans le cimetière de Bayac, en présence de ses descendants, le sixième jour du mois de décembre 1903.

Elle appartenait sans le savoir à une véritable lignée. Mais pourquoi Hélène Labrousse, qui ne voulait plus rien avoir à faire avec Prends-Toi-Garde, ni avec sa mère, avait-elle tout de même donné ce prénom à sa fille ?

Quelques pages plus tard, datées du 3 août 1914 : mobilisation générale, alors qu'on commence à moissonner la pièce de Vertaillou. Quatre hommes partent de Prends-Toi-Garde pour aller rejoindre la gare du Bugue : Jeantou, fils de Léonard Labrousse, Ernest Pomeyrol, dont la femme est sur le point d'accoucher, François Lesvignes et Pierre Jacoutet. Un peu plus tard est rajoutée dans la marge la réquisition des deux chevaux d'attelage, Gracieuse et Pompon. Beaucoup de monde vivait sur cette propriété forestière sans guère de terres cultivables, dont elle n'arrive même pas elle-même à tirer sa subsistance.

Le jour point enfin, avec sa tenace humidité, et Sylvia somnole, dans la certitude qu'elle ne peut être mieux que là, sur cette terre, pour lutter contre ses démons.

18

La beauté du diable...
Proverbe

— C'est juste une marginale, une baba cool écolo... ou bien une criminelle ?

À table, entre les cabécous et les fraises d'hiver, Serge a laissé traîner une phrase, alourdie de tous ses doutes. Sans le vouloir, d'un geste trop brusque, Sybille renverse son verre.

Le week-end prolongé du 11 novembre l'avait de nouveau ramenée en Dordogne. Mais pas tout à fait comme d'habitude : après un aller-retour express à Bordeaux avec la petite voiture bleue, elle revenait le coffre rempli à ras bord de ses affaires accumulées depuis des années.

Accueillie en triomphe à la Borderie par Trompette et Clairon, les deux chiens de la maison. Juste à temps pour passer à table.

— Oh, confit de canard et pommes sarladaises !

Merci, Moumoune ! Que du bonheur, après les sandwichs triangle de l'hôpital…

Comme souvent le dimanche, Serge et Isabelle, les vieux amis de ses grands-parents, profitent de l'excellente cuisine de Monique. Mais cette fois-ci, tous les quatre n'accordent que peu d'attention à ce qu'ils mangent. Ils ne parlent que de l'accident.

— Même s'il y a beaucoup de choses à lui reprocher, au Pierrot, ce n'est pas un âge pour mourir, il n'avait même pas la trentaine…

— Que s'est-il passé ?

La nouvelle bouleverse Sybille tout autant que les autres. Elle le connaissait bien, Pierrot. Et n'a jamais eu beaucoup de sympathie pour lui, qui poursuivait les filles de ses vulgarités, sans savoir s'arrêter à temps. Mais de là à souhaiter un drame pareil…

— Dimanche dernier, du côté de Prends-Toi-Garde. Décidément, il ne fait pas bon traîner par là…

Serge explique : cela s'était passé pendant la chasse. Au lever du jour, le pays était encore noyé dans la brume montant de la rivière, qui s'échappait en longues écharpes par-dessus la falaise. Les camionnettes et les 4 × 4 des chasseurs s'étaient tous garés en travers du chemin de terre.

— Comme aucune voiture ne passe jamais par là, ils ne dérangent personne !

— Si, les pompiers, éventuellement… suggère Syb, qui a si souvent entendu ses camarades, à

Salles, pester contre les chemins d'accès encombrés, en situation d'urgence.

— Oui, bon, un incendie en plein hiver, c'est rare ! continue Serge.

Les chiens étaient aussi excités que les hommes de se retrouver. Puis tout le monde a coupé à travers bois pour rejoindre ceux qui arrivaient de Combenègre.

— C'est tellement plus court !

Parmi eux, il y avait Pierrot, Jordan et Jérémy.

— Ces trois-là sont toujours ensemble, ils se connaissent depuis l'école...

La chasse, c'était très important pour eux, tout le monde le savait bien. Aucun des trois n'avait jamais éprouvé le besoin de quitter le pays pour aller travailler ou construire sa vie ailleurs. Ils étaient restés chez leurs parents, dans des fermes devenues trop petites pour nourrir deux générations, et vivaient de petits boulots, à la saison des touristes. Le reste de l'année, ils chassaient ensemble, regardaient des séries, ou se retrouvaient au café de l'Union. Partageaient parfois leurs petites amies. Jusqu'à leurs chiens, nés de la même portée, qui s'entendaient comme des frères.

Donc, ce jour-là, les trois copains, qui étaient aussi les plus jeunes membres de la société de chasse, allaient en avant du groupe, fusils armés. À un moment, ils avaient débusqué un sanglier et l'avaient poursuivi avec leurs chiens. En vain. Et Pierrot s'était éloigné seul, peut-être pour suivre le chevreuil que l'on avait vu passer derrière la maison de Prends-Toi-Garde. Tranquillement, à longues foulées, comme s'il ne craignait rien. Titus, son chien, courait en avant de la troupe, avec Barracuda et César.

Personne n'avait revu le garçon vivant.

D'abord, on ne s'en était pas vraiment inquiétés ; quand on est si nombreux, on ne se compte pas tout le temps, hein ? Le Pierrot, il avait parfois ses petites affaires, le bougre, pour lesquelles il ne voulait pas être dérangé ! À l'heure du casse-croûte, au milieu de la journée, les fusils avaient beaucoup tiré, mais rien tué encore. Tous les chiens étaient là, y compris le sien.

Jérémy, inquiet, s'était mis à appeler, appeler : « Oh, oh ! Pierrot ? » Et puis il avait téléphoné plusieurs fois, sans arriver à le joindre. Mais ce n'était pas forcément alarmant : dans ce coin, cela capte très mal, surtout au fond des combes.

Au milieu de l'après-midi, il y avait trois lièvres dans les gibecières, et c'est tout. La harde de sangliers était introuvable, le chevreuil disparu, et tout le monde tirait la jambe. Il valait mieux rentrer, la nuit tombe tôt en cette saison, et le brouillard monte vite. Le dîner de chasse était prévu, comme toujours, au café de l'Union.

Alors que le groupe regagnait les voitures à travers Combenègre, c'est Titus qui avait repéré son maître, au flair. Détalant d'un coup, la queue entre les jambes, nez sur la piste. Le Barracuda de Jérémy l'avait suivi, avec son maître derrière. Tous deux avaient découvert Pierrot à moins de dix mètres de la maison de la sorcière, et hurlé à la mort.

— Mort, face contre terre… Vous imaginez le choc !

Tout s'était enchaîné très vite. Alerté le premier, le maire avait prévenu les gendarmes. Serge ricane amèrement :

— Pour une fois que j'étais au chaud chez moi, à regarder un match de rugby…

— Et tu as rudement bien fait ! assène Isabelle, son épouse. Ces accidents de chasse, on en a trop vu…

Les gendarmes, une fois sur place, n'avaient pu qu'appeler le médecin de garde, venu de Belvès. Celui-ci n'avait pu que constater une large blessure à la tempe, par où le sang s'était écoulé longtemps, et rédiger un certificat de décès. Aucun doute sur la cause, avec les pierres d'un mur éboulé tout autour de lui. L'un des silex portait même des traces de sang.

« Une mort naturelle, pas besoin de faire une enquête… »

Jérémy grondait pourtant, en se tapant du poing sur la poitrine :

« Regarde, ça fume par la cheminée, chez la sorcière ! Pas possible qu'elle n'ait rien vu, rien entendu, rien fait… »

Serge l'avoue. Cela avait été d'abord un soulagement pour l'équipe municipale, il ne s'agissait pas d'un accident de chasse, d'une erreur de tir comme il en arrive parfois, qui relance à chaque fois la guerre entre les chasseurs et les écolos. Ces derniers alliés aux promeneurs du dimanche. La société communale de chasse n'avait vraiment pas besoin de ça, en cette époque où le nombre de titulaires du permis diminue chaque année, tandis qu'augmentent les plaintes en mairie...

— Il faut terminer les pommes sarladaises, tout de même ! s'inquiète Monique.

On a beau être bouleversé, personne n'est contre.

Les obsèques de Pierrot à Salibourne avaient eu lieu l'avant-veille. Un monde fou, venu pour soutenir les parents et les amis du défunt. Mais aussi pour démontrer la solidarité entre chasseurs, face aux attaques éventuelles. Serge est content d'avoir pu constater, chez ses administrés, ce réflexe de se serrer les coudes dans l'épreuve.

— Pas vu souvent le centre du bourg aussi animé en semaine, surtout l'hiver !

Pendant que la famille était au cimetière, les meilleurs copains de Pierrot s'étaient rassemblés au café pour parler, se consoler autour d'un verre. Tellement choqués, malheureux, n'en finissant pas de raconter et reraconter, pour réaliser ce qui était arrivé, et chercher à comprendre.

Le maire, lui aussi, était passé au café après le cimetière, pour compatir, et savoir un peu ce qui se disait.

Et ce qui se disait, c'est que ce ne pouvait pas être le hasard qui avait tué Pierrot. Pour que ce mur, qui avait traversé les siècles des siècles, s'éboule juste au moment du passage du garçon, c'était que quelqu'un l'avait voulu. Et cela s'était passé devant chez la sorcière, avec qui il avait justement eu une altercation quelques dimanches auparavant…

Jérémy était le plus déterminé, face au maire :

« Avec le bruit que les secours ont fait autour de chez elle, cette nuit-là, sûr que si elle ne se sentait pas coupable, cette femme serait au moins sortie, par curiosité… »

Serge avait même entendu marmonner l'un des vieux Delteil, deux frères qui venaient tous les matins lire leur journal au café, et suivaient la conversation avec intérêt :

« Autrefois, on l'aurait brûlée vive, pour une chose pareille ! »

Jérémy en était bien d'accord et approuvait bruyamment.

Serge, racontant cela à ses amis, plisse le front d'un air soucieux.

— Un accident de chasse, au moins, on retrouve la chevrotine, on sait qui est le responsable, on s'arrange avec lui. Et puis chez nous, à Salibourne, il n'y a jamais eu de mort. Tandis que là…

Tout le monde, autour de la table, affiche une mine funèbre.

— Syb, tu ne veux pas te resservir ? Après la route, tu dois avoir faim ?

Serge ajoute :

— Il faudrait qu'un jour j'aille la voir moi-même, cette femme, dans ses ruines…

Avant même que Sybille réagisse, Isabelle s'insurge :

— Ah non, ne va pas te fourrer dans cette histoire, tu auras tout le monde contre toi ! En plus, c'est une jolie fille, on va t'accuser de harcèlement. Envoie-lui plutôt les gendarmes… Allez, on va vous laisser profiter de votre petite-fille. Merci pour ce bon déjeuner, Monique !

L'après-midi est déjà bien avancé, de toute façon, à force de ressasser l'événement, et les problèmes de la commune.

Les assiettes dans le lave-vaisselle, les restes dans le réfrigérateur.

Et Monique se prépare à partir aux Eyzies, pour la visite dominicale à l'aïeule. Michel, lui, est déjà parti faire sa sieste. Il déteste les visites familiales, et va voir sa mère à sa façon, seul et en coup de vent.

— Je viens avec toi ! décide Sybille.

— C'est gentil…

Monique attire la jeune fille pour l'embrasser, tant elle lui est reconnaissante de l'accompagner.

Mais elles gardent le silence dans la voiture : ni l'une ni l'autre n'a envie de parler de Fabienne, et de ses projets d'avenir, très, très loin d'elles. La mère et la fille de l'absente se sentent abandonnées à égalité.

Mme Vergne allait bien, ce dimanche-là, et même très bien. Elle aussi avait apprécié son déjeuner, signe qu'elle s'habituait aux plats moulinés.

Dans la grande salle déjà décorée de guirlandes de Noël, les deux femmes la trouvent en grande conversation avec ses voisins de table, plus leurs familles en visite. Elle acceptait donc aussi de frayer avec les autres pensionnaires, qu'elle trouvait jusque-là trop vieux pour elle, ou pas de son monde.

Eux aussi commentent ce qui s'est passé à Salibourne la semaine précédente. Mamie, réputée bien connaître « l'affaire », est au centre de l'attention.

— Moi, je dis, ce n'est pas étonnant qu'elle ait jeté un sort aux chasseurs, notre sorcière, avec tous les dégâts qu'ils font dans les bois ! Et je le dirai aussi à Serge !

Façon de rappeler qu'elle a l'oreille du maire de Salibourne-et-Bayac, qui comme chacun sait est un ami de son fils.

— Mais, mais...

M. Allix, ancien instituteur, historien local réputé, gravement parkinsonien, tente en vain de donner son avis. Pour une fois qu'on parle ici de sujets d'importance, et qu'il connaît bien...

Mais personne n'arrêtera Colette Vergne !

— De toute façon, les sorcières ne meurent

jamais, elles se réincarnent ! Il leur suffit de baptiser leurs descendantes du même nom…

Sans doute parce qu'elle se sait trop dure d'oreille pour donner la réplique dans une conversation, Mme Vergne accapare volontiers la parole.

Comme elle le fait avec les aides-soignantes, l'animatrice, le médecin… Et de nouveau cet après-midi, à qui veut bien l'entendre. Le sujet intéresse tout le monde, même s'il est difficile de savoir qui prend vraiment au sérieux ces histoires.

Le temps pour les femmes de la famille Vergne de s'embrasser mutuellement, René Allix reprend l'avantage. Il parle d'une voix lente et un peu étouffée, à cause de la maladie. Mais persiste : l'occasion est trop belle, il a trop de choses à dire, après une vie entière de recherches dans les archives départementales !

— Il y a toujours eu des femmes puissantes parmi les Périgourdines, avec des dons extraordinaires. Les guérisseuses, grâce à des rituels réglés par la tradition, mettent leur savoir au service des humbles.

Sybille approuve de la tête, et le vieux monsieur se sent autorisé à poursuivre :

— La première dont j'ai retrouvé la mémoire, c'était une druidesse qui vivait à l'époque gallo-romaine. Nous descendons tous des Gaulois qui ont défriché la région, n'est-ce pas, et l'ont mise en culture ! On l'appelait Hilaria, et elle vivait seule dans une grotte de la falaise. Elle avait, paraît-il, des yeux fascinants, capables de clouer sur place ceux qui l'approchaient avec de mauvaises intentions. On dit qu'elle a transmis ses pouvoirs à ses descendantes, jusqu'à une magicienne du Moyen Âge, que le seigneur de Bayac voulait jeter dans ses oubliettes, en l'accusant déjà d'être une sorcière. Savez-vous comment on confondait les sorcières, à l'époque ?

L'auditoire frémit, passionné. Et Colette, incertaine d'avoir bien compris la question, se tait.

— Eh bien, quand on soupçonnait une femme de s'acoquiner avec le diable, on la jetait à la rivière. Si elle se noyait, c'est qu'elle n'avait aucun pouvoir, et n'était pas une sorcière. On pouvait donc l'enterrer au cimetière des chrétiens. Si elle surnageait, on l'attrapait vite pour l'emprisonner, ou la jeter au bûcher…

— Oh ! Ah !

Cette horrible histoire lui ayant acquis un auditoire largement féminin, il continue, même si le goûter qui vient d'arriver sur les tables perturbe un peu l'attention :

— La plus connue de ces femmes, c'est certainement celle qu'on appelait la Sylve.

— La Sylve, oui, bien sûr, je l'ai connue !

— Non, celle-là vivait au XVIe siècle. Sa légende a été souvent racontée : c'est elle qui a conduit la jacquerie contre le seigneur de Bayac, jusqu'à la ruine du château. Rien que cela ! En ce temps-là, c'était la famine, il y avait eu plusieurs hivers de grand gel, une épidémie de peste, des inondations dans la vallée. Des troupes de mendiants couraient les chemins, les paysans n'en pouvaient plus de payer des impôts…

Les résidents de l'Ehpad, souvent anciens métayers, fermiers ou petits propriétaires, tous liés à la terre périgourdine, avec dans les veines des siècles de révolte contre le pouvoir féodal, approuvent.

— Alors, avec des fourches et des bâtons, ils se sont jetés contre les remparts, pour les abattre et y mettre le feu. À leur tête était cette femme, la Sylve. On raconte qu'elle avait reçu en droite ligne des pouvoirs magiques d'Hilaria, la druidesse réputée à l'époque gallo-romaine, qui vivait dans une grotte au fond de ces bois de Bayac…

Toute la salle est maintenant accrochée à ses paroles.

— La Sylve tenait aussi d'elle, dit-on, un regard fascinant : des yeux aux pupilles presque transparentes, qui vous regardaient jusqu'au fond de l'âme… Elle était jeune et belle, et veuve : pour une raison que l'histoire a oubliée, son époux avait été tué dans une fosse du château. Après elle, le donjon n'a jamais été reconstruit. Et le feu, c'est bien le signe du diable, n'est-ce pas ?

Les madeleines passent et repassent. On a presque oublié la tristesse du décès prématuré d'un garçon du village.

— La Sylve a été traînée en procès de sorcellerie, les archives en ont conservé les minutes. En vain :

elle est restée là toute sa vie, dans les bois, avec sa troupe d'hommes, de femmes et d'enfants. C'est elle qui a fait construire un véritable fortin, avec les pierres volées au château. Sa clairière a pris ce nom de Prends-Toi-Garde, parce qu'il fallait se garder d'approcher les lieux, défendus par des fusils. Tout cela arraché à la juridiction des seigneurs de Bayac : la Sylve ne payait aucune redevance, évidemment, et s'était même arrogé des privilèges nobiliaires, comme le droit de se défendre avec des armes, de capter l'eau des sources, de chasser dans les bois. Au XVIIe siècle, Prends-Toi-Garde possédait même un colombier, et son propre four à pain. La Sylve a fini centenaire, dit-on, et s'est réincarnée ensuite. Ce qui fait une longue lignée de sorcières !

Tout le monde, hochant la tête avec des mines entendues, prend fait et cause pour la jolie sorcière contre le méchant seigneur. Seules deux vieilles dames se sont endormies, et ronflotent un peu.

René Allix tient enfin son heure de gloire.

— Personne n'y trouvait à redire, car la Sylve était aussi guérisseuse. À cette époque où les maladies étaient considérées comme des châtiments divins, elle soignait, hypnotisait, purgeait des humeurs malignes, accouchait les femmes et éloignait les mauvais esprits.

— Et voilà, la sorcière est toujours là ! clame Colette Vergne d'un ton triomphant, en réveillant sa voisine.

Sybille en profite pour se lever.

La réincarnation d'une sorcière du XVIe siècle, cette femme aux yeux transparents, qui pourrait être si jolie si elle était moins triste ? Elle n'arrive pas à rentrer dans cette histoire.

D'autant que les auditrices de M. Allix y vont maintenant des légendes de leur enfance, où les sorcières étaient vieilles, édentées, méchantes, avec des nez crochus et des verrues partout. Tous les poncifs y sont, qui les mettent de bonne humeur. Selon leur âge, ils parlent de la Baba Yaga, de la sorcière de Blanche-Neige, de celle de la rue Mouffetard, de Hansel et Gretel, jusqu'à la Cruella de Walt Disney.

Dans un tel moment d'émotion collective, inutile d'argumenter. Sybille fait un signe à Monique, qui n'attend que cela, et elles disparaissent discrètement, dans l'obscurité froide qui tombe au-dehors.

19

S'il y a des noix, l'hiver sera froid.
Dicton populaire

Les nuits mangeaient les jours, âpres et silencieuses. Ce qui demeurait de clarté s'étirait dans toutes les nuances de gris, dominant la végétation ridée et décolorée. Des étoiles de givre le matin à sa fenêtre, il lui semblait que le froid s'était abattu pour toujours sur le monde, son monde. Et la vision de l'homme orange, du sang rouge mêlé à la terre noire, la poursuivait.

Sylvia, privée de la bienveillance de la nature, de parfums et de couleurs, se sent replonger dans un long tunnel sombre. Lit et relit les cahiers, en appelle en vain à sa grand-mère.

Les tisanes de menthe ne suffisent pas. Son corps s'est aguerri depuis les premiers froids, et son refuge lui permet de se réchauffer, mais elle a maintenant faim tout le temps, les crampes d'estomac qui vont avec ne lui laissent guère de répit. Des hallucinations parfois, à force d'imaginer de la nourriture à portée de main. Une chape d'angoisse, chaque matin au réveil, à l'idée des efforts à accomplir simplement pour se nourrir ; et si mal.

Autour d'elle, l'air et la lumière s'opacifient, tout paraît cotonneux, irréel. Le chat noir qui s'est intronisé gardien de la maison dort tout le temps, sauf quand il sort chasser, et lui au moins revient repu ! Le brouillard finit par recouvrir ses souvenirs, bons et mauvais, et même ses peurs. Dans ce grand silence, tous les humains semblent s'être évanouis ; Yseult qui lui manque tant ; et ceux qu'elle a croisés, aimés, un peu ou longtemps, dans son ancienne vie connectée. Ses collègues de travail, ses amis, ses amours… il lui arrive d'égrener des prénoms pour leur redonner réalité, Nathalie, Benoît, Farida, Cyrille, Aurelia, Bruno… Tous ceux en qui elle a cru, espéré, reviennent la hanter par leur absence. Sans chaleur humaine, on a terriblement froid ; le froid de la mort, se dit-elle dans les pires moments.

Lui reste à guetter les rares passages de Black-and-White ; son haleine chaude, ses coups de langue rêche lui font du bien ; elle ressent leur manque comme le symbole de toutes les autres privations, de tous les autres silences.

Et ce n'était pas seulement la faute de l'hiver. Une immense fatigue engourdissait ses mouvements, les ralentissait ; ses gencives à vif saignaient.

Ajoutés à cela, des ganglions toujours gonflés, une toux persistante, des accès de fièvre épisodiques, sans raison.

Ou plutôt si : les précieux cahiers décrivaient parfaitement ces symptômes, incriminant une nourriture insuffisante, insuffisamment fraîche. En français moderne, manque de protéines et de vitamines.

Dans les jours trop sombres, elle passait ses journées dans son recoin tiède, à lire. De nouveau incertaine de survivre à l'hiver, même si elle le désirait bien plus qu'avant. Car pour la première fois depuis longtemps elle croyait en l'avenir. Parce qu'on avait besoin d'elle ; et que sa grand-mère, à travers les cahiers, lui offrait les moyens d'aider son prochain.

Le petit homme à casquette de l'automne était revenu. Toujours avec cette curieuse manière de s'annoncer en frappant des mains sur le chemin. En le revoyant, Sylvia a éprouvé une surprise éblouie, inattendue : comme le retour de l'humanité dans sa vie désertée.

En combinaison de travail, sacoche de cuir à l'épaule, il arborait des joues roses de bébé – plus trace de zona – et tapotait sa besace.

« Té, je viens de vous le retaper, votre cabanon ! Il y a moins de travail en hiver. Et il fallait bien, parce que vous ne pouvez pas continuer à travailler comme ça, dehors dans le froid ! Ils étaient bons mes pâtés, hein ? »

Des évidences qui n'attendaient pas de réponse.

En silence donc, elle en a déduit que le petit homme connaissait la jeune femme enceinte. Et qu'il considérait que son intervention auprès d'elle avait été utile.

Ayant dit ce qu'il avait à dire, il repartait déjà, alourdi par son établi portatif. Se retournant encore une fois :

« Tant qu'à faire, j'ai réparé aussi votre boîte aux lettres, ça peut servir, hein ? Et ma belle-sœur doit venir… »

En effet, le lendemain, ladite belle-sœur est là, sous une petite pluie fine.

Sylvia, mussée sur le banc près du feu, énoise lentement pour son déjeuner, faute de mieux, sans penser à rien. Sauf à la douleur provoquée par un coup de maillet mal ajusté sur son pouce. Qu'elle est maladroite !

Quelqu'un frappe dans ses mains, à intervalles réguliers, en avançant sur le chemin ; désormais l'appel lui est familier, et elle abandonne son travail pour sortir.

Une femme enveloppée dans une parka à capuche fourrée, jean enfoncé dans des bottes tout aussi fourrées, l'attend.

Exactement la tenue qu'il me faudrait pour affronter l'hiver, songe Sylvia avec convoitise.

La dame annonce, sur le ton de l'évidence :

— Je vais vous attendre dans la cabane ?

Du même geste, et d'un air entendu, elle dépose

un sac transparent, où se devinent les mêmes trois bocaux de pâté, étiquettes comprises.

Le tarif en vigueur, sans doute.

Ah ces pâtés… Rien que pour eux, Sylvia ferait presque n'importe quoi. Elle opine du chef pour accepter en même temps le rendez-vous et le cadeau.

Enfile les bottes glacées de sa grand-mère, le châle qui n'a pas tout à fait séché depuis qu'elle a tenté de le laver l'avant-veille, et court sous la pluie qui redouble, par le raccourci découvert à l'automne, jusqu'au carrefour. Arrive épuisée, en nage, et malgré tout transie jusqu'à l'os.

La dame a ouvert la porte du cabanon. Sylvia l'y rejoint, étonnée. Depuis son dernier passage, la structure de bois a été redressée, avec un toit neuf recouvert d'épaisses fougères. Une porte en planches brutes a été ajustée sur l'ouverture. Et même l'intérieur a été refait : de larges bancs de bois occupent chaque côté, se faisant face. Un vrai cabinet de consultation, version forestière.

Déjà assise, sa patiente se met à l'aise, comme dans une salle d'attente. Enlève son écharpe, qui a l'air si douce, si chaude.

Sylvia, abasourdie, regarde autour d'elle et s'exclame :

— Formidable ! Vous remercierez votre beau-frère de ma part ?

De nouveau cette impression qu'à force de ne jamais parler, malgré sa bonne volonté les mots lui collent au palais, râpent l'air en sortant de sa bouche.

— Oh, pour lui, c'est pas plus compliqué que de construire une palombière pour la chasse !

La dame chasse les remerciements de la main. Et désigne son souci personnel, une forte poussée d'eczéma, avec des plaques disséminées partout, entre les jointures des doigts, aux coudes, dans les sourcils, à la racine des cheveux, derrière les oreilles.

— Plus rien n'y fait. Depuis des années que je me tartine de crème antibiotique…

Sylvia regarde en silence, les yeux agrandis de concentration. Essayant de se rappeler ce qu'elle a pu lire concernant les affections de la peau. Sa grand-mère avait décrit tous les maux de la terre : il devait bien y avoir quelque chose contre l'eczéma ?

Pour s'imprégner de la question, gagner du temps, parce qu'elle a très envie de soulager cette femme qui lui fait confiance – et lui apporte de quoi manger ! –, elle fait ce qu'elle sait faire : passe ses mains abîmées au-dessus des plaques à vif. Sans jamais les toucher, par cercles concentriques ; lentement, l'une après l'autre.

L'air se réchauffe doucement dans la cahute. Et la dame, tête renversée, semble se détendre. Ce qui donne à Sylvia un répit pour réfléchir.

— Revenez me voir demain. Je vous aurai préparé quelque chose, un onguent qui j'espère vous fera du bien.

Elle pense à ces cataplasmes d'argile, dont sa grand-mère écrit qu'ils apaisent toutes les douleurs.

La femme, en rouvrant les yeux, lui dédie un beau sourire.

— Je savais bien que vous étiez magicienne ! Et je me charge de le dire à ceux qui en doutent… !

Cette dernière phrase, dont Sylvia ne perçoit pas tout à fait le sens, est prononcée sur un ton guerrier qui la fait frissonner.

Elle se lève pour signifier que la séance est terminée, en bredouillant :

— Il… il n'y a rien de magique, je vous assure…

— Tiens, demain, je vous apporterai des pommes de terre. Pas n'importe lesquelles, hein, des Mona Lisa !

La pluie continue, à *ploc-ploc* menaçants sur le cabanon. Sylvia regarde la visiteuse s'engouffrer dans sa voiture, garée juste à côté, lui envie le siège chauffant qu'elle déclenche aussitôt.

Une immense fatigue tombe sur ses épaules.

Il lui faut maintenant affronter le raccourci détrempé ; remettre son nez dans les cahiers, explorer les réserves de l'atelier. Un effort qui redonnera du sens à sa journée, elle le sait.

Corollaire évident à la lecture des cahiers, Sylvia s'était enfin autorisée à entrer dans l'atelier. Ce petit bâtiment adjacent à la fontaine, le seul en dehors de l'habitation pourvu d'une fenêtre à carreaux de verre, était défendu par une porte à lourd cadenas rouillé. Mais le bois en était si pourri, si friable, qu'à la première tentative d'effraction la chaîne lui était restée dans les mains.

Elle avait pénétré dans une vraie pièce, blanchie de la même chaux que la maison ; et munie de la même électricité sommaire. Une ampoule nue tombant du plafond, et un bouton de porcelaine à actionner. L'ampoule avait grésillé un instant, avant de s'éteindre définitivement.

Contrairement à la maison, cette pièce était remplie jusqu'à la gueule d'objets divers, que Sylvia mettrait beaucoup de temps à inventorier. Faute de lumière et de feu, elle ne pourrait y rester que quelques heures au milieu du jour, quand il ne ferait pas trop froid. Depuis sa grosse angine, la peur de retomber malade la tenaillait.

Tout y était rangé avec ce soin méthodique qu'elle avait reconnu dans l'écriture de la vieille Sylvia. Sur un établi de bois posé le long de la fenêtre il y avait une balance romaine, avec tout un arsenal de crochets, plateaux, mesures et poids bien alignés, dont le cuivre brillait doucement encore sous la poussière accumulée.

Une boîte de clous rouillés, deux mortiers, l'un de bois et l'autre de pierre, avec leurs marteaux différents, mais pourquoi donc ? Des fioles et des jattes de toutes les tailles, et même toute une théorie de petits pots de terre cuite, aux formes biscornues. Des baguettes bien taillées, un réchaud à alcool – restait la bouteille d'alcool éventé à côté –, des récipients de fer-blanc. D'évidence, les cahiers de la maison et les ustensiles d'ici se répondaient les uns aux autres, elle finirait bien par comprendre comment.

« Et ça, qu'est-ce que c'est ? »

Une couleur jaune d'or, l'odeur encore reconnaissable de la cire d'abeille, entortillée en bâtonnets autour d'une mèche de coton. Et surtout, posé à côté, un trésor : une grosse boîte d'allumettes. Petit miracle, au moment où celle laissée par Yseult se vidait dangereusement. Sur d'autres rayons, encore des objets accumulés : plusieurs silex tranchants, des cristaux, des plumes, de couleurs différentes. Comment étaient-ils arrivés là, dans ce coin de campagne ? À quoi servaient-ils ? Si seulement elle avait pu se connecter à Internet, pour passer en revue cette drôle de collection…

Au-dessus d'elle, traversant la pièce, les squelettes de plantes desséchées aperçues par la fenêtre. Et sur un bahut, des bocaux garnis d'étiquettes alléchantes, *Sauge*, *Verveine*, *Plantain*… sans doute le magasin d'herbes médicinales dont usait la guérisseuse. Mais il ne restait plus au fond que de la poussière, des reliefs indistincts et racornis, qu'elle n'avait pas osé toucher.

En soulevant les couvercles des panières d'osier rangées sous l'établi, elle avait encore trouvé des toiles, beaucoup de toiles, bien pliées, de toutes les dimensions, grossièrement tissées de ce qu'elle identifia comme du lin. Et des rouleaux entiers de fil de chanvre. Autre trésor, avec les bougies de cire d'abeille et les allumettes, qu'elle avait décidé d'emporter dans la maison.

Mais la dernière pile avait alors volé en minuscules confettis : des souris avaient fait là leur nid, en attestaient des collines de petites crottes noires. Elle détestait les souris, et s'était enfuie.

Aujourd'hui pourtant Sylvia brave les bestioles et revient à l'atelier avec un objectif : découvrir d'ici au lendemain comment soigner l'eczéma de sa fournisseuse de Mona Lisa ; le nom, qui la fait rêver, danse dans sa tête, autant que la question.

Selon les cahiers, il existait une multitude de remèdes : bourrache, camomille, huile d'amande douce, compresse d'eau de souci... dont elle ne possédait pas le premier ingrédient, et qu'elle ne risquait pas de ramasser dans la nature en plein hiver. Alors, va pour le cataplasme.

Cet après-midi-là, elle s'installe devant l'établi, munie d'un seau de terre rouge pelletée dans le potager glacé. Purifie ses cailloux, tamise, malaxe, étale – comme par hasard il y a devant elle une rangée de palettes au garde-à-vous –, interpose enfin de fines couches d'argile humide entre les carrés de toile qui semblent découpés exprès pour cela – à cause des ciseaux posés à côté, mais tout rouillés, inutilisables. Enroule le tout dans un torchon mouillé à la fontaine, pour en conserver toutes les propriétés.

Et parie sur la sauge, qui pousse en abondance dans sa cour et conserve ses feuilles durant l'hiver. Puisqu'elle semble tout guérir, Sylvia remplit une des fioles de l'atelier avec de l'eau de sauge bouillie.

Si elle réussissait aussi, avec cette tisane rustique, à adoucir sa toux et résorber les aphtes dans sa bouche ?

Le lendemain, en arrivant au carrefour munie de ses médications, Sylvia ne voit d'abord qu'elles, les fameuses patates ! Un sac de jute posé devant la boîte aux lettres ; puis la voiture de sa patiente, garée sur le côté.

La dame, déjà postée sur le banc de la cabane, est de fort belle humeur :

— Voilà, je vous ai aussi apporté des coussins pour les bancs. C'est mieux tout de même, non ? Et il faudrait penser à mettre un petit chauffage électrique ? Regardez mes sourcils, ils sont nettement moins rouges, n'est-ce pas ?

Elle a un ton péremptoire qui exige l'assentiment de son interlocutrice.

Tant d'enthousiasme gêne un peu Sylvia, qui ne voit guère de différence.

Elle présente ses cataplasmes d'argile, détaillant avec sobriété comment bien les poser, et la décoction de sauge, à boire régulièrement.

La dame est surtout éblouie par la petite fiole de

verre irrégulier, pleine de bulles, et le bouchon de liège taillé à la mesure de l'orifice.

— Soufflée à la bouche, tellement vintage ! Merci ! Quand je vais raconter ça à mes amies…

— Ne le racontez pas trop… s'entend répondre Sylvia en se levant.

20

Il faut avoir foi en son efficacité,
pour qu'elle advienne.

Anonyme, aide-mémoire (1872)

Décidément, nulle part on ne passe inaperçu. Depuis Mona Lisa, comme Sylvia appelait pour elle-même la dame aux pommes de terre, plusieurs visiteurs s'étaient succédé à Prends-Toi-Garde.

Cela l'obligeait à ne plus jamais s'abandonner tout à fait. À se tenir toujours prête, lavée et habillée du mieux possible. En retour, ces visites lui procuraient un puissant sentiment de gratification, en même temps que des provisions. Un cercle vertueux inattendu, cadeau de solidarité humaine au cœur de ce difficile hiver.

Il y avait eu ce grand jeune homme, aussi maigre et hâve qu'elle, si touchant. Soigné pour un cancer à Périgueux, il supportait mal les séances de radiothérapie. « On » lui avait dit d'« essayer la sorcière, pour voir » ; et « on » lui avait expliqué le rituel du cadeau sous le porche. Auquel il ne dérogeait pas, comme si cela faisait partie de la guérison.

Il était prêt à tout pour survivre. Sylvia, d'une immense empathie, était prête à tout elle aussi pour l'aider.

Sans se plaindre, il s'était allongé à demi sur le banc, dans cet espace trop petit pour lui, avait fermé les yeux d'épuisement. Que faire ? La première fois, elle l'avait laissé repartir après une simple imposition des mains, en se concentrant du mieux possible.

« Si vous revenez, je pourrai peut-être vous proposer autre chose...

— Quand ? Je peux avoir un rendez-vous ? »

Sylvia avait ri, doucement.

Pas de secrétariat, ni d'agenda surchargé.

« Quand vous voulez ?

— Alors, au retour de mes séances de radiothérapie à l'hôpital. »

Elle avait consacré le reste de la journée à confectionner des cataplasmes ajustés à la dimension de ce torse si haut et si large.

Le jeune homme était revenu la semaine suivante, celle d'après et encore celle d'après, jusqu'à épuiser, ou presque, les réserves de toiles entreposées dans l'atelier.

Quelque chose d'agréable, « de bonnes ondes », aurait dit Yseult, se nouait entre eux, traduit par des rires légers, des plaisanteries dont elle n'avait plus l'habitude. Sylvia mettait toute son énergie à le soulager, par de longs massages, des cataplasmes, des tisanes. Elle aurait voulu arracher la douleur de ce corps souffrant, quitte à la prendre pour elle.

Lui, à chaque fois, redisait le bien que ces séances lui procuraient, acceptait toutes les potions, tous les cataplasmes avec reconnaissance. Pourtant, il observait aussi avec finesse que c'étaient surtout les lieux, ce silence et cette nature préservée, ainsi que la bienveillance dont il se sentait entouré, qui apaisaient ses souffrances. En tout cas, il n'imaginait plus de vivre sans venir voir Sylvia. Et réciproquement.

D'autant que, dès la première fois, le présent trouvé dans la boîte aux lettres toujours ouverte l'avait émerveillée. Un élégant coffret contenant un assortiment de confitures, d'épices, de gels et de crèmes de beauté odorantes.

Elle n'avait pu s'empêcher de remercier ; ce qu'elle n'avait jamais fait jusqu'à présent, pressentant bien qu'il ne fallait pas lier les cadeaux reçus avec sa propre intervention.

« Je transmettrai à ma mère ! Elle travaille dans un institut de beauté, c'est elle qui l'a préparé. Maman aimerait tellement que j'aille mieux, que j'aie moins d'idées noires… Elle suggère même que je vienne encore plus souvent ! Est-ce que je peux prendre mes rendez-vous à l'avance, pour être certain d'avoir une place ? »

C'est ainsi que les habitudes s'étaient créées. Des rendez-vous réguliers ! Son « patient » lui offrait avec ce mot l'impression de revenir parmi les vivants, d'appartenir, de nouveau, à l'humanité. Soigner lui faisait du bien, à elle.

Le grand jeune homme n'était plus seul à venir chez elle ; comme si le bouche-à-oreille se déployait, entre tous ces mystérieux « on » dont elle ne savait rien. À chaque fois, elle était touchée par la façon dont ses visiteurs s'appropriaient naturellement les lieux, venaient y déposer leurs douleurs sans beaucoup de préliminaires.

Un après-midi, cette femme en bottes de caoutchouc, qui accomplit le rite en urgence, comme une chorégraphie accélérée. Parce que son mari, après avoir été traîné par son tracteur sur plusieurs mètres, souffre de brûlures sur tout le corps.

— Il ne peut pas bouger de la voiture, je l'ai laissé au carrefour, venez vite !

Sylvia la suit, mal à l'aise.

À voir la jambe tordue à l'envers et la plaie ouverte sur un os, il n'est pas difficile de diagnostiquer une fracture, peut-être plusieurs.

— Il faut aller à l'hôpital, monsieur…

L'homme grogne :

— Pas que ça à faire, moi ! Je vais attendre des heures, et puis ils risquent de me garder !

À cet instant-là, Sylvia éprouve la conscience aiguë de la pauvreté de ses connaissances, et de ses moyens ; toujours un peu les mêmes, adaptés à chaque demande, en regardant l'invisible chez chacun : le teint, le fond de l'œil, l'énergie qu'il dégage, sa manière de bouger, son appétit de vivre. Là, rien.

— Je ne suis pas magicienne, monsieur, il faut faire une radio.

L'homme la regarde, comme étonné.

— Ah bon ?

Elle le fixe de ses yeux agrandis, jusqu'à ce qu'il baisse les siens.

— Bon...

Il accepte, bon gré mal gré, que sa femme l'emmène aux urgences de Périgueux.

Au moment de partir, celle-ci a sorti un saucisson odorant de son sac, comme si le cadeau était partie obligée des rites.

— J'allais oublier...

— Mais non, je vous en prie !

— Mais si, je vous en prie ! Vous l'avez persuadé d'aller à l'hôpital.

Et puis encore un soir, bien après la tombée de la nuit, deux femmes affolées sur le chemin noir, dans la lueur des phares de leur voiture. La plus âgée frappant consciencieusement des mains, et l'autre portant dans ses bras un enfant hurlant.

La grand-mère mène les opérations :

— On m'a dit… ? Il paraît que vous êtes si gentille, si efficace !

Depuis que la petite fille avait sauté dans un bain trop chaud, elle criait sans discontinuer.

La brûlure n'a pas l'air bien méchante, mais l'enfant ne cesse de s'agiter et de crier que lorsque, à la lumière des veilleuses, Sylvia réussit à happer son regard, en lui racontant une histoire de lapins gris qui vivent dans les bois alentour, et devaient être bien effrayés par ses cris. La petite, à force de la regarder et de l'écouter, finit par se calmer, puis s'endormir dans le siège-auto.

La jeune maman, épuisée, prend les mains de Sylvia.

— Vous avez sauvé ma fille… Dire que j'ai hésité à venir, mon mari ne voulait pas. Je ne vous remercierai jamais assez !

— En rentrant, mettez-lui du tulle gras sur les jambes, et demain elle ne souffrira plus.

La femme hoche la tête avec le plus grand sérieux et ajoute :

— Elle est souvent constipée, ma petite, vous auriez quelque chose, comme remède ?

— Essayez un morceau de savon de Marseille, taillé en suppositoire ?

La réponse est venue toute seule, fixée dans sa mémoire. Sylvia a lu cela, sur la même page que l'eau de vaisselle utilisée contre les mycoses, et le collier d'ail autour du cou pour éloigner les vers des enfants.

La grand-mère, pendant ce temps, dépose avec discrétion un cageot entier de kiwis devant le porche.

Mais il y avait aussi eu ce couple. Une quarantaine d'années, des vêtements soignés, l'accent pointu. Appliquant eux aussi très exactement le mode d'emploi des visiteurs : battement des mains sur le chemin, sac en papier kraft déposé sous le porche, puis rendez-vous au cabanon.

Ils ne souffraient de rien, mais s'intéressaient aux médecines parallèles, expliquèrent-ils avec force détails, en vue d'ouvrir leur propre officine.

« Les guérisseurs ont été reconnus pendant des siècles, n'est-ce pas, avant d'être attaqués par le système médical officiel. Il y a beaucoup de remèdes tout simples qui se sont perdus, au profit des médicaments vendus à prix d'or chez le pharmacien. Aujourd'hui, ils sont réhabilités, avec des arguments scientifiques. À nous de les proposer ! »

Cela s'était gâté ensuite, quand ils avaient posé mille questions sur ce qu'ils appelaient son « métier ». Ils voulaient savoir quels diplômes elle possédait pour exercer, qui étaient ses fournisseurs de « médicaments », le régime fiscal dont elle dépendait…

« Vous pratiquez la moxibustion ? l'acupuncture ? la lithothérapie ? Vous travaillez par téléphone ? »

Cela lui semblait ubuesque. Sylvia prudemment avait tout réfuté, parlant de conversations, et de relaxation.

« Comme une psychologue, alors ? Et vous prenez combien pour chaque séance ? »

Sylvia était capable de réciter la liste entière des dons en nature dont elle avait bénéficié.

« Il n'est jamais question d'argent... »

Le couple était reparti sur une menace à peine voilée :

« Pas de tarifs établis ? On les connaît, les charlatans, et leurs poudres de perlimpinpin, hein ? Et on les fait condamner pour exercice illégal de la médecine... »

Sylvia en était restée coite.

Pire encore, le sac de papier kraft, à côté du portail, contenait un gros oiseau mort, un de ces rapaces qui tournoyaient parfois au-dessus de Prends-Toi-Garde. Le coup était prémédité.

Qui étaient ces « on » qui envoyaient tant de gens à Prends-Toi-Garde, plus ou moins bienveillants ? Jamais un nom, jamais de circonstances claires. C'était une cousine qui avait entendu dire, et glissé l'adresse, ou bien la suggestion d'une amie, qui elle-même avait parlé avec quelqu'un... De ces visiteurs, même multirécidivistes comme le grand jeune homme, elle ne connaissait ni les noms, ni les adresses. Tous respectaient ce cérémonial énigmatique, interprété différemment : l'annonce sonore sur le chemin, le présent en nature, jusqu'au rendez-vous dans le cabanon. Les mêmes mines mystérieuses, les cadeaux de la main à la main. Comme s'ils s'étaient tous donné le mot. Personne pourtant ne se croisait jamais, comme s'il ne fallait pas être vu là, dans cette cabane. En tout cas, « on » avait raison sur un point, en lui envoyant ceux que la médecine peinait à soigner : elle essayait autrement, avec ses yeux, ses mains et quelques adjuvants offerts par la nature de Prends-Toi-Garde.

21

Le plus souvent,
la bêtise est sœur de la méchanceté.
Sophocle

Une insomnie pas comme les autres. Qui commence dans son premier sommeil, à en juger par les sons familiers du début de la nuit : le craquement des dernières braises derrière le montant de la cheminée, les hululements d'une chouette du côté de l'ancien donjon, le ronflement d'un poids lourd au carrefour, car seuls les moteurs les plus puissants franchissent l'épais rideau des arbres et de la nuit. Tous ces bruits-là en général ne la réveillent pas vraiment. Et elle n'a jamais eu peur des cambrioleurs. Ses angoisses sont ailleurs, hélas ! Souvent même elle oublie de fermer sa porte, trop branlante pour constituer un véritable obstacle à qui voudrait entrer.

Rapidement, Sylvia détecte ce qui l'a réveillée :

un bruit tout proche, juste de l'autre côté du mur. À l'arrière de la maison. Comme du métal entrechoqué, ou raclé contre la pierre.

Elle se demande si elle a rêvé.

Mais cela recommence, à intervalles réguliers. Lugubre, effrayant.

Autre chose l'inquiète ; le chat, qui d'habitude prend ses aises sur sa couette, et la réchauffe en même temps, a disparu. Il m'a abandonnée, songe-t-elle.

Sylvia se raidit sur le matelas, les yeux grands ouverts. Comme si son immobilité avait le pouvoir de résorber le bruit.

Qui semble maintenant faire le tour de la maison, sans discontinuer. Elle croit percevoir aussi des pas humains, courant au rythme de ce tintamarre. Que faire ? Elle est tétanisée.

Un tour, encore un autre, et un autre. L'impression d'être au centre d'un tambour de machine à laver qui tourne, tourne autour d'elle. Et tout d'un coup… grand silence.

Pas pour longtemps. Des coups sourds frappés aux murs, trois par trois. Sur les quatre façades, à l'ouest, au sud, à l'est, au nord. Pas de la manière dont on toque à une porte, plutôt de celle dont on démolirait une maison ; et presque simultanément, ce qui suppose une armée d'envahisseurs. D'ailleurs, tout frémit autour d'elle, une fine poussière blanche tombe du plafond.

Sylvia essaie de se raisonner, de trouver des

raisons logiques à ce vacarme : si c'étaient des sangliers ? Elle en a vu passer parfois, par hardes, fouiner dans le sol, se frotter aux arbres, détruire tout sur leur passage… mais jamais s'approcher de la maison. Se rappelle aussi l'épisode de l'automne, quand elle se croyait observée et suivie par un loup, alors qu'il n'y en a plus depuis longtemps en France.

Mais voilà qu'une voix prend le relais du vacarme, à travers un haut-parleur qui démultiplie sa puissance. Une voix masculine, sourde, creuse, tour à tour ricanante et menaçante. Qui ponctue ses phrases par des « Ouh ouh » de fantôme d'opérette. Impossible de comprendre ce qui se dit, et de toute façon elle n'est pas en état d'écouter. Cette voix envahit, écrase, annihile, tout ce qu'il y a de familier autour d'elle.

Sylvia se rend compte qu'elle est en nage, secouée de frissons incoercibles. Elle n'a jamais eu aussi peur de sa vie. Si, une fois. Le tremblement s'aggrave d'autant plus. Et les raclements de chaînes, les coups aux murs de tous les côtés, les incantations par haut-parleur reprennent, dans le même ordre. Cela dure, dure, dure.

En ouvrant les yeux, elle croit discerner, à travers les interstices de la vieille maison mal isolée, des lueurs d'incendie.

Ses tremblements cessent d'un coup, sa tête se remet à l'endroit : si le feu avait pris aux bois alentour ? Si elle se trompait sur l'origine des bruits, et se laissait brûler vive dans son lit, juste à cause de sa trouille ?

Sylvia se jette hors de son réduit. Un instinct de survie, primaire, la pousse vers la porte, qui n'est pas fermée à clé, la projette dehors pour s'enfuir.

Deux pas après le seuil elle s'arrête net. Il n'y a pas d'incendie, la maison n'est pas entourée de flammes. Mais de grosses torches, en nombre, lueurs mouvantes dans la nuit, strient l'obscurité de la cour.

Éblouie, à contre-lumière, elle ne peut distinguer que les silhouettes qui les portent. Massives, noires, hautes, cagoulées peut-être, bottées en tout cas, qui dessinent de grands moulinets à bout de bras avec leurs fanaux. Un ballet macabre.

Quand les intrus voient la porte s'ouvrir, ils se rassemblent tranquillement et prennent le raccourci vers le carrefour, pendant que des chaînes sur leurs épaules s'entrechoquent en sourdine. Cinq minutes à peine plus tard, les silhouettes se sont évanouies, et les torches éteintes. Comme si rien ne s'était passé. Au loin, le bruit d'un moteur de voiture au démarrage.

Le silence de la nuit glacée s'étend pesamment, seconde après seconde. Sylvia, transie, n'ose bouger, comme si l'horreur pouvait revenir.

Pousse pourtant un cri aigu, sursaute. Le chat vient de frôler sa jambe nue, au moment de réintégrer la maison.

Alors elle le suit, confiante en l'instinct animal. Ferme la porte. À clé cette fois-ci.

Impossible de se rendormir, malgré ses yeux qui piquent, sa tête qui résonne, ses épaules nouées. Elle ranime les braises, s'assoit dans le cantou et se sert un peu de la confiture d'abricots du grand jeune homme, directement à la cuiller, comme une consolation ultime.

Peu à peu seulement, la sidération se dissipe ; son esprit, jusque-là bloqué par la frayeur, essaie de comprendre. Ces hommes sont venus jusque chez elle pour l'épouvanter. A priori, pas pour l'attaquer... En pyjama devant sa porte, elle était une proie facile, et ils n'ont même pas essayé de l'approcher.

À l'idée de ce qui n'est pas arrivé cette fois-ci, le traumatisme se ravive, elle se crispe.

Ne réussit à se calmer que lorsque, une fois réchauffée, elle prend conscience de la mise en scène rudimentaire qui vient de la piéger : un remake de ces séries télévisées qu'elle regardait adolescente, des scénarios d'horreur, de fantômes, d'extraterrestres. Tendance magie noire, signes cabalistiques et diaboliques.

Qui lui en veut ainsi ? Tout est possible, elle se sent coupable de tout, menacée par tout le monde, depuis son agresseur parisien jusqu'à l'homme au chien du bourg, en passant par le couple venu d'ailleurs, et même la charmante vieille Anglaise qu'elle a plantée là au milieu des bois, un jour, sans explication. Mais aucune de ces silhouettes ne correspond vraiment. Tout le reste de la nuit, un immense malaise l'étreint.

L'aube point sans qu'elle se soit reposée. N'ait rien compris, ni rien décidé. Sauf par omission : on ne la chassera pas d'ici. C'est sa terre, son ancrage, elle ne peut plus vivre ailleurs.

22

C'est Noël, il est grand temps
de rallumer les étoiles.

Guillaume Apollinaire,
Les Mamelles de Tirésias

Sybille n'aimait pas Noël en général, et pas du tout celui-ci en particulier. Enfin, « les fêtes » étaient finies, avec leur cortège de repas trop lourds, de cadeaux pas tout à fait adaptés, des poubelles débordantes, et les souhaits de bonne année distribués à tous ceux qui n'en attendaient pas grand-chose de bon. Son arrière-grand-mère, par exemple !

Avec en prime une messe de minuit gelée dans l'église de Salibourne. Il n'y en avait plus souvent dans l'année, des messes, le curé du coin ayant maintenant plus de quarante clochers à desservir. Et pour Noël, c'était au mieux une fois tous les dix ans. Alors, Monique Vergne s'était dévouée, une fois de plus, pour aider à préparer l'événement. Grand ménage de l'église, installation de la crèche et de la décoration, ce qu'elle préférait.

Monique avait besoin de se distraire et sa petite-fille de lui faire plaisir : elles avaient donc toutes les deux ratissé le bois derrière la Borderie, et rapporté dans la petite église de grands paniers de branchages, houx rouge et vert, mottes de mousse mordorée et pommes de pin. Sybille se demandait encore pourquoi elle s'était laissé embarquer dans cette galère. Comme son père, elle aimait la nature. Vivante, pas celle-ci, arrachée, fanée, mise en scène.

Moumoune, elle, était à son affaire dans la petite église froide.

« Où sont encore passés les ciseaux ? J'échange mon Scotch contre... »

Et là, de nouveau, Sybille avait dû subir les conversations sur « la sorcière ».

Dans la petite chapelle latérale transformée en fausse étable de rondins par les enfants du catéchisme, ces dames alignaient les guirlandes et les ragots avec le même plaisir.

Depuis la mort de Pierrot, « la fille à la bagnole orange » pour les gens du bourg, « la coupeuse de feu » pour les pompiers, est devenue « la sorcière » dans toutes les conversations, et accusée de tout ce qui ne va pas.

Sybille s'est mise à l'écart, en se chargeant de déballer les personnages de terre cuite. Ensevelis dans des cartons pendant le reste de l'année, ils lui semblent prendre vie sous ses doigts : les bergers et leurs moutons, les rois mages... En déroulant le papier à bulles autour de chaque figurine, elle redécouvre l'histoire entendue cent fois dans son enfance : l'Enfant Jésus emmailloté de blanc, l'étoile qui annonce sa naissance et pour laquelle il faudra trouver un ciel où l'accrocher. Elle dépose l'âne et le bœuf derrière la mangeoire. Puis décapuchonne Joseph et Marie. Rapproche une femme portant sur la tête une jarre d'eau, un petit vendeur de n'importe quoi, tous ces personnages secondaires qui donnent sens à l'histoire. La comparaison lui est venue, à accomplir ces gestes un peu sacrés : des pauvres, pourchassés par les sages, les gens bien établis et bien-pensants. Comme cette pauvre Mme Labrousse.

Que fait-elle, en ce moment de l'année où les familles se réunissent, s'empiffrent de foie gras et de truffes au chocolat ? se demande Sybille, qui déteste les deux. Pendant que ces dames continuent à gloser sur la sorcière, sans égard pour l'esprit des lieux :

— Vous savez, il y a eu un article dans le journal. Deux jeunes de Saint-Alvère qui rentraient chez eux après une soirée en boîte ; ils se sont retrouvés dans le fossé en plein milieu des bois. Il leur a fallu appeler les secours pour se dégager. Comme rien ne marche plus, maintenant, ils ont dû attendre longtemps la dépanneuse. Et c'est ainsi qu'au carrefour de Prends-Toi-Garde ils ont vu de la lumière filtrant à travers les arbres : des sortes de flammèches qui dansaient dans la nuit. Juste en direction de chez la sorcière ! Ils l'ont raconté au journaliste de *Sud-Ouest*, le lendemain…

Sybille, à deux pas, s'agace, essaie d'intervenir avec humour :

— Ils avaient peut-être un peu bu, vos loustics ? Pour atterrir comme ça dans un fossé, au milieu d'une ligne droite…

Elle connaissait par cœur ces délires, observés de près durant les nuits de garde à l'hôpital.

— Ils ont pas pu inventer, quand même ! Comme on dit, il n'y a jamais de fumée sans feu, et là, il y en avait beaucoup, de feu…

Même sans alcool, en cet après-midi gris, les flammèches étaient en train de devenir une armée lumineuse au galop.

Monique, qui par principe est d'accord avec sa petite-fille, renchérit :

— Tout le monde a déjà cru apercevoir des feux follets la nuit, non ? Ce sont des reflets de la lune ou des vers luisants. Dans mon enfance, on disait que c'étaient des fées qui faisaient la ronde dans les prés et laissaient au matin de mystérieux cercles verts… Mais il fallait se lever très tôt ; trop tôt pour moi, sans doute, je ne les ai jamais vus…

— Pas en plein hiver, par ce froid, tout de même ? remarque une des commères, très sérieusement.

— D'ailleurs tout le monde sait qu'il y a toujours

eu des sorcières par là-bas, et qu'on voit souvent des lueurs rouges sortir du toit de Prends-Toi-Garde...

Une autre femme, toute en plis et en rondeurs, éclate de rire.

— Mais oui, les sorcières se transforment en esprits volants, et passent à travers les murs ! Elles se rassemblent en sabbats dans des clairières, c'est pour cela qu'il y en a plein les bois. Elles font des orgies et jettent des mauvais sorts !

Impossible pour Sybille de savoir si ces dames croient vraiment à ce qu'elles racontent. Monique a l'air désolée. Elle est bien la seule.

— Voilà, c'est joli comme cela, avec des pignons tout autour de la crèche... J'en rajoute d'autres ou cela suffit ?

— Et vous avez vu cette histoire ? Il n'y a pas si longtemps, une femme du Bugue qui circulait avec ses enfants, au même carrefour. Il pleuvait, aquaplaning, elle a perdu le contrôle de sa voiture. L'un des petits, qui n'était pas sanglé dans son siège-auto, a été éjecté vers l'avant. Juste à côté de chez la sorcière, encore ! Vous ne me direz pas que c'est un hasard ? Heureusement qu'il s'en est sorti, sinon...

Sybille n'essaie plus d'être drôle :

— Il y a souvent des accidents à ce carrefour, parce que les arbres ne sont jamais élagués. À chaque fois que les pompiers du centre de secours interviennent, ils signalent le manque de visibilité.

Monique, courageusement, tente encore de détourner la conversation :

— Ils se décideront peut-être enfin à faire un rond-point, un jour ?

Ça n'en continue pas moins :

— Depuis les obsèques de Pierrot, la sorcière se cache. Personne ne l'a plus jamais vue. Mais on sait bien qu'il y a des gens du pays qui la fréquentent, en douce…

Ces dames de chuchoter, maintenant :

— Qui ? Pourquoi ?

— On lui demande peut-être de jeter des mauvais sorts, comme pour le Pierrot ?

— Dans ces conditions, personne n'est à l'abri !

— La preuve : le cabanon au bord de la route a été reconstruit, avec une porte pour cacher ce qui s'y passe.

Monique dit haut et fort, en s'adressant à sa petite-fille qu'elle sent bouillir :

— Tu irais à la pharmacie, Syb, récupérer ma commande de médicaments ? Elle va fermer pendant les fêtes.

Une échappatoire que Sybille accepte volontiers.

La pharmacie est tout près, sur la place de l'église, mais la queue s'étire à l'extérieur. Sybille prend sa place dans la file, et attend, perdue dans des pensées moroses.

Quand elle approche du comptoir, quelqu'un pose la main sur son bras… le sourire de la vieille Mrs Craig apparaît juste devant elle. Elle a été reconnue, même sans son uniforme de pompier.

— *Good morning ! Could you help me* ? *Something against back pain, how do you say that* ?

Et Sybille de traduire, à l'intention de la pharmacienne un peu survoltée :

— Un antalgique, pour soulager des douleurs dorsales…

En se séparant, à grands coups de « *Merry Christmas, dear !* » et autres « *Thank you so much* », Mrs Craig glisse :

— Madame Labrousse ? *You have some news ?*

— *No…*

Un long regard entre elles, la même préoccupation, et un signe d'adieu plein de gentillesse, voire de complicité.

Cela lui a fait grand bien, Sybille ne sait pourquoi.

23

Il faut louer les dames [...]
qui furent environnées de grande science.

Christine de Pisan (1393)

Après les pâtés et les pommes de terre, il y avait eu des saucissons, une dame-jeanne d'huile de noix, deux bouteilles d'eau-de-vie de fruits, des fromages de chèvre, du confit d'oie et le cageot de kiwis.

Miraculeux, ces kiwis irréguliers à la peau poilue, pleins de vitamines, dont elle ne savait même pas qu'ils poussaient dans la région ! Sylvia avait retrouvé le goût de cuisiner, en utilisant intelligemment les ressources locales.

Devenue experte d'un menu unique : poêlée patates-champignons-herbes, suivie de fromage et même dessert. Grâce aux confitures, elle redécouvrait le goût du sucre ; sans se priver, car elle possédait assez de pots pour traverser l'hiver.

En quelques jours d'orgie vitaminée, ses bobos

avaient presque disparu, les aphtes dans sa bouche cicatrisaient peu à peu ; les crèmes hydratantes faisaient un bien fou à son visage tiré, mais surtout à ses mains rêches, crevassées. En gagnant en souplesse, en sensibilité, elle gagnait aussi en efficacité auprès du grand jeune homme. Qui en la complimentant lui rendait encore de l'énergie.

Un matin enfin, ses règles étaient revenues, après presque une année d'interruption. Le médecin parisien le lui avait prédit : « Ne vous inquiétez pas, quand le traumatisme sera dépassé, votre corps recommencera à fonctionner normalement. À condition de mener une vie sans stress et de bien vous nourrir. » Il lui avait fallu du temps pour remplir toutes ces conditions !

Et voilà que ce fragile équilibre se délitait…

Un jour de beau temps doux, quelqu'un klaxonne sans discontinuer depuis sa voiture probablement arrêtée au carrefour. Sylvia, étonnée, met un moment à s'approcher. Elle a déjà pris l'habitude des mains frappées pour la prévenir, de se conformer aux rites qu'utilisent ses visiteurs. Et puis la peur revient toujours très vite, surtout après des nuits troublées.

Une femme alors se jette vers le cabanon, et s'affale sur le petit banc, qui gémit dangereusement. Elle est terriblement tendue, le visage parcouru de tics.

Jette, impérieuse :

— Un genre de philtre d'amour, vous avez ça ? Il faut absolument que je reprenne le pouvoir sur l'esprit de mon ex-mari. Savoir ce qu'il a dans la tête, diriger ses pensées. Parce que lui, il me torture à distance !

À cet instant, un spasme la plie en deux. Elle se redresse difficilement.

— Vous voyez bien !

Sylvia se tait, tente d'accrocher le regard de cette femme affolée, hors d'elle.

— Il s'est installé dans mon intérieur et me tord les boyaux, en faisant des bruits horribles, écoutez donc !... Il faut m'en délivrer ! Tout de suite !

Sylvia, silencieuse, essaie de garder son calme.

— Évidemment... C'est que vous êtes de mèche avec lui, avouez, il est venu vous voir, c'est de votre faute !

La femme, les yeux exorbités, devient agressive, croche le bras de Sylvia.

— C'est votre boulot, quand même, de faire ce qu'il faut pour lever le mauvais sort ! Je sais qu'il me veut du mal...

Sylvia tente toujours de capter un regard, de détourner cette haine qu'elle ressent si violente. Face à la furie, elle se sent démunie, en danger. Voudrait appeler à l'aide ; mais qui l'entendra, dans la campagne déserte ?

Essaie de se reprendre ; et surtout de gagner du temps, de desserrer l'étau des ongles longs, couleur rouge sang, qui lui griffent le bras, jusqu'à l'estafilade.

Force sa voix :

— Regardez-moi, regardez-moi ! Je pourrais peut-être calmer ces douleurs qui vous font souffrir ? Est-ce que…

— Ne me touchez pas ! hurle la femme.

Alors Sylvia joue son va-tout, prend un air inspiré pour être écoutée :

— Il faudrait glisser de l'herbe de mata-goth dans les vêtements de votre mari, et lui en enduire les mains.

Lui est revenue à la mémoire une incantation lue dans le *Malleus Maleficarum* de Sylvia l'ancienne, qu'elle avait retenue sans même s'en rendre compte.

Elle récite entre ses dents, en essayant d'y mettre le ton :

— « Je t'adjure, serpent antique, par celui qui juge les vivants et les morts, a pouvoir de t'envoyer dans la géhenne, éloigne-toi ! Il te commande, diable maudit, celui qui fait sentir sa volonté aux vents, à l'orage, à la grêle, de te retirer de ma présence. Enchaîné et prostré, va-t'en ! »

La femme lâche enfin son bras et se détourne d'elle, tout en crachant des invectives :

— Une sorcière ! Une folle, une malfaisante, acoquinée avec tous les démons de la terre ! Voilà la preuve ! Ils ont bien raison ! C'est vous qu'il faut empêcher de nuire !

Elle s'enfuit en courant de la cabane, manque tomber en franchissant le seuil.

— Foooollle... démooons... nuiiiire...

Les mots résonnent en écho, semble-t-il à Sylvia, très loin alentour, et aussi dans sa tête. Une voiture traversant le carrefour ralentit par curiosité.

Sylvia tremble de tout son corps. Du cabanon, elle entend enfin démarrer la voiture en trombe.

Sylvia pense à une phrase des cahiers : « Les gens désespérés se tournent souvent vers les forces occultes. Il ne faut pas avoir peur des démons qui possèdent une personne, garder soi-même les pieds sur terre et lutter contre eux, pour ramener le malheureux dans la réalité. »

Elle n'a pas réussi et c'est trop tard. Se promet de ne plus tenter le diable, de ne plus accepter aucun rendez-vous au cabanon...

Enfin, seulement avec le jeune homme malade. Elle ne pouvait pas le renvoyer, à cause de son immense gentillesse, et aussi de son désespoir muet devant les mauvais résultats de ses analyses médicales, ces fameux « marqueurs » qui régissent toute sa vie.

Sylvia retrouve un peu de foi en son rôle : il a vraiment besoin d'elle.

Et elle de lui, d'autant qu'il vient de lui apporter, de la part de sa mère, un gros pull de laine, de vraie laine épaisse, tricoté à la main.

— Maman a trouvé que vous aviez l'air frigorifiée, quand elle est venue vous voir pour ma nièce, l'autre nuit. Alors, elle s'est mise au travail, et voilà !

Sylvia, ce jour-là, en fourrant son nez dans la matière si douce, en a les larmes aux yeux de reconnaissance.

Oui, elle continuera à répondre aux appels du chemin.

Mais après l'accalmie de douceur, où la vie semblait devenir plus facile, le froid reprend de la vigueur. Un froid noir, silencieux, mordant, qui l'enferme dans la maison, ses peurs et ses angoisses. De nouveau, la nuit, des grincements, des hurlements et des coups frappés au mur…

Pendant un temps interminable, sans doute plusieurs semaines de suite, il n'y a que le jeune homme pour braver le verglas, et solliciter son aide. Jamais il ne se plaint, mais paraît si affaibli qu'elle s'en inquiète, presque jour et nuit, avec le sentiment pénible de ne rien pouvoir faire de plus.

Et les provisions se mettent à manquer.

Décidément, les cadeaux ponctuels ne pourront pas seuls la tirer d'affaire. Le manque de connexion, de téléphone, de carte bancaire, qui s'était un peu évanoui grâce aux visiteurs, revient, plus pressant.

Jusqu'à un matin, après une nuit particulièrement angoissante.

Des battements de mains énergiques, sans doute faits autant pour se réchauffer que pour être entendus. Et au bout du chemin une grande étole rouge, par-dessus un tailleur-pantalon noir comme Sylvia en portait il n'y a pas si longtemps. C'est une jeune femme élégante et pressée qui se précipite dans le cabanon, où Sylvia la rejoint.

Brûlures d'estomac, insomnies, fatigue permanente, règles irrégulières et douloureuses... La liste de ses maux n'en finit pas, qu'aucun médecin n'arrive à soigner.

Sylvia connaît bien cette liste, pour l'avoir éprouvée. Et sachant bien qu'elle ne peut rien faire d'autre, écoute du mieux possible. Nourrie désormais des préceptes de sa grand-mère : *Pour soigner, il faut aimer. Regarder ses interlocuteurs, longuement, pour ressentir quelque chose d'eux-mêmes sur lequel ils peinent à mettre des mots, les écouter, sentir les vibrations de leur être jusqu'à se mettre à leur diapason, les détendre et les recentrer. Et induire chez eux les moyens de lutter contre ce qui leur fait mal.*

En l'occurrence, la jeune femme se retrouve dans une situation impossible au sein de son entreprise. Cela aussi, Sylvia l'a connu. Elle reconnaît tous les mots du mal-être au travail, qu'elle-même récitait quelques années auparavant : harcèlement, hiérarchie, objectifs impossibles à atteindre, burn-out...

Cela fait plus d'une une heure que la femme parle, et que Sylvia écoute. Toutes deux grelottent, dans la cabane de plus en plus glacée et noire.

Alors Sylvia, qui ne peut se permettre de tomber

malade une fois encore, conclut d'une voix douce, comme on dicterait une ordonnance, en regardant son interlocutrice droit dans les yeux :

— Tous les soirs, quand la journée est finie, si vous pouviez vous autoriser à vous-même un moment de calme, avec de la musique ou un livre, un feu de bois peut-être, une tisane ?

Elle se sent comme un imposteur, à prononcer des banalités pareilles. Mais la jeune femme semble apaisée, d'avoir tant parlé.

— Je sais bien que c'est impossible. Je préférerais revenir vous voir ?

Sylvia le sait aussi, qui n'a trouvé la sérénité qu'à Prends-Toi-Garde.

Au moment de se lever, la femme enlève sa grande étole rouge, la plie et la dépose sur le banc de bois.

— Cela pourra vous servir ?

Avant d'ajouter, avec un clin d'œil :

— À défaut d'installer le chauffage dans votre cabinet…

Les yeux de Sylvia brillent très fort en remerciant. Pendant que l'élégante enfonce ses talons aiguilles dans la boue pour regagner sa voiture, elle pose sa main sur l'étole de cachemire. Moelleuse, tiède, flamboyante de vie et d'amitié… C'était aussi la couleur de Noël, dans ma vie d'avant, se dit-elle en s'enroulant dedans, et en se demandant si Noël est déjà passé, si l'hiver finira un jour.

24

Assieds-toi au pied d'un arbre,
et tu verras défiler l'univers.

Proverbe africain

En quittant la Borderie, Sybille est comme allégée d'un grand poids. Il fait un froid vivifiant ; le ciel est merveilleusement bleu, la route est vide, décidément elle adore conduire. Entrer progressivement dans la grande forêt de la Bessède, traverser les taillis de noisetiers d'abord, puis s'enfoncer sous de hautes futaies. De vieux chênes noirs décharnés d'abord, splendides et un peu menaçants, puis plus au sud, les résineux qui les ont remplacés après un grand incendie. Son père lui a expliqué cela.

Pendant longtemps, passer de l'une à l'autre de ses deux familles a représenté un effort, tant elle était tiraillée entre ses parents, jamais à la bonne place.

Sylvestre – c'est ainsi qu'elle appelle son père, quand elle ne veut pas dire « papa » – est un vrai taiseux. Un homme qui préfère la nature aux humains. Peut-être à cause de ce prénom d'autrefois dont ses parents l'avaient affublé, en hommage à une lignée d'ancêtres marchands de bois.

Avec une exception pour sa fille unique ? Elle l'adore, lui pardonne tout, même si elle ne le comprend pas bien et réciproquement. Les liens se sont distendus entre le père et la fille, à force de se voir si peu.

Après son divorce, Sylvestre Mazeyrolle a quitté Bordeaux pour aller travailler en région parisienne, le plus loin possible de son couple déchiré peut-être. Et coupé tous les liens avec sa propre famille de Salibourne.

Obligeant Sybille, par décision de justice, à prendre le train plusieurs fois par an vers une banlieue inconnue, moche et vide durant les vacances scolaires.

L'année dernière, à l'approche de la cinquantaine, il est revenu « au pays », prenant soin tout de même de mettre quarante kilomètres entre lui et le bourg de son enfance, qui est aussi celui de ses ex-beaux-parents.

L'arrivée de la fibre lui permet désormais de concilier son travail avec la solitude. Installé au milieu de la forêt de la Bessède, dans une maison qui lui ressemble : un chalet design et écolo, à énergie passive, hyperconnecté. Avec deux ou trois voyages à Paris par mois : moitié homme des bois, moitié informaticien.

Sybille, depuis qu'elle est majeure, n'est plus tenue de passer chez son père les vacances scolaires. Aussi les visites se sont-elles espacées. Mais le retour de Sylvestre en Périgord rend tout plus facile et elle découvre une joie inattendue à le retrouver là.

Au téléphone, quelques jours auparavant, le timbre presque gai de son père, quand elle a annoncé sa visite. Accentuant le contraste avec ces jours de Noël besogneux à la Borderie.

« Tu verras comme on est bien ici ! »

Tandis que la petite voiture bleue file entre les arbres, le malaise de Sybille se dissipe derrière elle. Même si, avec cette capacité d'empathie qu'on lui reconnaît depuis toujours, elle comprend ses grands-parents et les excuse. Eux aussi souffrent de ce nouveau « divorce » avec leur fille, qui n'est pas venue les rejoindre pour Noël, et doit prendre l'avion à la fin du mois de mars.

Un chevreuil bondit sur la route, presque sous ses roues. Syb ralentit poliment pour lui laisser la voie libre. L'animal est ici chez lui, et semble le lui signifier, en trois bonds gracieux sur la route. Pourquoi ce chevreuil si digne lui fait-il penser à Mme Labrousse ?

Quand Fabienne a pris la décision d'accepter ce poste à Los Angeles, elle l'a expliqué à sa fille : Sybille était désormais tout à fait autonome, serait diplômée en juin, elle saurait très bien se débrouiller.

Comment faire mauvaise figure ? Sa mère avait

passé ces vingt dernières années à ajuster sa vie aux besoins de Syb. Et répétait sans cesse combien elle était fière d'elle, lui faisait toute confiance pour réussir sa vie. Sous-entendu : mieux qu'elle-même.

Ensemble, la mère et la fille avaient choisi un studio parfait pour une future jeune professionnelle, à la fois proche du centre, de la vie joyeuse du quartier Saint-Michel, et accessible de partout. La perle rare dénichée, Fabienne avait aussitôt mis en vente son appartement bordelais. Deux semaines avant Noël, fête de famille par excellence : violent, tout de même ! Mais… « c'est le meilleur moment pour faire visiter, quand les gens ont du temps ».

Fabienne avait ensuite assené à ses parents toutes ces nouvelles d'un coup, et demandé à sa fille de débarrasser rapidement tout son fourbi d'enfance.

Sybille n'aime pas voir souffrir les gens qu'elle aime, et encore moins ses grands-parents. De quoi la rendre malheureuse toute cette semaine de « fêtes », sans qu'un mot soit prononcé sur le sujet.

Elle espère très fort que son père ne sait rien de tout cela ; ou bien que désormais les choix de Fabienne ne le concernent plus.

La voiture ralentit au rythme de ses pensées, sur la route qui tournicote dans les bois. Sa mère a raison sur un point : c'est à elle, Sybille, de choisir ce qu'elle veut faire de sa vie. Elle sait au moins ce qu'elle ne veut pas : un poste dans un grand hôpital, ou bien dans un cabinet de groupe en centreville. Trop rapide, trop technique pour elle, pas assez de contacts humains.

Un rayon de lumière filtre parmi les arbres noirs, colorant d'or rose son pare-brise. Au fond, elle voudrait rouler toujours sur cette route, avec le soleil dans le dos et des étincelles autour d'elle… et elle est heureuse de ces quatre jours de vacances ronds et brillants devant elle, chez son père, avant le retour à Bordeaux et son dernier stage à l'hôpital. Peut-être même pourront-ils parler, qui sait…

25

L'amour est une plante de printemps
qui parfume tout de son espoir,
même les ruines où il s'accroche.

Gustave Flaubert,
Correspondance

Souvent, à Paris, Sylvia s'était demandé à quel moment était arrivé le printemps, en le découvrant tout d'un coup installé, et déjà presque fini. Ici, à Prends-Toi-Garde, la réponse se déployait devant elle à vue d'œil, jour après jour.

La lumière plus matinale, moins rasante, qui atteignait les recoins plus humides de la cour. Un tiédissement infime de l'air, et le désir de s'asseoir de nouveau sur le banc, que se disputent encore le soleil et les courants d'air. Les bourgeons, points minuscules d'abord, boules gorgées de sève, qu'elle regarde gonfler presque d'heure en heure. Puis cette explosion vert tendre, en nuages émouvants, flottant autour des buissons et des branchages sombres.

Ses voisines les tourterelles étaient revenues, en nombre, sans avertissement. Les oiseaux affairés ne cessaient de piailler en construisant leurs nids. Même Mélusine et Morgane étaient prises d'une frénésie de ponte : Sylvia ramassait des œufs au quotidien. La provision de grains était terminée, elle laissait maintenant ses poulettes divaguer :

« Faites comme moi, allez chercher votre nourriture. Et tâchez d'éviter le renard ! »

Elles s'en sortaient manifestement très bien.

Black-and-White, alias Shelby, revenait plus souvent, sans paraître lui en vouloir de rien, apportant dans ses bonds toute la gaieté du printemps. Sylvia ressentait physiquement le désir de communier avec cette euphorie générale insufflée par le soleil au monde, à son monde.

Pourtant chaque soir elle se couchait la boule au ventre, craignant une intrusion nocturne. Car, avec la tiédeur, le jeu macabre recommençait plus régulièrement, avec ses grincements, voix et coups fantomatiques. Elle savait maintenant qu'il suffisait d'attendre, que les spectres noirs dans la nuit noire finiraient par s'en aller. Et redeviendraient même très humains quand elle entendrait leurs chiens aboyer au carrefour. La laissant pourtant sur le qui-vive, malheureuse et angoissée, se demandant qui pouvait lui en vouloir à ce point.

Le jour, elle vivait au diapason des émotions du grand jeune homme, avec qui le lien s'était tissé plus étroit au fil de l'hiver. Jamais peut-être elle n'en avait connu d'aussi humain, d'aussi important, peut-être parce que, entre leurs deux solitudes, il trouvait tout le temps de se déployer. L'hôpital avait décidé d'arrêter la radiothérapie, parce qu'elle n'avait plus d'effet sur la tumeur, et les brûlures qu'elle provoquait étaient guéries. Lui affirmait pourtant avoir toujours besoin de la sorcière, de ses mots, de ses mains, de ses tisanes. Et même encore plus.

« Je ne suis pas une sorcière, avait protesté doucement Sylvia, une seule fois.

— Laissez-moi croire à la magie, j'en ai besoin… »

Que répondre ? Sylvia ne pouvait plus rien pour lui, le savait, mais pas comment le lui dire.

Depuis qu'il était trop fatigué pour venir seul, sa mère le conduisait à Prends-Toi-Garde. Apportant des cadeaux si bien choisis que c'était elle, Sylvia, qui se sentait entourée et comprise. Chaque semaine, par exemple, il y avait une tourte de pain à la mie épaisse, délicieuse.

« Ce n'est pas difficile, nous habitons en face de la meilleure boulangerie du bourg… »

Sylvia, elle, savait combien les choses les plus simples pouvaient devenir compliquées, dans sa situation.

Pour la mère et le fils, pour la jeune femme revenue lui demander une tisane « qui m'aide à prendre le temps, le soir » et surtout de l'attention, pour le petit homme rond qui assurait l'entretien du cabanon contre un panier d'asperges, des salades vertes à souhait… elle s'était mise de nouveau à réviser les cahiers. Avec le sentiment toujours d'être guidée vers les pages utiles au bon moment, pour la bonne personne.

Bien plus que des recettes pour se nourrir ou se soigner, c'étaient des leçons de vie qui s'adressaient à elle, Sylvia, d'une manière presque affectueuse :

Pour percer les mystères de la maladie, il faut beaucoup de patience, beaucoup d'observation du malade lui-même. Les dons reçus, les connaissances accumulées, n'ont de sens que s'ils sont mis au service du bien commun. Pour bien soigner, nous avons besoin de travail, d'énergie et de volonté.

Elle les mâchonnait, ces leçons, avec les premières herbes tendres qui repoussaient dans la cour, pour en tirer tout le suc. Si seulement la tombée de la nuit lui apportait moins d'angoisses…

Prise dans ces pensées, elle s'était laissé surprendre.

La jeune fille était arrivée par la combe, là où il n'y a aucune route. Sans son uniforme de pompier mais dans celui de sa génération, jean, baskets, sac à dos et écouteurs aux oreilles. Une silhouette souple, sa natte brillante sautant sur son épaule, qui s'encadra sous le porche.

Deux petits coups polis sur le portail dégondé. Cette visiteuse-là ne frappait pas dans ses mains, semblait tout ignorer du rituel côté carrefour.

Sylvia n'avait pas mis longtemps à reconnaître sa visiteuse, parce qu'elle n'avait jamais vraiment cessé de penser à elle durant l'hiver. À cause des poules. À cause de cette question bienveillante, si souvent méditée : « De quoi avez-vous besoin ? »

Elle s'approche vivement. La scène se rejoue, d'un bout à l'autre de la saison. Toutes deux se retrouvent au même endroit, face à face.

— Bonjour ! Cela ne vous ennuie pas que je cueille les fleurs de sureau sur le chemin ? Elles sont juste ouvertes, ce serait dommage de les perdre…

Sylvia a bien vu cette floraison blanche exploser en face du portail, mais elle ignore ce que sont des sureaux, même si elle a croisé souvent ce mot dans ses lectures. Et donc, justement, elle voudrait bien savoir.

— Bien sûr, servez-vous…

La fille a l'intelligence des gestes. Ses mains plongent joyeusement, sans crainte, dans les gros buissons. Ses doigts écartés ratissent les grappes de minuscules pétales, pour les séparer des tiges. Et les enfournent dans son sac à dos.

La cueillette dure un bon moment. Sylvia se plante derrière elle, sans cacher son intérêt.

— Vous en faites quoi, après ?

— Oh, moi rien, mais ma grand-mère, elle, plein

de choses ! Du vin, des infusions, de la gelée pour sucrer les yaourts… Là, elle en a besoin de grosses quantités pour son sirop. Il paraît que c'est efficace contre l'arthrose, elle en offre à toutes ses copines ! C'est très bon en plus, vous savez ? Rafraîchissant, acidulé, surtout si on rajoute un peu de citron. Je vous en apporterai une bouteille, tiens !

— Mais non…

Sybille éclate de rire, étonnée qu'on puisse refuser un tel cadeau.

— Mais si ! Et puis c'est normal, le sureau vient de chez vous, tout de même !

La jeune fille regarde autour d'elle, c'est-à-dire au-delà du portail.

— Vous aussi, vous avez beaucoup de plantes. « Un vrai jardin de simples », dirait mon arrière-grand-mère !

De nouveau cette merveilleuse manière de voir, au-delà des apparences ruinées, ce qui est beau ou utile.

— Dites-moi ? Je n'y connais rien…

— Eh bien, là, ces petites feuilles dentelées, qui vont deux par deux, ce sont des pimprenelles. Je crois qu'ici, il y a de la regoule…

Mine de rien, franchit le portail.

— Ah c'est ça, la regoule ? Mais où l'as-tu appris ?

Le tutoiement lui a échappé, devant cette petite qui pourrait presque être sa fille, ou sa jeune sœur.

— Oh, moi je n'y connais pas grand-chose, parce que je n'ai pas grandi à la campagne. Je ne viens ici que pour les vacances ; mais mon père est amoureux de tout ce qui pousse, et mes grands-parents sont agriculteurs, alors... La menthe, là, tu connais ?

Elle aussi a tenté le *tu*, puisqu'elle n'est pas en service.

Sylvia en rit.

— Oui, quand même ! Et ces longues tiges, tu saurais ce que c'est ?

La jeune fille fronce les sourcils.

— Non... Attends !

Elle dégaine son téléphone portable, le pointe sur la plante et clique.

— Hum... *Aloysia citrodora* ! Nous voilà bien avancées !

Toutes deux éclatent de rire, au même moment. Et Sylvia conclut, au mépris de l'évidence :

— Voilà exactement ce qu'il me faudrait ! Dix fois par jour, j'ai besoin d'une appli comme celle-là !

— Tu peux la télécharger, c'est gratuit, tu sais ?

— Je n'ai plus de téléphone, la batterie est morte.

Un aveu calculé, qui lui coûte, et cela se devine dans sa voix. Mais la jeune fille ne commente pas.

Elle se relève, s'étire, regarde autour d'elle.

— Qu'est-ce qu'on est bien ici ! La beauté, l'espace, le silence...

— Tu n'aimes pas ta vie ? demande brusquement Sylvia. Ce que tu fais est vraiment utile, pourtant...

Sybille comprend ainsi qu'elle a été reconnue, et que l'intrusion de la fourgonnette rouge n'a pas été si mal perçue.

Personne ne lui a jamais demandé si elle aimait sa vie, en la regardant ainsi au fond des yeux. Elle n'arrive plus à les quitter, ces yeux transparents, qui la comprennent si bien.

Et la question lui paraît assez intéressante pour qu'elle prenne le temps de réfléchir. Et de répondre, avec le même sérieux, et le même regard :

— Si. Mais j'ai des choix à faire en ce moment, et j'aimerais ne pas me tromper. Décider moi-même, plutôt que de vouloir faire plaisir à tout le monde. En tout cas, c'est sûr, j'aimerais bien vivre dans un endroit comme celui-ci, écouter les oiseaux et regarder les arbres…

— Tu sais… commence Sylvia d'un ton grave.

Elle s'écoute tout d'un coup exprimer ce qu'elle n'a jamais formulé pour elle-même depuis un an. En une phrase bien plus longue que celles qu'elle a pu prononcer depuis… si longtemps.

— La solitude n'est pas la solution à tout : l'homme est un animal sociable. C'est le frottement entre les humains qui crée l'étincelle de la vie. On a besoin des autres pour être heureux.

La jeune fille, qui s'est arrêtée de ratisser ses fleurs pour l'écouter, se retourne avec un point d'interrogation dans les yeux.

Et Sylvia continue :

— Ceux qui se mettent à l'écart du monde, ils n'ont pas vraiment le choix. Comme les animaux blessés, qui se cachent pour lécher leurs blessures.

Mais ils ne sont pas heureux pour autant. Ils attendent simplement d'aller mieux…

L'une et l'autre sont étonnées de ces paroles, d'être allées si vite et si loin dans la vérité des mots. Elles savent bien, à ce moment-là, que Sylvia parle d'elle-même. Et peut-être comprennent-elles toutes les deux qu'une étincelle s'est allumée ce matin dans la cour de Prends-Toi-Garde.

Sybille, pourtant, ne répond rien. Elle entasse dans son sac à dos les dernières grappes de fleurs.

— Il y a déjà de quoi faire, avec tout ça ! Je peux revenir en cueillir ? Avec une bouteille de sirop en échange, bien sûr, dès qu'il sera prêt !

La jeune fille rejette sa natte en arrière, enfile les bretelles de son sac et fait un petit signe de la main. En ajoutant, au moment de se retourner :

— Mon père est informaticien. Il devrait pouvoir faire quelque chose pour ton téléphone. Si tu me le confies ?

Cette fois-ci, Sylvia n'hésite pas, court chercher l'engin abandonné depuis des mois, l'exhume de son sac.

— Voilà, code 0308, et le chargeur qui va avec…

Encore un sourire, et Sybille, fourrant le téléphone dans la poche extérieure de son sac sans le regarder, reprend la direction de la combe.

Sylvia regrette aussitôt de ne pas lui avoir demandé où elle habite.

26

Pour une personne non instruite
dans le domaine de l'histoire naturelle,
une promenade à la campagne
est une promenade à travers une galerie
remplie d'œuvres d'art merveilleuses.

Thomas Huxley

Son orgueil l'avait pressenti. Et maintenant elle en est sûre, à le voir pénétrer dans la cour en enjambées pressées : cet homme est en service commandé par sa fille. Prêt à repartir le plus vite possible, avec sa voiture garée au carrefour, peut-être même dans le sens de la marche.

Et elle, cœur battant comme une gamine, le guette. Partagée entre l'espoir que la proposition de Sybille a levé en elle, un espoir fou, une myriade de rêves accrochée à son téléphone. Et d'autre part la vieille envie toujours là de se cacher, réfugiée au fond de sa tanière, pour ne pas risquer la rencontre, la peur, la haine ou la souffrance.

Elle s'était obligée d'abord à ne rien espérer. Et tant mieux, car Sybille, piteuse, était revenue avec deux bouteilles de sirop dans son sac à dos, à échanger contre une dernière récolte de fleurettes blanches, mais aussi une mauvaise nouvelle :

« Papa est à Paris, il n'a pas eu le temps de regarder ton téléphone avant de partir. Mais il a promis, et lui, quand il promet… »

Sylvia admirait cette confiance totale, qu'elle n'avait jamais éprouvée envers personne.

Et Sybille avait raison. À la fin de ses vacances, elle était repassée en coup de vent à Prends-Toi-Garde.

« Ça y est, il marche, ton petit bijou ! Ce sera quand même plus facile de communiquer ! Parce que je rentre à Bordeaux, tu sais, pour mon dernier trimestre ? »

Sylvia savait. Se rendait compte ainsi de la place que la jeune fille avait prise dans sa vie. Et réciproquement, peut-être.

« Alors, en allant prendre son train pour Paris, lundi prochain, papa te déposera lui-même ton téléphone. Ce n'est pas un gros détour de passer par ici, avec la départementale vers Périgueux. Je lui ai expliqué comment venir, parce que Prends-Toi-Garde, c'est le bout du monde…

— Je sais… »

Sylvia avait remercié avec effusion.

Émue déjà – oui, émue ! – à l'idée de se reconnecter au monde numérique, révisant les manips du bout de ses doigts impatients, établissant des listes de priorités dans sa tête. Son compte bancaire d'abord, la messagerie, sans doute pleine à ras bord, des sites de commande en ligne pour se faire livrer tout ce dont elle a besoin... Et bien sûr, pour le plaisir, la fameuse « appli » capable de reconnaître les plantes.

« Merci, merci à vous deux ! Mais ce serait plus rapide pour lui de déposer le téléphone à l'entrée du chemin ? Il y a une boîte aux lettres...

— Pas très prudent, avec tout le monde qui passe là... »

Sylvia n'avait pas relevé. Les questions pourtant se bousculaient. La jeune fille connaissait donc son activité de guérisseuse ? Avait-elle rencontré certains de ses visiteurs, eu vent de ses difficultés ? Et, surtout, qu'en pensait la future infirmière ? Elle n'avait pas osé insister, avait approuvé le rendez-vous du « lundi prochain » sans poser tout haut la question qu'elle ruminait tout bas : « Ce qui veut dire dans combien de jours ? »

Et voilà Sybille repartie pour Bordeaux. Toutes deux vivaient dans des réalités parallèles.

C'est seulement le cinquième jour que l'homme arrive ; elle commençait à ne plus y croire. Un matin léger, où elle récupère son dû en œufs frais dans la basse-cour, où cela caquette triomphalement. Une bonne raison de le laisser avancer, de retarder le moment d'apparaître ; elle a envie de le jauger d'abord de loin, le père de sa formidable fille !

Une silhouette massive, un peu voûtée, une barbe de huit jours. De grosses bottes de caoutchouc, malgré le temps printanier, qui couinent à chaque enjambée. Une veste kaki quasi militaire, ouverte sur une chemise de coton gratté. En somme l'aspect d'un de ces chasseurs qu'elle déteste tant, parce qu'ils violent le silence de son domaine, ravagent son chemin, font ronfler leurs moteurs et tuent les animaux. Pas tellement celui d'un informaticien en partance pour la capitale.

Elle, elle a fait grande toilette cinq jours de suite pour l'attendre. D'autant plus que le grand jeune homme, depuis quelque temps, vient tous les jours en début d'après-midi.

Elle a eu tout le temps aussi de réviser des phrases de remerciements et se compose un visage souriant. Tout ça pour un instant, celui où elle va récupérer un téléphone en ordre de marche…

Il ne sourit pas en abordant le porche, salue d'un signe de tête.

— Sylvia Labrousse ?

Elle se redresse, surprise d'entendre son nom. On ne passe donc jamais inaperçu…

Il va droit au but, tend l'appareil brillant au soleil du matin :

— Voilà votre téléphone ! J'ai juste changé la batterie, qui était morte, et c'est reparti ! Mais...

Il jette un regard circulaire autour de lui, bien au-dessus d'elle, choisit ses mots :

— Il me semble que vous n'avez plus de fournisseur d'accès. J'imagine qu'il n'y a pas de wifi, ici ?

Sylvia a tout de suite compris. Elle ouvre des yeux immenses, désespérés. Évidemment ! Après son départ, son ex-employeur a dû s'empresser de résilier l'abonnement hors de prix...

Adieu, veau, vache, cochon... Il y a de quoi pleurer. D'ailleurs, sans s'en rendre compte, elle pleure. En prend conscience, ravale ses larmes, s'excuse.

En face, l'informaticien est décontenancé, horriblement gêné, encore plus pressé de s'échapper de ce piège. Il regarde en l'air, la cime des arbres autour de la clairière, comme s'il y avait là une issue possible.

Puis propose :

— Écoutez, j'utilise des cartes de recharge pour mon boulot, je peux vous en offrir une... Elles sont dans ma voiture.

Et il entame un demi-tour qui a tout d'une fuite.

Sylvia, tenant à deux mains son appareil inutile, comme un objet très précieux, s'entend prononcer des mots contraires à ce qu'elle pense :

— Je ne voudrais pas vous retarder. Vous avez un train à prendre, n'est-ce pas ?

L'homme hausse les sourcils.

— Vous ne le savez pas ? Toute la France est en

grève aujourd'hui. Il n'y a ni trains, ni métros, ni bus... Je vais travailler de chez moi, comme tous les Parisiens !

Sylvia se tait.

Elle ne sait même plus quand les gens travaillent ou non, puisqu'elle ignore les jours et les mois. Alors, une grève, des retards et des métros bondés, tous ces mots d'avant...

Le regard de l'homme tourne toujours alentour, bien au-dessus d'elle, loin à l'horizon.

— Attendez-moi...

Et le voilà reparti, la laissant plantée au milieu de la cour, à caresser machinalement son cher téléphone.

Moins de cinq minutes et il est déjà revenu, le nez en l'air.

— Vous avez des arbres absolument magnifiques. C'est rare de trouver rassemblées des essences aussi anciennes et diversifiées.

— Je les trouve beaux mais je n'y connais rien, même pas leur nom, pour beaucoup...

Il prend un air sincèrement étonné. Pas méprisant, non, mais réprobateur tout de même.

— J'ai vu des charmes, des hêtres, des chênes, des cèdres... en plus des noyers et des châtaigniers d'ici. C'est vrai, vous vivez au milieu des arbres sans les connaître ? Vous leur parlez un peu, au moins ?

Il n'a vraiment pas l'air de plaisanter ; d'ailleurs il n'est ni drôle ni gai, cet homme.

De quoi réveiller un fond d'humour oublié en

elle. La gaucherie de cet homme, le mal-être qu'elle perçoit chez lui lui donnent envie de lui offrir de l'empathie, de le faire sourire.

— Comme je n'ai pas grand monde avec qui faire la conversation, cela m'arrive, oui…

Oubliant sans doute qu'il avait promis un téléphone en état de marche, l'homme se dirige droit, ses bottes couinant de plus belle, vers le majestueux tilleul de la cour. Le jauge, en scrute les rides, caresse l'écorce de ses grandes mains, comme on ferait avec un animal.

Sylvia intervient, pour présenter – ou défendre ? – son arbre :

— C'est un tilleul, qui donne une ombre merveilleuse en été !

Pour le moment, en ce début de printemps, les petites feuilles grises, allongées et duveteuses, commencent tout juste à se déplier.

— Parce qu'il est heureux. Les tilleuls aiment bien les sols calcaires d'ici, près des falaises. Et il a toute l'eau nécessaire : ses racines vont facilement la chercher jusqu'à la fontaine.

Il lève les yeux au ciel.

— Trente mètres de hauteur au moins. Votre sujet a entre deux ou trois siècles, la maturité. Il en a dû en voir des choses, ici…

Sa phrase la plus longue depuis son arrivée.

Alors elle s'enhardit, sur le même registre de la demi-plaisanterie :

— Il faut dire que ce n'est pas n'importe quelle

fontaine ! La source a jailli sur l'ordre d'une fée, ou d'une sainte, je ne sais pas trop, qui s'appelait Hilaria. Autrefois, les gens venaient de loin la voir, et se frictionner avec cette eau, baigner leur maladie. Il paraît qu'ensuite ils laissaient leur bonnet accroché à une branche, pour que la guérison soit complète. J'ai lu cela dans de vieux papiers...

Moue interrogative. Les légendes ne doivent pas être sa tasse de thé. Il attrape une coccinelle sur le bout de son index.

— Après les saints, les bêtes à bon Dieu ! Cette demoiselle installée sous l'écorce se nourrit des parasites, pucerons et cochenilles qui pourraient attaquer votre tilleul. Raison de plus pour lui de se sentir bien ici, avec une armée de défense pareille.

— Et le tilleul séché est excellent contre les insomnies... c'est dire si j'attends ma récolte avec impatience !

Après ce demi-aveu, qu'il ne relève pas, elle désigne du menton son téléphone, nickel brillant de tous ses feux au soleil.

— Et une connexion Internet...

— Ah oui, j'ai rapporté une carte. Vous voulez que je l'insère ?

À ce moment précis, Sylvia prend conscience qu'elle parle depuis un quart d'heure avec un inconnu, sans méfiance aucune, et y prend même un certain plaisir.

— Si cela ne vous ennuie pas...

Il tripote l'appareil, cherche autour de lui.

— Il me faudrait un petit tournevis ou bien un couteau ? Et une table…

Regards conjugués vers la maison, dont la porte est restée ouverte pour faire entrer l'air printanier.

Tout se bouscule dans la tête de Sylvia : l'espoir d'une connexion, la peur d'aller trop loin, l'envie d'en finir avec ce problème.

Mais aucun signe de danger, pour elle qui les perçoit si bien. Et le père de Sybille lui rend un tel service… Elle est juste déshabituée des codes, des politesses entre humains.

Il est là parce que sa fille le lui a demandé ; c'est à elle de faire le premier pas :

— Vous serez peut-être mieux à l'intérieur ?

Sur le seuil, l'homme rentre instinctivement la tête dans les épaules pour passer sous le chambranle. Il lui semble terriblement massif, terriblement présent dans cette pièce où elle a l'habitude d'être seule. De nouveau, la honte de son dénuement.

Approche la chaise paillée que le chat ne squatte pas – il n'a même pas daigné ouvrir l'œil –, tend un couteau de fer-blanc qui ne coupe pas grand-chose.

Il se penche, encore plus voûté s'il est possible, pour se mettre à la hauteur du fin portable posé sur la table de cuisine. Ouvre la coque, retourne l'appareil qu'il semble connaître par cœur, insère la puce et regarde défiler sur l'écran les messages d'erreur.

— Alors, c'est quoi le problème ?

L'homme clique et reclique, dans une conversation muette avec le clavier digital, questions, réponses…

Elle attend religieusement l'oracle. Enfin :

— Et voilà ! Mais il n'y a pas beaucoup de réseau, une seule barrette. C'est normal, ici où on est loin de tout. Je vous appelle, pour vérifier !

Il tire de sa poche son propre téléphone, enregistre le numéro de Sylvia.

Sa sonnerie retentit, si familière et pourtant oubliée.

Elle se fige, extatique.

— Formidable, merci !

Tend déjà la main vers l'appareil.

— Vous saurez vous en servir ?

Elle éclate de rire, spontanément. Pas elle, pas ça !

— J'ai sans doute un peu oublié, mais j'ai quand même passé vingt ans de ma vie scotchée à mon téléphone, celui-là ou les précédents…

— Vous faisiez quoi avant ?

La question est posée d'un ton neutre, par politesse.

Elle reste en l'air un bon moment, et l'homme paraît se désintéresser de la réponse.

Elle concède, sur un ton neutre :

— Service marketing d'une grosse boîte, en région parisienne.

Il hoche la tête d'un air entendu ; ils parlent le même langage.

Mais peut-être à cause de cette constatation le silence s'étale entre eux, d'autant plus épais dans la pièce sombre.

— Vous voulez boire quelque chose ?

Elle a dit cela sans réfléchir, parce que cela se fait, et qu'elle a du plaisir à manier les codes de sa vie d'avant. Se ravise :

— Enfin, je n'ai que de l'eau à vous offrir. Mais attention, une eau miraculeuse ! Ou bien une tisane de menthe ?

S'il a entendu parler d'elle comme d'une sorcière, il doit se méfier de ses tisanes, et va refuser.

Mais il accepte avec une ombre de sourire.

— Va pour la tisane, c'est presque l'heure de l'apéritif !

Sylvia décide d'apprécier l'humour. De toute façon, elle n'a pas de bière fraîche dans son frigo à lui offrir… ni de frigo d'ailleurs !

Se met en demeure de redémarrer le feu, pour faire chauffer l'eau. Attise les braises, remet une bûche dans la cheminée. Ça siffle et ça crépite, mais ça ne prend guère.

Un ton sentencieux derrière Sylvia, qui, le nez dans la cheminée, souffle autant qu'elle peut :

— Il n'est pas assez sec, ce bois…

— Je fais avec ce que j'ai ! réplique-t-elle.

Encore un aveu, mi-figue mi-raisin.

Le feu fume et le temps dure entre eux, pendant que l'eau tiédit péniblement dans son unique casserole, pas très propre.

Pour occuper le silence, elle va chercher deux mugs colorés sur l'étagère, vestige de son ancienne vie. Les seuls sans ébréchures, parce qu'elle les utilise si peu ; une manière de se montrer civilisée.

Mais cet homme ne doit pas être très sensible à l'état de sa vaisselle.

En acceptant le mug, il se carre sur la chaise paillée et baisse les yeux vers elle, pour la première fois. Sans faire pour autant d'effort de conversation.

Ils boivent à petites gorgées, en silence. Ce qui leur convient à tous les deux.

Les doigts la démangent de commencer à pianoter sur son téléphone, posé en évidence sur la table, l'écran encore éclairé.

L'homme, de loin, évalue la réserve de bois entassée dans un coin et constate :

— Il faudrait fendre ces bûches en deux ou trois morceaux...

Il a déposé sa phrase dans le silence, en même temps que le mug sur la table. Comme on laisse tomber un mouchoir, sans y accorder d'attention.

Déjà il est à la porte. Pointe le menton vers le chargeur.

— N'oubliez plus de recharger votre téléphone, quand même ?

Un signe de tête et il est dehors.

Sylvia s'aplatit derrière le chambranle pour le regarder traverser la cour, avec ce drôle de regard en gyroscope, concentré sur le cimier des arbres.

Aussitôt après, se précipite sur le téléphone. Ici, décidément, l'accès à Internet est lent à pleurer. Mais là, elle ne pleure pas, elle succule de voir apparaître toutes ces icônes oubliées, qu'elle avait souhaité ne plus jamais avoir à affronter. Au point d'y perdre le reste de sa journée. Comme autrefois.

Première merveilleuse redécouverte, la fonction calendrier de son téléphone : on est au mois de mars, le printemps est là !

Comme prévu, sa messagerie explose, avec des centaines d'occurrences et autant dans les spams. Comment faire le tri, quand il faut à chaque fois plusieurs secondes pour obtenir l'ouverture du message ? Des pubs, des alertes d'actualité, des mots de passe à changer, des propositions d'investissement, dont l'immense majorité est périmée depuis longtemps. Au milieu, émerge le nom d'Yseult, fidèlement, chaque semaine depuis l'été précédent. Qui selon les moments claironne sa confiance en son amie, exige des réponses, fourmille de projets divers, exposés avec enthousiasme, annonce son arrivée à Prends-Toi-Garde, la repousse, recommence, puis son départ vers le Tibet, où elle n'aura plus de connexion. Et son retour, des semaines plus tard, assaisonné d'une injonction : *Donne-moi de tes nouvelles !*

Quelques noms de collègues, qui se sont lassés ou vexés, au fil des mois, d'envoyer des messages sans réponses. Des administrations tenaces : impôts, assurances et sécurité sociale signalent régulièrement des prélèvements. Parmi elles l'électricité de Prends-Toi-Garde, tous les deux mois. Que reste-t-il sur son compte bancaire, après tout ce temps ?

Hélas, il est inaccessible : mot de passe obsolète, qu'elle échoue à réinitialiser.

De toute façon, pour accéder aux sites indiqués, le téléphone mouline avec peine, et finit toujours par afficher un message d'échec : *réessayez*... Désespérant...

Le numéro de téléphone de l'homme, unique appel de la journée, a laissé sa trace numérique sur son écran. Elle en profite pour pianoter un message de remerciement, sans passer encore par Sybille ni la déranger au milieu de ses derniers examens. En terminant par une question, qu'elle sait nulle et non avenue : *Y a-t-il un moyen de remédier aux échecs répétés de connexion ?*

Après des heures à cliquer et recliquer, Sylvia commence à comprendre que le téléphone ne résoudra pas tous ses problèmes. Qu'il va falloir en passer par la vraie vie, des démarches, des guichets, une pompe à essence, des magasins... Et que l'écran l'a obnubilée du matin au soir, lui laissant un mal de crâne tenace et l'impression d'avoir raté une journée entière de toute cette beauté du printemps alentour.

Les tempes battantes, repose le téléphone. Plus envie de ces sites et applis dont elle rêvait hier encore.

Reste qu'elle peut voir désormais les jours défiler. Ainsi découpé, avec des cases à remplir, le temps lui semble tout d'un coup beaucoup plus rapide, plus occupé.

27

Le païs de Périgord est fort propre
pour les herboristes, à cause du grand nombre
de simples et herbes fort rares qui s'y trouvent.

Georges Rocal,
Vieilles coutumes dévotieuses
et magiques du Périgord

L'énergie vitale du printemps habitait Sylvia, elle admirait l'explosion de toutes ces plantes dont elle ne connaissait pas les noms, et l'épanouissement des minuscules fruits qui remplaçaient les fleurs sur les arbres.

Désormais, il y avait aussi dans sa vie les visites de Sybille, qui était à la Borderie pour la période des révisions.

Elle était souvent accompagnée de Shelby.

« Je l'ai rencontrée sur le chemin, et elle m'a suivie ! »

Des visites courtes, légères et gaies ; toujours

entre deux services à rendre à la ferme ou ailleurs, et les fameuses révisions. Elle arrivait par la combe, avec Shelby sur les talons, qui partageait équitablement ses bonds et ses coups de langue entre les deux femmes.

De son éternel sac à dos, Sybille tirait un cadeau impossible à refuser.

De nouvelles bouteilles de sirop de sureau, d'abord :

« Il t'en faut une provision l'hiver prochain ! Quelques gouttes dans l'eau en cas de rhume, sinusite, bronchite... C'est un bon diurétique, anti-inflammatoire, antiviral. Efficace aussi contre le diabète, la constipation. Et il a le pouvoir extraordinaire d'arrêter les saignements... »

Les cahiers n'en auraient pas dit plus !

Ensuite, il y avait eu des fleurs :

« Des roses du jardin de mon arrière-grand-mère ! Plus personne nc l'entretient, alors j'y passe de temps en temps pour les cueillir. »

Et puis des barquettes de fraises, tout juste ramassées à la Borderie.

Un jour, comme un cadeau que Sylvia n'aurait pas osé demander :

« Je m'appelle Sybille...

— Et moi Sylvia.

— Nos prénoms commencent par la même syllabe, qui vient de la forêt en latin ; comme Sylvestre, celui de mon père. Justement, vous vivez tous les deux dans la forêt... »

Les conversations étaient faciles, toutes deux se

comprenaient à mots couverts, en impressions à peine suggérées. Sybille savait remarquer la course des lapereaux, en file indienne dans la combe, ou l'envol des oisillons dans un arbre. Elle parlait avec naturel de la course du soleil dans le ciel, de l'allongement des jours ou du cycle de la lune. Sybille parlait et Sylvia écoutait.

Le temps des plantations était venu : la dame à l'eczéma, de retour pour une « révision générale », comme elle disait, le lui avait confirmé, en déposant sur l'ancienne boîte aux lettres un cageot de godets remplis de terre, où pointaient de minuscules tiges vertes.

Dérogeant aux usages, Sylvia n'avait pu s'empêcher de remercier aussitôt : une fois de plus, ce cadeau qu'elle n'attendait pas, n'imaginait même pas, répondait exactement à ses besoins.

Alors la dame, flattée, lui avait expliqué glorieusement :

« Mes semis ! J'en offre à tous mes voisins, hein, c'est la saison ! Il y a des courgettes, des tomates, là, des potirons… Attention, hein, il faut attendre que la terre soit suffisamment réchauffée ; bien enfoncer la motte, pour que les racines aillent chercher loin l'eau dans le sol ; et leur mettre une tige de roseau comme tuteur, pour que la plante monte bien aérée, et échappe ainsi aux maladies… »

La dame, non, n'était pas inquiète pour sa peau,

mais voulait affirmer sa « solidarité contre les mauvaises langues » en se montrant à Prends-Toi-Garde.

Sylvia s'était tue, une nouvelle fois pétrifiée, sans rien oser demander de plus.

Un matin, elle entreprend donc de bêcher et désherber l'ancien potager. Un travail si dur, avec des outils démanchés, et ses mains étoilées d'ampoules, qu'elle réduit vite ses ambitions à quelques plates-bandes. Mesure son impuissance, son ignorance, munie seulement de préceptes hors d'âge piochés dans l'*Encyclopédie* : il faut semer au dernier quartier de lune, car tout ce qui grandit à la lune montante devient vigoureux et sain, mais dépérit à la lune descendante. Et surtout, attendre que les saints de glace soient passés. Qui sont ces saints, inconnus du calendrier républicain de son téléphone, elle n'en sait rien ! Sa vieille bêche mal affûtée en main, les ongles noirs, le dos cassé et les muscles douloureux, elle se sent désemparée, décidément inadaptée à la campagne.

La grande affaire du printemps, d'après Sylvia l'ancienne, c'était aussi la cueillette des herbes médicinales, qu'elle appelait simples.

Depuis un moment déjà, chaque expédition dans les bois était devenue l'occasion de faire une reconnaissance des lieux-dits indiqués sur le cadastre. Elle avait ainsi réussi à situer Taillebastine, Combenègre, Fongauffier, Coulerouze, le chemin disparu de Jeandemai, riche en lierres et en orties...

Selon les cahiers, Prends-Toi-Garde possédait, dans les replis de ses sentiers, bois et prés reculés, protégés des humains, les ingrédients d'une pharmacopée complète.

Sylvia, volontaire, décide de partir à la pointe rose du lever du soleil. Car, selon sa grand-mère, ce n'étaient pas tant les plantes que les circonstances de leur préparation qui en faisaient la valeur médicinale.

Certaines herbes devaient se cueillir à l'aube ; d'autres la nuit de la Saint-Jean exclusivement – c'est-à-dire quand ? Son téléphone n'en savait rien non plus –, ou bien encore les nuits de pleine lune, et même parfois avec des rites particuliers pour marquer la solennité de l'instant.

Dans les bois, armée d'un immense panier, elle scrute tiges, feuilles, écorce et couleurs, pour trouver la douce-amère *derrière Gipoulou* ; la chicorée sauvage *dans la haie du pré Carbonnel* ; l'ail des ours *à Nougarède*, lieu-dit désigné comme une maison ruinée. En effet, il n'y a plus guère que quelques pierres entassées, enfouies dans les ronces ! En revanche, en ancienne fumeuse, Sylvia identifie tout de suite, à l'odeur, une rangée bien vivace de plants de tabac, *cachée au revers de la terre de Martelou, pour échapper aux contrôleurs du tabac, et servir à l'usage de la maison*, comme écrit dans un autre de ses cahiers. Elle cherche longtemps, très loin, la chélidoine au suc jaune, qui se niche dans les interstices des rochers de la falaise, à l'aplomb de la Vézère.

Pourquoi fallait-il absolument avoir terminé la récolte avant le jour ? Formules magiques, ou simplement manière de ne pas les brûler au soleil, de conserver un peu de rosée jusqu'au retour ?

Après les rebords ensoleillés de la falaise, il lui faut descendre dans les fonds humides à la recherche des tapis d'anémones blanches. Parmi toutes ces plantes dont elle retient maintenant par cœur les noms, à défaut des formes, serpolet, petite centaurée, thym, bourrache, vigne rouge, reine-des-prés, coquelicot, millepertuis, safran, plantain, violette, cerfeuil, lys blanc, prêle, garance, salsepareille… elle n'en détecte qu'une infime partie, la plupart sans doute définitivement étouffées sous les mauvaises herbes.

Surtout, il lui semble qu'une vie entière ne suffirait pas à acquérir toute cette science-là, ni une saison entière à satisfaire cette quête infinie. Nouvelle déception.

Au détour du chemin creux, tombe sur les milliers de fleurettes jaunes de millepertuis, écloses juste ce matin-là. Un miracle ? À la thérapeutique de la beauté, elle veut croire. Une pensée pour le grand jeune homme, qui a tant besoin de magie pour garder espoir. Et pour sa grand-mère, qui recommande de croire soi-même à ce que l'on fait, et de le faire de tout son cœur, pour réussir.

En récolte donc une gerbe, aussi grosse que possible, pour tresser une grande croix, destinée à protéger la santé du récipiendaire. Comme il est écrit.

Elle le lui offrira, à sa prochaine visite. S'il vient... Chaque jour, elle s'inquiète de le voir un peu plus faible, sans pouvoir le dire.

Au retour, paniers et brouette remplis, Sylvia étale sa cueillette sur la margelle de la fontaine. Coupe, arrache, égraine. Trie, nettoie, sépare les feuilles des pétales et des graines. Avec l'humilité de la débutante, tente de suivre des recettes compliquées, qui mêlent les considérations générales aux conseils pratiques.

Ce travail manuel que sa mère détestait tant, Sylvia le maîtrise bien désormais, en corvées obligatoires et quotidiennes. Elle découvre que celui-là lui plaît infiniment, pour ce qu'il demande d'observation, d'intuition, de finesse dans les gestes, pour choisir, doser, assembler...

Il reste encore, pour accomplir tout le rituel, à construire une flambée au milieu de la cour, dans ce soir si clair. La merveille de ces instants la submerge, quand les premières étoiles s'allument au-dessus des cimes des arbres.

Puis à attendre que le bois soit devenu braises, pour suspendre les plantes tête en bas, sur leur ficelle de chanvre, entre deux bâtons piqués sur l'herbe.

Dans un temps étiré, sans pesanteur, c'est la lune qui monte doucement, orangée dans un ciel turquoise, presque ronde et toute proche. La lune a tous les pouvoirs, elle l'a lu : la lune jaunit le linge, fait rêver les animaux, préside aux ébats des fées, des lutins et des farfadets ; c'est sous sa protection que les hulottes et les chats-huants mènent leurs sarabandes, que les revenants sortent des cimetières, que les gnomes trottent dans les bruyères…

Sylvia, enveloppée de tiédeur, se laisse fasciner. Peut-être s'est-elle endormie à rêver ainsi, assise à croupetons devant son feu, à jouer avec ces mots d'un autre temps, dans le monde enchanté des nuits les plus courtes de l'année…

Quand, soudain, un bruit de moteur au loin. Est-ce cela qui l'a tirée de sa torpeur ? Des pas, des voix. Le feu s'est un peu écroulé, en braises rougeoyantes. Les flammes montent moins haut, ne flambent plus que par instants fugaces, éclairant d'une lumière dorée les murs et la clairière.

Ça recommence… Son sang se glace, au sens premier du terme. Dehors, sans la protection des murs, elle n'est plus que l'effroi statufié. Et sait bien ce qui va suivre : le tour infernal, les cliquetis, les ricanements suintant de haine, les torches sur le chemin… Elle guette, immobile, incapable d'autre chose. Longtemps.

Il ne se passe rien, seulement le remue-ménage qui se tait, les pas qui s'évanouissent dans la nuit et le moteur qui redémarre. Ne lui laissant que son angoisse, absolument intacte. Le charme rompu, sa sérénité, si durement acquise, piétinée. Sylvia fait ce qu'elle doit faire, trop vite et sans cœur. Recouvre les braises de cendres, et va s'enfermer dans la maison. Tout en sachant qu'elle ne dormira plus. Et que cela recommencera.

28

L'automne est une mutation,
l'hiver une lutte,
le printemps un épanouissement.
Anonyme

Cela s'était passé lors du déjeuner, une semaine auparavant.

Serge, lors du déjeuner dominical à la Borderie, était encore sous le coup de la fureur, en racontant ce qu'il avait découvert. Tout à fait par hasard, à cause de son chien qui aboyait, chaque nuit ou presque, au passage d'une voiture sur la route du bourg, devant chez lui.

« Alors, je les ai convoqués à la mairie, et je leur ai dit, aux jeunes : pour l'instant, c'est un simple rappel à la loi. Mais si vous recommencez, on va directement chez les gendarmes, avec une plainte pour harcèlement et violation de domicile ! Ils n'ont pas bougé une oreille, mais je ne suis pas sûr du tout qu'ils renoncent. Ils en veulent à la sorcière, depuis la mort de Pierrot. Et maintenant, en plus, il y en a qui se montent le bourrichon, en répétant qu'elle est un danger public, parce qu'elle se mêle de soigner les cancers… »

Il avait bu son verre de bergerac cul sec, et soupiré un grand coup.

« En tout cas, ça n'a pas l'air de lui réussir, au petit. Depuis qu'il est revenu chez sa mère pour se soigner, il va de mal en pis… »

Et, en tendant son assiette, pour se faire servir :

« Ah, c'est compliqué de faire vivre les gens ensemble… Bon, on n'en parle plus, tout cela est top secret bien sûr, et il faut profiter de l'excellente charlotte aux fraises de Monique ! »

Ces sottises auraient plutôt fait rire Bernard ; mais lui aussi soupira, à cause des mauvaises nouvelles concernant le jeune Delbreil, qu'il avait eu comme stagiaire à la ferme, quand il était étudiant.

« Un gars brillant, et tellement gentil, c'est vraiment triste… »

Sybille, elle, était terrifiée par ce qui arrivait à Mme Labrousse.

« C'est horrible, ce qu'ils font, les chasseurs ! Si on cherchait à me terroriser ainsi… »

Moumoune avait constaté, en la resservant de gâteau :

« Mais toi, Syb, jamais tu n'irais habiter seule au fond des bois, sans voir personne. Tu aimes trop les gens ! »

Ensuite, comme d'habitude, elles étaient parties après le déjeuner, voir la Mamie aux Eyzies.

C'était un mauvais jour. La vieille dame se plaignait de tout, du déjeuner exécrable, de sa voisine de table qui perdait la tête, de son fils qui n'était pas venu de la semaine, et d'elle-même surtout, qui souffrait.

« Mais d'où ?

— De partout ! Je vous le dis, je suis fichue. À quoi bon continuer comme ça… »

Même la présence de son arrière-petite-fille n'avait pas suffi à la dérider, ni les roses qu'elle lui avait apportées de son jardin. Ni l'arrivée timide du printemps, qui aurait permis de rouler le fauteuil sur la terrasse. Au contraire, cette gaieté de la nature lui était une offense personnelle, à elle qui ne pouvait profiter de ses roses, justement.

Sybille, après la conversation du déjeuner, rongeait toujours son frein. Comment délivrer la solitaire aux yeux gris de ces énergumènes ? Avec qui partager cette histoire horrible, « top secret » selon le maire ?

À l'époque où elle travaillait au centre de secours de Salles, elle aurait pu, peut-être, convaincre son chef de déclencher une intervention de la gendarmerie. Pour assistance à personne en danger, c'était sans doute jouable ? Mais son stage était terminé, et elle était ici pour réviser ; plus que dix jours avant les derniers examens de l'année, et le diplôme.

Le goûter servi, Syb avait dépiauté les madeleines de son arrière-grand-mère, qui n'en voulait pas, puis déclaré en haussant la voix :

« Mamie, maintenant il faut que j'aille travailler ! »

Parce qu'elle avait pris sa décision.

En revenant à la Borderie, Moumoune remarque :

— Ton arrière-grand-mère décline, on dirait qu'elle n'a plus très envie de vivre. Depuis quelque temps, ses histoires de sorcières lui avaient redonné de la vitalité, et de l'importance.

— Elle est toujours aussi triste d'avoir abandonné sa maison et son jardin…

Dans la cour de la ferme, où les chiens leur font fête, Moumoune s'est étonnée de voir Syb repartir aussitôt, sans explications, au volant de la petite voiture bleue. Mais depuis un moment, elle a renoncé à poser des questions. Sa petite-fille ne dit rien de sa nouvelle vie à Bordeaux, et sa fille n'est même pas venue dire au revoir à ses parents avant de prendre l'avion pour Lossangelesse…

À l'Estaubière, Shelby a accueilli Sybille, qu'elle a bien sûr reconnue, en lui sautant dessus avec énergie. Et Mrs Craig, assise au jardin devant une théière et des journaux éparpillés, de s'exclamer, comme si elle attendait sa visite depuis toujours :

— *Dear,* quel plaisir de vous voir ! *Good to see you ! Peter, please, bring our guest a cup of tea !* Vous n'êtes pas en service, *isn't* ? *Please, have a seat…*

La vieille dame montre une canne à côté d'elle, avec une mine désabusée :

— C'est un mauvais jour…

Décidément, pour elle aussi !

En parfait gentleman, Mr Craig a aussitôt abandonné son râteau pour apporter une tasse de porcelaine fleurie, en équilibre sur sa soucoupe. Tout en commentant le temps :

— *Beautiful !* Mais que de travail au printemps, à la campagne !

Le jardin est pourtant déjà taillé aux ciseaux à ongles, avec des buissons de roses au garde-à-vous.

— *Your garden is truly beautiful !*

Mais Sybille n'a pas de temps à perdre, et commence à raconter.

Elle ne se sent pas tenue par le devoir de discrétion, puisque les Craig ne fréquentent personne au bourg.

— *Oh, my God ! Poor Sylvia !*

— *What can we do ?* Que faire ?

Même Shelby, avec ses grands yeux humides et ses gémissements, semble compatir.

Ou peut-être supplier qu'on arrête enfin de discuter pour jouer avec elle.

— Ils la traitent de sorcière, prétendent qu'elle jette de mauvais sorts, n'importe quoi !

Sybille n'a pas de traduction en anglais pour dire son indignation.

Mrs Craig alors commence à parler :

— *What is a witch ?* Toutes les femmes sont un

peu des sorcières, *really* ! Il y a celles qui devinent les choses, celles qui aident les enfants à naître et à grandir, celles qui soignent... Certaines, comme Mme Labrousse, savent... tirer le feu. *It's wonderful !*... Une femme comme elle, qui vit seule à l'écart du monde, *she has to learn to get out of all situations* : *she knows what makes you feel good*, ce qui soigne les maladies, et donc aussi ce qui empoisonne, voilà tout !

Mrs Craig est lancée et brandit une revue en français dont elle montre la couverture :

— *You know*, c'est écrit : « Il y a deux façons d'être sorcière : l'une est dissimulée, nuisible à la société, cherche par ses pouvoirs à l'attaquer. Et l'autre les utilise pour guérir et contribuer au bien commun. La même personne peut agir dans un sens ou dans l'autre, mais une bonne sorcière prend toutes les précautions pour ne jamais nuire aux gens, et ne fait du mal que pour se protéger, quand c'est nécessaire. »

Sybille ouvre grand les yeux.

— Mais alors pourquoi les gens détestent tant les sorcières ?

— *Because we hate what we don't understand.*

Et elle poursuit dans son délicieux anglais :

— « Depuis toujours, dans les villages, il y a des rebouteux, des guérisseurs, des sorciers : ils sont des intermédiaires, des connaisseurs de l'âme humaine et des forces occultes. Avec des savoirs empiriques, des rituels, des secrets, venus d'on ne sait où, transmis on ne sait comment. Rien de diabolique là-dedans. Mais quand on veut tuer son chien, on dit qu'il a la gale. » *Isn't it* ? « Au Moyen Âge, on accusait ces femmes de tout ce qui allait de travers dans la société : une grange qui brûlait, c'était un mauvais sort jeté par elles, un homme qui trompait sa femme, c'est qu'il avait été ensorcelé, etc. Et l'on a toujours facilement soupçonné les femmes libres et rebelles d'être des sorcières, surtout si elles sont solidaires entre elles ! »

Mr Craig semble connaître le sujet par cœur, et trouver ces tirades parfaitement naturelles. Il brandit un sécateur pour s'excuser, et repart soigner ses rosiers, pendant que sa femme continue :

— « On craint les sorcières, et puisqu'on les craint, on les veut vieilles, laides et méchantes ! En racontant des choses terrifiantes sur elles : elles traversent le ciel sur leurs balais, elles se transforment en langues de feu, en crapauds ou en diablotins à cornes… » *You see !* « Les sorcières étaient autrefois soupçonnées d'avoir vendu leur âme au diable, et d'en porter la marque. Pour chercher ce signe du diable sur leur corps, on les dénudait, et on les piquait d'une aiguille, partout, de plus en plus fort. Si elles se défendaient, c'est bien sûr qu'elles avaient quelque chose à cacher. En Écosse, des milliers de femmes ont été accusées de sorcellerie, et exécutées ou brûlées, depuis le Moyen Âge jusqu'au XVIIIe siècle. Une loi vient seulement d'être votée, pour les gracier et les réhabiliter. » Au

XXIe siècle, *it was about time*, il était temps, *don't you think* ?

— Brrr…

— « Même les chats ont été déclarés serviteurs du diable. » *Dear*, votre maire *is right* : déposer une plainte, appeler les gendarmes, ou engager… comment dites-vous ?, une « *punitive action* » n'est pas la *good solution*. Mieux vaut renverser la charge de la preuve, comme dirait Peter. Il a été un grand avocat, *you know* ?

Mrs Craig conclut, en triturant délicatement sa tasse :

— *Come on !* Allez voir Mme Labrousse ! Montrez que vous n'avez pas peur, que les relations avec elles sont naturelles et agréables. Et moi, j'en ferai autant, dès que possible…

Mrs Craig jette à sa canne un regard de reproche. Et regarde la jeune fille avec la bienveillance qu'elle dispense partout autour d'elle.

— D'ailleurs, vous n'avez pas très bonne mine ? Une promenade en forêt, c'est un bain d'oxygène, cela améliore la capacité pulmonaire, la tension, la souplesse des artères… Je l'ai lu dans un journal français, *you see*, je connais tous les mots !

De sa canne, elle désigne la combe.

— Laissez donc votre voiture au bord de notre chemin, plutôt qu'au carrefour, où il passe tant de monde, prenez Shelby au passage, et allez vous promener jusqu'à Prends-Toi-Garde… À travers la combe, c'est tout près ! D'ailleurs, ma petite chienne le fait régulièrement, et elle est toujours très bien accueillie !

Puis elle reprend, de sa voix la plus sucrée de vieille dame anglaise :

— *The strategy* – comment dites-vous… stratégie ? – c'est de bien marquer son territoire : peut-être demander à quelqu'un, un ou deux hommes forts, de venir sur place, pour accueillir les fantômes ? Manière de leur faire savoir que Mme Labrousse a des amis, des soutiens autour d'elle, prêts à la défendre. Et le droit de vivre comme elle le souhaite, parce qu'elle ne fait du mal à personne, et peut-être même beaucoup de bien, OK ?

— OK !

C'est ainsi que Sybille, sous prétexte de sureaux, de roses sauvages ou de calendrier lunaire, a pris l'habitude d'aller marcher du côté de Prends-Toi-Garde et a apprivoisé sa propriétaire. En s'arrêtant d'abord à la lisière du bois, pour écouter. Si elle perçoit du mouvement sur le chemin, des battements de mains répétés, elle fait demi-tour vers les bois. Après tout, c'est aussi une belle balade, d'aller jusqu'au vieux donjon ruiné dominant la falaise et la rivière, loin de tout.

29

La confidence avec un bon ami, jamais,
sans l'offenser, ne s'exerce à demi.

Pierre Corneille,
La Veuve

Cling… alerte message. Un son oublié, qui résonne de façon anachronique dans son antre, qui n'avait sans doute jamais vu un téléphone portable avant le sien.

Plusieurs jours après son message, Sylvia reçoit par SMS une réponse à sa question. Le père de Sybille est plus prolixe à l'écrit qu'à l'oral :

De rien, c'était un plaisir de découvrir un si bel endroit ! Votre réseau doit être trop faible.

Je peux repasser pour faire un partage de connexion. Vendredi fin de journée, à mon retour de Paris ?

Sylvestre

Elle connaissait déjà son prénom, que Sybille a cité devant elle.

Et se réjouit de penser que cette fois-ci il n'était absolument pas obligé de venir la sortir de l'enfer numérique.

Elle s'est préparée durant trois jours. Trois jours de chaleur étonnante pour un mois d'avril – puisqu'on est en avril, elle le sait désormais. Trois jours qu'elle a mis à profit pour faire un grand ménage de printemps, toilette et lessive comprises. Depuis que les rayons du soleil s'étaient engouffrés à travers le fenestrou – c'est Sybille qui lui a appris ce mot, comme ceux de combe et de cantou – elle ne voyait plus que la crasse et la poussière dans laquelle elle vivait depuis des mois.

Et aussi trois nuits agitées, ses visiteurs nocturnes préférant manifestement la douceur au froid et au brouillard de la saison précédente. Trois nuits de pleine lune ou presque, où elle s'était épuisée à tenter de s'abstraire du vacarme extérieur. Quand cela finirait-il donc ?

Au quatrième jour, il est là, comme promis. Le moment précis où éclate le premier orage de la saison. Magnifique, libérateur, accompagné de cataractes de pluie.

Sa voiture – une fourgonnette identique à celles des chasseurs, tout aussi boueuse – a dépassé le carrefour, cahoté sur le chemin de terre et franchi tranquillement le porche pour venir sous le hangar, s'encastrer derrière la voiture orange, dans une manœuvre compliquée.

Le temps de traverser en courant la cour, sous une pluie battante, sa tenue citadine dégouline, et son gros sac à dos aussi.

Il s'engouffre sans frapper dans la maison.

De quelqu'un d'autre, elle n'aurait pas supporté cela.

Et se rappelle avec quelle brutalité, peu après son arrivée, elle avait mis dehors des chasseurs, sensiblement dans le même équipage, pour une intrusion bien moindre sur son territoire.

Mais Sylvia attendait tant cette visite. Obsédée par la nécessité d'accéder à son compte bancaire, pour que sa survie ne dépende plus des cadeaux de ses visiteurs.

Même avec une connexion très limitée, le téléphone découpe désormais son temps en tranches, heures et jours précis : cela fait donc dix mois qu'elle est arrivée à Prends-Toi-Garde. Le cap de ses quarante ans est franchi depuis longtemps, l'hiver est enfin terminé, et elle a survécu, plus vivante que jamais.

Au moment où l'homme et le tonnerre ont déboulé ensemble, Sylvia était coiffée et habillée « de printemps ». Les bûches brûlaient magnifiquement dans la cheminée, en flammes hautes et claires, pour chauffer de l'eau.

Sylvestre, en chemise blanche, se secoue tel un

chien mouillé. Dérangeant le chat noir, qui cède la place avec dignité.

— Une tisane, pour l'apéritif ?

Il ne remarque même pas la plaisanterie.

— Je vais déjà brancher mon téléphone, et on essaie le partage de connexion ?

— Attention, parce que…

Elle désigne du menton l'unique prise de courant de la pièce, un cylindre de porcelaine au bout d'un fil de coton, qui pendouille contre le mur de chaux.

Il observe l'installation, front plissé.

— Déjà, il faudrait tirer une ligne neuve, fixer la prise…

Sylvia ne répond pas. C'est dans toute sa vie qu'il faudrait tirer des lignes neuves. Mais elle ne sait pas faire, pas plus qu'elle n'a appris à réparer une prise électrique.

Jette les feuilles de menthe dans l'eau frémissante, remplit les mugs colorés, qu'ils dégustent face à face devant le feu, en écoutant le fracas de la pluie dans les bassines, et sur les tuiles sans isolation.

Sylvestre ne dit rien, mais elle sait ce qu'il pense comme si elle lisait dans sa tête : Comment peut-on vivre dans ces conditions, comment en est-elle arrivée là ?

— Et comment êtes-vous arrivée dans cet endroit magnifique ?

La question empruntée, maladroite, tombe à plat. Et ce n'est pas tout à fait celle qu'elle imaginait.

Sylvia la prend tout de même de haut, tant elle éprouve de honte :

— Je suis une héritière ! Jusqu'au mois d'août dernier, j'habitais Paris et je ne connaissais pas Prends-Toi-Garde, ni ma grand-mère maternelle, qui y est morte il y a plus de vingt ans.

Il esquisse une mimique pour ne rien répondre. Se cale dans le cantou, face à elle, avec l'air de celui à qui on ne la fait pas.

Parce qu'il ne demande rien, elle ressent tout d'un coup le besoin impérieux de raconter.

Cette histoire enfermée dans un coin obscur de son cerveau pendant près de quarante ans, revenue en force depuis qu'elle vit ici. Qui parfois tourne en rond dans ses insomnies, jusqu'au pourrissement, faute d'être dite.

Une longue gorgée de tisane, au milieu des coups de tonnerre. Puis :

— Maman s'est enfuie très jeune d'ici. C'était une femme rationnelle et pratique, qui ne regardait que devant elle. Elle travaillait à Paris, dans une boîte de journaux de pub ; une grosse entreprise, avec plein d'avantages. Toute mon enfance, je suis partie en stages de poney, clubs de voile, voyages linguistiques surtout. Mais jamais ici…

— Et ton père ?

Le tutoiement est passé comme une évidence.

— Je ne m'en souviens plus et je ne porte pas son nom.

Sylvia, ayant évacué le sujet, poursuit :

— Mais voilà, maman rageait de se faire manger sur la tête par des jeunes plus diplômées qu'elle, à qui on donnait plus de responsabilités, qui étaient mieux payées. Alors, elle rêvait pour sa fille : il fallait, moi, que je fasse une école de commerce, le graal de l'époque…

Elle ne s'arrête plus, malgré les grondements de l'orage. L'ironie est difficile à tenir au long cours, parfois sa voix tremblote sous le poids des souvenirs.

— Quelle revanche, le jour où j'ai été diplômée ! Maman en avait plein la bouche : « ma ravissante fille, ses super études, son super job… », avec le mot « chef » dans l'intitulé… En fait, j'étais chef de produit dans un labo pharmaceutique, le niveau de base quand on commence ! Je faisais des tableaux Excel et des rapports…

Il acquiesce d'un quart de sourire entendu.

— Comme je ne savais rien faire d'autre, je suis restée, et j'ai même fini par avoir une promotion, sans rien demander. Pour m'occuper d'une ligne de parapharmacie : des produits bio, des herbes naturelles, que des bons arguments marketing ! C'était le genre booster de mémoire, de concentration, d'énergie, tout ça, qu'on trouve en grande surface, il doit y en avoir par ici ?

— Je ne sais pas, je ne mets jamais les pieds dans un supermarché.

— Ah ? Moi non plus…

Il y a une nuance de regret dans sa façon de le constater.

— Toujours est-il qu'à trente ans je ne faisais plus que bosser : des argumentaires à construire, des choix à imposer, des gens à manager, l'horreur... Peut-être à cause de cela, ou peut-être pas, mes histoires d'amour se terminaient toujours mal. Je ne dois pas être très douée...

Il ne relève pas, car des éclairs illuminent la pièce. Ils comptent ensemble les secondes avant le tonnerre.

— La foudre ne doit pas être tombée loin...

C'est tout ce qu'il trouve à ajouter.

— Avec la maturité, j'ai eu envie de changer de vie, de ne plus me laisser emprisonner. Les relations sont devenues difficiles avec ma mère. Depuis que je ne lui coûtais plus rien, elle avait découvert les voyages et elle adorait ça. Elle aurait voulu que je l'accompagne partout. Moi, j'avais déjà donné, toute mon enfance ; je détestais la collectivité, les voyages organisés, les clubs de vacances *all inclusive*... La dernière fois, nous nous sommes fâchées, parce que je refusais de partir avec elle.

La pièce est devenue un tambour, où le feu crépite aussi fort que les grêlons résonnent sur les tuiles. L'homme en fait le constat, en forme d'excuses :

— Ce n'est pas le moment de rentrer chez moi...

— C'est en revenant de cette semaine *low cost* à Charm el-Cheikh que son avion s'est crashé dans la mer Rouge. On n'a pas retrouvé tous les corps et le procès n'est même pas encore terminé. Enfin, pour ce que j'en sais...

Les doigts de Sylvia se resserrent sur son mug.

— J'avais un pressentiment, comme cela m'arrive parfois. Ce voyage avait un goût de mort. Et je l'ai laissée partir... juste pour qu'elle me lâche un peu. Ah, pour me lâcher, elle l'a fait... d'un coup, définitivement ! Un vrai crash, dans tous les sens du terme.

L'homme ne sait trop comment compatir. Il arbore un peu l'expression de sa fille, la première fois qu'elle est venue à Prends-Toi-Garde, un mélange d'effarement, de pudeur et de sympathie. Ou ce doit être plutôt l'inverse : Sybille ressemble à son père.

Qui conclut au hasard, pour dire quelque chose :

— Je comprends, après tout ça, que tu sois revenue dans la maison de son enfance ! Au fait, j'ai apporté de quoi...

Sylvia le coupe, ouvrant grand ses yeux transparents.

— Ah, mais non, pas du tout...

Elle explique, puisqu'il se tait :

— Ma mère avait une obsession, il fallait plaire ! Plaire aux hommes, être séduisante, bien habillée ; plaire à ses chefs, se montrer toujours disponible, de bonne humeur. Plaire, toujours et partout : elle briquait son appartement, son apparence, faisait des politesses à tout le monde... Dès mon premier stage, à treize ans, maman me répétait qu'il fallait se faire remarquer de ses patrons, pour réussir.

Il toussote, sans plus l'aider.

Le ton devient persifleur :

— Mon dernier boss, il était vieux, con, en surpoids et libidineux. Et je n'avais pas du tout envie de me faire remarquer ! Quand il a débarqué, j'ai su à la minute ce qu'il me voulait. Je vois assez clair dans les pensées des gens...

Sylvestre se garde d'intervenir. Il ne fait pas bon être un homme, ni un chef, à cette minute, ici...

Prend le parti de s'occuper les mains. Se lève, tire de son sac à dos un couteau pliant.

Elle regarde droit devant elle, les yeux pleins de fureur, comme s'il n'existait plus.

— Au début, c'étaient juste des remarques sur mes yeux, mes jambes, ma manière de le prendre de haut... Un gros macho, mais personne ne le disait devant lui, c'était le patron ! Il est devenu de plus en plus pénible, me frôlant en m'apportant des dossiers, essayant de m'embrasser dans le couloir, comme une plaisanterie...

Elle soupire.

— C'était toujours le soir en fin de journée qu'il me convoquait, au moment où tout le monde quittait le bureau. J'avais perdu tout plaisir dans mon travail : cela m'était devenu égal de vendre bien ou mal la gamme de mes pilules et sirops inutiles. J'étais beaucoup plus stressée, moi, que tous les étudiants et les burn-outés du monde !

Il re-toussote, juste pour signaler qu'il écoute.

— C'était devenu une obsession de lui échapper : un rendez-vous médical, l'homme de ma vie qui m'attendait... Je n'en avais plus, d'homme de ma vie, et ça devait sonner assez faux ! Ce petit jeu entre nous durait depuis des semaines, mes collègues masculins comptaient les points...

Sylvia se tait tout d'un coup. Elle est allée trop loin, ne sait plus quand les choses ont dérapé, quand elle est passée de la conversation à la confidence.

L'homme, tête penchée sur son ouvrage, fixe les épissures du fil électrique qu'il tente de rabouter avec son couteau suisse.

— Un soir, au moment où je quittais le bureau, il m'attendait sur le palier de l'ascenseur. Au dernier moment, il est monté juste derrière moi, en se collant à mon dos, et a appuyé sur un bouton. Je n'ai compris qu'après qu'il avait bloqué la cabine au lieu de la faire descendre. Et là...

L'orage s'éloigne, les mots se détachent mieux, sur fond de ruissellement des gouttières qui débordent.

— Je n'étais plus une gamine, j'avais appris à dire non ! Je me suis débattue, j'ai appelé au secours... Mais l'espace était minuscule, bien insonorisé, et lui, en prenant toute la place dans l'ascenseur, cachait le tableau de commande, le salaud ! Il m'a tripotée, embrassée à pleine bouche, tenté de me violer, de toute sa force, de tout son poids. Ah, je me suis bien défendue, il était dans un état ! Pantalon baissé jusqu'aux genoux, son énorme figure toute rouge et toute tordue.

Des larmes dans la tasse de Sylvia. C'était la première fois qu'elle racontait tout cela, et elle n'avait pas pleuré depuis sa grande maladie de l'automne.

— Combien de temps cela a duré, je n'en sais rien… Je lui ai craché dessus, l'ai bourré de coups, en hurlant que j'allais le tuer. Et enfin, j'ai réussi à atteindre les boutons de l'ascenseur, pour appuyer partout, la sonnette d'alarme, le rez-de-chaussée, l'ouverture des portes… Tout d'un coup, ça a marché, la porte a coulissé, le haut-parleur a annoncé « Septième étage » !…

Toc, toc, toc, toc, le manche du couteau enfonce le boîtier de porcelaine sur le mur de chaux. L'homme branche son téléphone. Les plombs sautent.

Ne reste que la lueur du feu entre eux.

Sylvia, nullement étonnée, pose une bougie de cire d'abeille sur la table et indique :

— Pas les deux à la fois : on ne peut pas à la fois allumer la lumière et recharger un téléphone. Il faut d'abord éteindre !

Puis, dans l'obscurité, sur le même ton uniforme :

— Je me suis éjectée, en récupérant par terre mon manteau et mon sac. Mais comme il tenait à deux mains mon chemisier déchiré, j'ai dû le lui laisser… Ensuite, j'ai filé par l'escalier de secours, tout en me rhabillant au mieux. L'immeuble était déjà plongé dans le noir. À l'accueil, il ne restait que les signaux lumineux de sortie. Heureusement, le gardien de nuit ne m'a même pas vue passer. Et je suis rentrée chez moi par le métro, presque nue sous mon manteau. Je grelottais…

Termine sèchement :

— À partir de ce moment-là, je n'ai plus réussi à sortir de chez moi...

— Tu n'en as parlé à personne ? Tu n'es pas allée voir un médecin ?

C'est la première phrase complète qu'il prononce.

— Non, si... Quelques jours après, pour avoir un arrêt de travail, dans un centre médical. Une femme gentille et débordée m'a donné huit jours, je n'ai même pas dit trois mots. Et une ordonnance pour la pilule du lendemain, que je n'ai pas prise, c'était inutile.

Sylvia boit ses larmes dans la tasse vide. L'homme se tait toujours, ce qu'il semble savoir faire assez naturellement.

— Je n'arrêtais pas de pleurer. Comme maintenant, tiens ! Je ne m'imaginais tout simplement pas revenir au boulot, me retrouver face à lui... Et puis une collègue m'a appelée pour prendre de mes nouvelles : « La grippe ? Ça ne m'étonne pas, tu avais petite mine ces derniers temps. Ah, et puis *breaking news,* juste après ton départ : figure-toi que le boss est décédé ! Si, si, c'est vrai ! Arrêt du cœur mercredi dernier. Bon, il était à risque, avec son poids, mais quand même, ça fait un choc, hein ? Tu te rends compte ! Il a quitté son bureau un soir, avec plein de dossiers en cours, et n'est plus revenu. Le lendemain matin, le directeur du département a réuni tout le service pour l'annoncer, et nommé Fauchez pour faire l'intérim. La police est même passée dans son bureau, il paraît que ça se fait, une enquête pour chercher des indices, savoir si quelqu'un lui en voulait, aurait pu l'empoisonner, tout ça... Tu t'en doutes, depuis, l'ambiance s'est détendue, ce sera bien pour toi ! »

Elle garde le silence, et il en profite pour remettre les plombs, à la lueur de la bougie.

— Voilà...

— Voilà, il a eu une attaque juste après m'avoir attaquée. Et il en est mort... J'étais sonnée, tellement sonnée. Une journée entière à tenter de comprendre ; je pensais aussi à mon chemisier resté dans ses mains, que tout le monde connaissait au bureau... Alors j'ai téléphoné à une copine, Yseult. Elle est plus âgée que moi, expérimentée, peut tout comprendre. Yseult est venue tout de suite, et s'est occupée de moi comme d'un bébé. Elle m'a accompagnée chez le médecin, a exigé un arrêt de travail pour longue maladie. Elle voulait m'obliger à porter plainte...

— Tu ne l'as pas fait ?

— Surtout pas...

— Pourquoi ?

Sylvia essuie son visage, le regarde tout droit, de ses yeux transparents et noyés.

— Tu ne comprends pas ? J'ai vraiment souhaité sa mort. Haut et fort. Et j'ai été exaucée. Comme si je lui avais jeté un sort...

Le même sourire en coin que sa fille, à peine ébauché.

— Mais alors… tu es vraiment une sorcière !

Sylvia, à ces mots, se remet à pleurer.

Il ne voit pas d'autre solution pour tenter d'endiguer le flot :

— Tu n'aurais pas un peu faim, par hasard ?

L'orage s'est éloigné, mais la nuit a remplacé sans transition les cumulus noirs. Un brouillard humide monte de la rivière en crue, avec tous les parfums mêlés de végétaux gorgés d'eau.

Il pose son sac à dos sur la table.

— Je fais toujours des courses à Périgueux, en rentrant de Paris…

Sylvia regarde sans pudeur le festin qui se déploie sous ses yeux ; oh oui, elle a faim ! Elle a toujours faim, et depuis si longtemps.

— Premier melon de la saison, j'espère qu'il est bon ? Tomates farcies de la rue Taillefer, tu m'en diras des nouvelles, picodon de chèvre et fraises…

Sans rien demander il se débrouille, faute de four réchauffe le plat à l'étouffée dans le chaudron noir, trouve deux assiettes et des couverts pour aller avec.

Elle se laisse porter, épuisée par sa confession.

Ils dînent face à face, sans éprouver le besoin de parler. Dévorant chaque plat jusqu'au bout.

Seuls occupent le silence le feu et le chat, qui ronronnent de concert, et dehors les feuilles dégoulinantes de pluie.

Le temps s'étire, avec les mots de Sylvia qui flottent encore entre eux.

Il est déjà minuit sur l'écran de son téléphone ;

elle devrait avoir sommeil, elle qui dort si peu et si mal depuis si longtemps. Lui devrait rentrer chez lui, maintenant que les trombes d'eau ont cessé.

Mais non, elle ne veut surtout pas rompre cette fragile bulle de sécurité. Et l'homme semble hors du temps et de toute contrainte, tisonnant le feu avec application...

Soudain, un raclement déchire le silence. Les chaînes sont revenues, courant le long des murs de la maison. Puis les hululements mal modulés du haut-parleur, au nord, à l'est, au sud, à l'ouest...

— Ça recommence...

Sylvia s'excuserait presque de cette paix saccagée, dont elle se sent responsable.

Lui, à peine troublé, déplie ses longues jambes, se lève. Comme si ce genre de vacarme nocturne faisait partie des choses fréquentes dans une maison. Dans une maison de sorcière, peut-être ?

Un petit signe à Sylvia, pour lui intimer de ne pas bouger, et il va à pas de loup jusqu'à la porte, qu'il ouvre brusquement.

Les torches sont bien là, qui s'arrêtent net de tournoyer quand apparaît l'homme. Sa voix grave emplit tout l'espace :

— C'est fini, ce jeu infernal ! Vous avez intérêt à déguerpir tout de suite, et à ne plus mettre les pieds ici. Sinon je porte plainte pour harcèlement et violation de domicile !

En moins de trois minutes les lumières se sont éteintes et, leurs chaînes rassemblées sur les épaules,

les silhouettes se sont évanouies. Un record de célérité.

Avec le même flegme, Sylvestre revient s'asseoir dans le cantou.

— Ils ne reviendront pas. Mais j'attends encore un petit moment avant d'aller me coucher.

Sylvia, sidérée de ce qu'elle vient de voir, infiniment soulagée, s'extasie sur son courage. Il rigole :

— Pas besoin de courage ! Je les connais, ces zigotos, ils ont bien plus la trouille que moi. Ce qui va être plus difficile, c'est de sortir ma voiture dans le noir, je l'ai collée tout au fond du hangar pour qu'ils ne se méfient pas...

30

Ce n'est pas tout de vivre ;
encore faut-il la liberté,
un rayon de soleil et une petite fleur.

Hans Christian Andersen

C'est allé si vite… Alors que Sybille révisait, calfeutrée dans la chambre de Fabienne, pendant que tous les habitants de la Borderie, saisonniers compris, ramassaient les fraises dans les serres, son Papounet était entré, visage gris sous le tannage du travail au grand air.

« Maman est morte… »

Mourir à quatre-vingt-dix-huit ans, c'est dans l'ordre des choses, bien sûr. Pourtant c'est toujours dur de perdre sa mère, et d'être confronté à la mort.

Papounet avait eu besoin de venir partager tout de suite la nouvelle avec sa petite-fille, sa merveilleuse Syb, le symbole de l'avenir.

Le coup de fil de la directrice de l'Ehpad avait

cueilli M. Vergne au volant de son tracteur, dans l'instant où il mettait le contact pour aller déposer dans les serres sa remorque chargée de cageots vides. Aussitôt, il en était redescendu, puisqu'elle était là, tout près… Et Sybille avait été à la hauteur, comme toujours : elle avait accompagné son grand-père aux Eyzies. Parce qu'elle avait l'habitude, c'était son métier ! Et peut-être aussi pour remplacer Fabienne, absente au moment où ses parents avaient tant besoin d'être entourés.

Syb avait fait ensuite tout ce qu'on attendait d'elle, en cette période chargée à la ferme : les démarches auprès des pompes funèbres, le coup de fil à Fabienne, au milieu de la nuit à cause du décalage horaire… « Oh, ma chérie, je suis désolée, je viens tout juste de prendre mon nouveau poste, impossible de revenir maintenant ! Mais je te fais confiance pour tout, n'oublie pas d'embrasser tout le monde de ma part. »

Et encore la préparation de la cérémonie religieuse avec le curé, un Béninois affable mais inconnu de la famille. Puis l'organisation du pot d'adieu après les obsèques, pour rassembler les anciens qui pouvaient encore évoquer des souvenirs de la vieille dame. Même si plus personne ne se rappelait qu'elle avait été la fille aînée du maire, entre les deux guerres, tout le monde connaissait sa grande maison de bourg, aux volets aveugles depuis trop longtemps.

Contre l'avis de Moumoune, Sybille avait décidé de rouvrir cette maison. Parce qu'elle était en face de l'église, et que Mamie aurait adoré recevoir tout le monde chez elle. Un gros travail de ménage, qui avait mangé tout le temps de ses dernières révisions. Mais les gens étaient si contents !

Enfin, juste après les obsèques, il y avait eu les trois épreuves finales du diplôme d'infirmière d'État. Sybille était épuisée, seule et malheureuse dans son studio bordelais.

Au fond, elle n'était pas très inquiète des résultats ; ses notes de stages et de contrôle continu lui donnaient de l'avance.

Et pourtant… Le dernier jour était consacré à un oral, où elle devait défendre devant un jury son « projet professionnel ». En s'appuyant sur un petit mémoire rédigé au fil de ses différents stages.

L'examinatrice, une femme gentille qui portait le même genre de robes colorées que Fabienne, l'avait titillée longtemps sur ses choix, et encouragée à les creuser davantage. Concluant d'une voix douce :

« Je ne suis pas sûre que vous souhaitiez faire une carrière classique d'infirmière. À vous d'y réfléchir… »

La note de 12/20 qu'elle lui avait donnée faisait baisser sa moyenne générale ; une vexation pour une étudiante habituée à viser la perfection, et aussi un signal d'alerte allumé dans sa tête.

Pour autant, ce n'était pas le moment de réfléchir. Après cet oral, Sybille était rentrée immédiatement à la Borderie. Avait fui Bordeaux, plutôt ;

aucune envie de rester dans ce studio impersonnel, de passer sans cesse devant l'ancien appartement familial, de discuter avec des copines sur le point de signer leurs premiers contrats de travail dans les grands hôpitaux bordelais.

Aucune envie non plus de rendre des comptes à sa famille. Heureusement, ses grands-parents endeuillés, surchargés à la ferme, en plus d'être engloutis dans les démarches administratives de la succession, ne lui posaient aucune question. À chacun de ses parents, elle s'était contentée d'envoyer un petit SMS laconique, faussement victorieux : *Diplômée !*, suivi de trois smileys. Et, téléphone éteint, s'était gardée de répondre à leurs appels de félicitations.

Sans vraiment le décider, à force de remuer ses questions dans sa tête, Sybille a pris le chemin de l'Estaubière, garé la voiture bleue, puis dévalé la combe vers Prends-Toi-Garde. Tellement besoin de s'aérer !

Elle se sent mieux dans ce coin de nature préservée qu'à la ferme, quand ouvriers et machines agricoles quadrillent les champs en permanence. Arrivée devant le porche, elle admire les baies de sureaux, presque à maturité, d'un somptueux rouge rubis, presque noir.

La cour est déserte. Vaguement déçue, Sybille continue sur le chemin, avec l'intention de faire demi-tour à la route.

À l'approche du carrefour, un bruit de voix lui parvient.

Sybille s'arrête derrière un énorme chêne, dont la lourde ramure descend presque jusqu'à terre. Elle entend le jingle familier d'une station de radio, suivi d'un bulletin d'information. Au milieu de ces bois déserts, c'est pour le moins inattendu ! Il provient d'une voiture garée en face d'un cabanon aux alentours bien nettoyés. Tiens, quand le camion de pompiers était passé par là, avant Noël, elle ne l'avait pas remarqué, ou bien il n'existait pas ? Une femme, au volant de la voiture, coupe le son de la radio. Que fait-elle là, seule au milieu de la forêt ?

Sybille s'apprête à rebrousser chemin quand la porte du cabanon s'ouvre. Un grand jeune homme en sort, qu'elle observe d'un œil professionnel. Car des silhouettes pareilles, juvéniles et pourtant voûtées, crâne et sourcils dégarnis, teint de navet, elle en a souvent croisé à l'hôpital : des malades traités pour un cancer, qui venaient à l'hôpital recevoir leur chimio par intraveineuse, le temps d'une demi-journée en ambulatoire.

La femme – qu'elle a vaguement l'impression d'avoir déjà vue, peut-être une silhouette croisée au bourg ? – sort alors de sa voiture et s'en va déposer un sac dans la boîte aux lettres. Puis elle s'encadre un instant dans la porte du cabanon, y propulse quelques mots, de salutation sans doute, avant de se remettre au volant. Le malade s'est déjà installé sur le siège du passager. Et voilà, cela n'a duré que quelques secondes, la voiture manœuvre pour s'engager sur la route de Périgueux.

Que se passe-t-il dans cette cabane isolée ? Il ne lui faut que deux secondes pour avoir un début de réponse, en voyant Sylvia Labrousse sortir à son tour du cabanon. Refermer soigneusement la porte, attraper le sac avec des airs d'habituée et s'engager dans un raccourci à travers bois, menant à l'arrière de sa maison.

C'est le pas d'une femme affairée, sûre d'elle. Et non celui d'une victime harcelée et terrorisée la nuit par une bande de jeunes.

Un instant, Sybille se demande s'il ne s'agit pas des rites de sorcière décrits par Mamie ? Ah, si elle était encore là, sa petite-fille l'écouterait mieux raconter... Mais Sybille secoue sa natte comme les chiens de la Borderie se débarrassent de ce qui les dérange. C'est n'importe quoi ! Elle, fille du XXIe siècle, est bien trop rationnelle, trop positive pour croire qu'un accident de chasse ou un cancer sont causés par des sortilèges de sorcière !

Dans sa tête, elle joue à pile ou face, et décide de rebrousser chemin. Si la maîtresse des lieux l'accueille, c'est qu'elle n'a rien à se reprocher.

Pile ! Sylvia est dans la cour, trimballant ses éternels brocs d'eau au bout des bras. Double pile : elle pose tout et vient à sa rencontre en souriant.

— Il faut que je vous remercie, tous les deux ! Ton père m'a rendu un immense service, le sais-tu ?

Non, Sybille ne semble pas au courant de la

visite de son père, ni de son intervention victorieuse contre les porteurs de chaînes. Et la voix de Sylvia, claire et franche, n'est décidément pas celle d'une sorcière qui vient de faire un mauvais coup.

Tout d'un coup, Sylvia se tait. Ses yeux transparents, cernés de gris, se fixent sur sa visiteuse, longuement.

— Tu as l'air bien fatiguée...

Alors, Sybille, sous son regard, craque. Des sanglots secs, puis des flots de larmes, venus d'on ne sait où, elle qui n'a pas pleuré son arrière-grand-mère.

Gentiment, Sylvia lui prend le bras et elles cheminent ainsi, jusqu'au fameux cabanon de feuillards.

— Qu'est-ce qui se passe ?

Syb s'est installée sur le banc, face à Mme Labrousse, qui la tient sous son regard tellement fascinant. Attentif et bienveillant.

Les yeux dans la flamme de ces yeux-là, elle raconte.

La mort de Mamie, bien prévisible, et l'absence de sa mère, qui l'était moins. Sa vie d'enfant très aimée et tous ses efforts en retour pour faire plaisir. À tout le monde, à sa mère et à son père en même temps, qui souhaitaient des choses si différentes, et puis à ses grands-parents, à sa maîtresse, à ses profs, à ses maîtres de stage ensuite...

— Mes parents avaient choisi d'habiter Bordeaux, que ni l'un ni l'autre n'aimaient, pour m'offrir toutes les chances, de bonnes études, des loisirs, un métier… Résultat, ils ont très vite divorcé…

Le départ de sa mère, qui l'avait laissée désemparée. Et les perpétuels silences de son père.

— Je n'ai jamais entendu papa exprimer un sentiment, un chagrin ou une joie, depuis que ma mère l'a quitté. Au fond je crois qu'il m'aime, mais…

Et aujourd'hui, l'équilibre familial bousculé par la disparition de l'aïeule, l'obligation pour elle de prendre position.

— Moumoune voudrait vendre la maison du bourg ; c'est elle qui fait la comptabilité de la ferme, et il y a toujours besoin d'argent. Mais Papounet refuse. Moi, je les regarde se disputer… Remarque, j'ai l'habitude !

L'impression que le sens de sa vie lui échappe, quand il lui faut décider seule, sans essayer de satisfaire tout le monde. Même pour choisir un métier, elle ne sait plus.

Les yeux transparents ne la lâchent pas.

— Je t'ai vue pourtant tellement efficace, quand tu es venue avec ton bel uniforme, dans ce camion de pompiers !

Sybille rit à travers ses larmes.

— J'ai adoré ce stage ! Mais ce n'était qu'un stage. Oui, je fais ce qu'il y a à faire, du mieux possible, et cela arrange tout le monde ! Mais plus le temps passe, moins je suis sûre d'être à ma place. Avec mon beau diplôme tout neuf, je me retrouve dans une impasse ; je n'ai pas cherché de poste pour la rentrée, je n'ai pas installé le studio où je dois vivre...

Elle baisse la tête.

— Je fuis même le seul endroit où j'étais bien, ici, chez mes grands-parents. Ils ont tellement de désirs et d'inquiétudes pour moi, comme ils en ont eu pour leur fille. Je ne sais pas, je ne sais plus...

Sylvia laisse les larmes se tarir doucement, la parole ralentir. Le silence s'installer.

La jeune fille exhale un immense soupir.

— On est bien ! Il y a des moments où j'aimerais simplement vivre comme toi, dans un endroit comme celui-ci, où l'on ne me demande plus rien...

— La solitude n'est pas la réponse à tout. On a besoin des autres pour être heureux !

Sylvia sait très bien qu'elle répète ces mots, déjà prononcés devant la fille et devant le père. Hésite un peu, puis continue :

— Moi non plus, jeune, je ne savais pas très bien ce que je voulais, et j'aimais trop ma mère pour la décevoir. Alors je me suis laissé faire... J'ai obtenu un diplôme, moins utile que le tien mais qui rapportait beaucoup d'argent.

Elle regarde ses mains blessées, couturées par le jardinage, les déploie devant elle, comme une offrande d'humilité.

— Et voilà le résultat, quand on oublie de choisir par soi-même, on finit tôt ou tard par le payer.

Mais elle n'est pas là pour parler d'elle, et conclut, avec toute la légèreté dont elle est capable :

— Il ne faut donc surtout pas suivre mon exemple !

Cela fait plus d'une heure qu'elles parlent, ou se taisent en alternance, dans le cabanon. Sybille, qui a attrapé un coussin pour se caler confortablement sur le banc, mordille le bout de sa longue natte, front enfin déridé. Dit d'une voix hésitante, comme si elle était en train de découvrir une vérité :

— Moi, j'aimerais bien habiter la maison de Mamie, à cause du jardin…

Le regard de Sylvia se lève sur elle, se fait encore plus transparent et profond, si c'est possible.

— Alors, il faut trouver les moyens d'y parvenir !

31

Pour pouvoir aider les autres,
il faut avoir soi-même ce sentiment
que les autres ont besoin de vous.

Stefan Zweig

Shelby d'abord, que l'air printanier semble galvaniser. Un morceau de bois dans la gueule, elle aboie joyeusement dans sa direction. Les chats l'ont aperçue avant elle, et filé se réfugier sur le toit de l'auvent. Ils sont quatre à se hérisser en chœur.

— OK, j'arrive, Shelby !

Sylvia, si contente d'être ainsi invitée, abandonne aussitôt le nettoyage du poulailler pour une récréation.

Elle suit la petite chienne sur le chemin, pour un inusable jeu de lancer de bâton.

— Rapporte, Shelby ! Bien ! Encore !

Dix fois, vingt fois.

À la vingt et unième, au détour du chemin apparaît la vieille dame. Souriante, appuyée sur une canne.

— *Hello ! You see...* Shelby est si contente de jouer avec vous !

La phrase se termine en grimace.

— *Oh, sorry ! My back hurts...*

De fait, à voir ses traits tirés, elle a très mal au dos.

— Allez donc jouer avec Shelby, je vous attends !

Toutes deux cherchent, du même regard, où la vieille dame pourrait bien se reposer. En vain. Ici, où il n'y a pas eu de coupe de bois depuis bien longtemps, aucune souche accueillante, pas de rondins empilés pour servir de banc.

Bien sûr, il y en a un devant la maison. Mais Sylvia n'est pas encore prête à la faire entrer chez elle, et le cabanon est à peine plus loin.

Encore une fois, elle renvoie le bâton à Shelby, très loin en direction du carrefour. Et propose son bras en plus de la canne :

— *Come on !* Venez donc vous asseoir un peu...

La vieille dame ne refuse pas.

Shelby revient auprès d'elles et multiplie les allers-retours, indifférente au rythme de sa maîtresse.

Lentement, elles vont bras dessus bras dessous jusqu'au cabanon. Le vouvoiement obligatoire de l'anglais fixe la juste distance entre elles.

Sylvia fait entrer la vieille dame, ajuste le coussin sur le banc, l'installe, pendant que Shelby s'aplatit sur le sol, avec des airs de propriétaire des lieux.

— Ouf ! *I'm so sorry...*

Regardant autour d'elle :

— *Charming, really !* Je croyais vraiment que c'était une ruine. Et pourtant nous ne sommes pas si loin du chemin de l'Estaubière. Mais je ne bouge plus beaucoup...

— Pourquoi avoir fait l'effort de venir jusqu'ici, alors ?

— Shelby avait tellement envie de vous voir, et puis le printemps est là...

— Vous souffrez ainsi depuis longtemps ?

— Oh, tout l'hiver, *my dear* ! C'est, comment dites-vous en français... la vieillerie ? *Nothing to do !*

Mrs Craig tente d'expédier le sujet. Elle n'est manifestement pas là pour cette raison.

Sylvia se tait.

Se rappelle leur dernière rencontre dans les bois, et sa fuite. Pourquoi s'était-elle conduite ainsi ? C'est le moment de remercier, enfin, pour le cadeau des poules.

Mais comment commencer ?

Par exemple dire qu'elles s'appellent Morgane et Mélusine, qu'elles ont été ses premières compagnes de solitude, ses premières pourvoyeuses de nourriture...

— *I could...* je pourrais peut-être vous soulager...

La phrase est sortie toute seule, sans rapport apparent avec la conversation engagée. Tout simplement parce que c'est dans ce rôle que Sylvia se sent le mieux, et dans ces lieux qu'elle l'a appris au fil des mois.

La vieille dame ne paraît surprise qu'un instant. Elle ferme les yeux et soupire.

— Je suis prête à tout essayer pour ne plus avoir mal !

Doucement, Sylvia contourne le banc, pour se retrouver face au dos de ce corps léger, si léger, si fragile. Se frotte les mains pour les réchauffer, soulève un fin lainage. La même texture moelleuse que l'étole rouge qui a transformé la fin de son hiver, de jour comme de nuit.

Mais très vite revient à la réalité du moment présent.

— Dites-moi quand je vous fais mal…

Avec vigueur, de ses mains sensibles, elle insuffle de la chaleur à la nuque, aux reins, au bas du dos. S'attarde sur la colonne vertébrale, inspecte les vertèbres, en appuyant ses deux pouces sur chacune d'elles, l'une après l'autre.

— Il y a un pincement là, il me semble, et là ?

— *Yes, oh my God…*

Alors elle travaille lentement chaque nœud repéré, de tous ses doigts ; termine à petits coups de la tranche de sa main, jusqu'à ce que chaque centimètre du dos endolori soit pris en charge, massé et re-massé.

Enfin Sylvia se redresse, fatiguée.

Et Mrs Craig ouvre les yeux.

— *Unbelievable*, c'est merveilleux !

Sylvia tend les deux mains pour l'aider à se relever.

Avec précaution, centimètre par centimètre, tant elle a peur de réveiller la douleur, la vieille dame se hisse jusqu'à la station debout.

S'ausculte elle-même, les mains sur les reins, étonnée de bouger sans contrainte.

— *Oh dear*, cela va tellement mieux ! *Thank you so much*...

Shelby, qui attendait devant la porte, le nez entre les pattes, saute d'un bond, prête à de nouvelles aventures.

Sylvia offre tout de même son bras à sa visiteuse pour revenir sur le sentier, à petits pas, l'une appuyée sur l'autre.

— *My God !* Je marche presque sans difficulté, alors que ce matin, c'était un calvaire.

Et elle ajoute en riant :

— *Really*, vous êtes vraiment une sorcière !

Le charme est rompu d'un coup. Le sourire vague de Sylvia s'éteint, et son bras se durcit sous celui de la vieille dame.

Elles retournent ainsi jusqu'à la lisière du bois et de la combe. Et Sylvia lance la phrase qu'elle ruminait :

— Alors, vous avez entendu dire que je suis une sorcière ?

— *My dear*, nous sommes toutes des sorcières !

Miracle, elles éclatent de rire ensemble.

32

La nature est un temple où de vivants piliers
Laissent parfois sortir de confuses paroles ;
L'homme y passe à travers des forêts de symboles
Qui l'observent avec des regards familiers.

Charles Baudelaire,
« Correspondances »

J'ai trouvé un forfait parfait pour toi. Suis en RTT vendredi, je peux passer le matin vers 10 heures ?

RTT : encore un acronyme oublié de la vie de salarié. Avec les interminables procédures des services informatiques d'entreprise, que Sylvia reconnaissait bien. Ce qui au début semblait si simple – disposer d'un téléphone en ordre de marche – se perdait depuis deux semaines dans les complexités de la chaîne numérique, entre la faiblesse du réseau électrique, celle des ondes, l'absence de fournisseur d'accès…

Le message laconique de l'homme est celui de

quelqu'un qui n'a pas de temps à perdre durant sa journée de travail. En service commandé par sa fille, pense Sylvia une nouvelle fois.

De sa longue confession, un soir d'orage, ils n'avaient jamais reparlé. Demeuraient pourtant entre eux le tutoiement et une qualité particulière de relation, qui n'avait pas besoin de paroles.

Avec les quelques minutes de crédit restantes, de ses deux pouces elle tape sur le clavier un rapide *Avec plaisir !*. Régler une facture mensuelle, ce ne serait bientôt plus un problème.

Sylvestre a garé sa camionnette en épi devant le porche, comme les chasseurs, sans qu'elle y trouve à redire. Et précise d'emblée que le forfait est un cadeau :

— En l'honneur de Syb ! Ça y est, les résultats sont tombés, elle est infirmière DE, diplômée d'État…

— Bravo ! Son père a raison d'être fier ! Fini, les examens…

— Et début de sa vie professionnelle ! Elle n'a que l'embarras du choix, il y a un tel besoin d'infirmières dans les hôpitaux.

— Vraiment, elle a déjà choisi ?

Le ton de Sylvia est léger, avec une pointe dubitative.

— Sans doute, oui, mais je n'arrive jamais à la joindre. Elle doit faire la fête avec toute sa promotion ! Tu me donnes ton téléphone ?

L'heureux père de la lauréate se concentre sur les séries de codes à rentrer dans le système.

— Et voilà ! Forfait illimité, en dix minutes chrono. Et si tu veux bien quitter ta clairière pour aller jusqu'au carrefour, tu trouveras assez de réseau pour te connecter à tous les sites dont tu as besoin. Maintenant, je vais te laisser plonger dans tes messages et tes comptes…

Sylvia devrait sauter de joie. Mais cette perspective ne l'enchante plus.

Ils rejoignent la voiture du même pas, dans les rayons du soleil matinal qui filtre à travers les arbres.

— Comment te remercier…

— Et si tu me faisais faire un petit tour de ton paradis ?

Elle n'a rien à lui refuser.

Éprouve même de la fierté à présenter « son » domaine, depuis qu'elle a appris à l'arpenter, à le nommer, à dénicher ses trésors cachés.

Court enfiler rapidement les bottes de sa grand-mère, tandis qu'il va exhumer un long bâton de son coffre.

— Indispensable…

— La clairière d'abord ? Ensuite, on ira dans les bois…

Le grand tilleul, la fontaine, il connaît déjà, le hangar et la basse-cour aussi. L'étable au toit crevé a peu d'intérêt. Présenter chaque bâtiment lui donne une valeur nouvelle, particulière, l'oblige à les faire siens.

Elle passe consciemment très vite devant l'atelier, préférant insister sur ce qui la charme depuis qu'elle est là, et qu'elle partage pour la première fois : les multiples décrochements des toits, les linteaux sculptés réemployés, les tuiles fendues par le gel, où la mousse s'est installée. Tous ces détails qui ont rempli sa solitude.

L'homme ne s'exclame pas, ce n'est pas son genre. Il commente à l'économie, de façon un peu détachée, comme des évidences qui ne valent pas d'être relevées :

— C'est une clairière défrichée par l'homme, cela se voit à sa régularité. Sans doute il y a très longtemps, étant donné la taille des arbres autour. Quatre cents à cinq cents ans au bas mot, cela nous ramène presque au Moyen Âge… L'époque des premiers abattages, sur le site des anciennes *villae* romaines ou des abbayes.

Passage par l'ancien verger potager, où Sylvia a tenté ce qu'elle pouvait, dans un grand désordre végétal. L'index tendu, il fait remarquer des plaques d'herbes foisonnantes :

— Il y a des filets d'eau qui coulent là-dessous. Attention, le gel risque encore de saisir les plants les plus fragiles…

Ils avancent de front, se frôlent parfois. Sylvestre parle en laissant de la place au silence entre chaque détail. Et son œil à elle s'exerce à les regarder, les reconnaître.

— Un sorbier ici, le plus beau garde-manger des oiseaux ! Là, deux merisiers, ancêtres du cerisier...

— Pour les queues de cerises, le meilleur des diurétiques.

Sans le vouloir, elle adopte le même ton. Façon d'engager la compétition avec lui, à coups de savoirs conjugués.

— Les pommiers et les poiriers, je les surveille de près pour l'hiver prochain.

Le petit sourire en coin, toujours :

— Si les oiseaux veulent bien ! Et ils sont très nombreux ici.

Très vite, ils se donnent la réplique plus tranquillement, juste pour se prouver l'importance du sujet.

— On prend le chemin des bois ?

— Oh mais ce n'est pas un bois, c'est une véritable forêt, comme il n'y en a plus tellement en Dordogne !

— La différence ?

— Eh bien la forêt, c'est un univers. Une forêt ancienne n'a pas subi beaucoup de coupes, parfois pas du tout depuis le Moyen Âge. De nombreuses espèces d'arbres y cohabitent ; rien que d'ici, j'aperçois des noyers, des châtaigniers et des chênes, le trio de choc périgourdin. Et puis un bel orme là, des hêtres... Tous ces arbres se protègent, s'entraident mutuellement, quelquefois mélangent leurs racines, abritent tout un écosystème de végétaux, d'animaux...

Encore un silence, pour la bonne bouche.

— La forêt est un refuge, aussi bien pour les oiseaux que pour de grands mammifères. Comme elle l'a toujours été pour les ermites et les bandits, pour les croquants et les maquisards.

Sylvia constate, par honnêteté :

— Pour moi aussi…

— Voilà, et pour les sorcières aussi, alors !

Elle se fige un instant, alors qu'ils sont arrivés à la brèche du muret éboulé. Lui l'enjambe, et elle décide de le suivre, sans relever.

Du même pas dans leurs bottes, ils s'enfoncent par une sente étroite. Hument les mêmes parfums mouillés, goûtent la qualité assourdie de l'écho sur leurs paroles. Plus graves, plus rares.

— Ça sent bon, ici. Je l'appelle le chemin des champignons, parce que c'est là que j'ai fait mes premières trouvailles.

— L'humus et la mousse. On respire un air beaucoup plus pur ici que sur la route, à quelques dizaines de mètres. Parce que les feuilles captent les particules en suspension, les poussières, les pollens, et filtrent l'air.

— L'hiver dernier, j'ai vraiment cru voir un loup passer là. J'étais morte de peur ! C'est possible ?

Il réfléchit, ou pense à autre chose.

— Peut-être. Ici, il y avait encore des milliers de loups au début du XIXe siècle. À chaque mort suspecte, on écrivait sur les registres « dévoré par les loups ». Cela évitait une enquête plus approfondie…

Et puis, on a distribué tellement de primes pour les éradiquer ! Toutes les communes du coin revendiquent d'avoir tué le dernier, il y a cinquante ou cent ans. Maintenant, le loup est protégé, et il est officiellement revenu, une espèce un peu différente, à poils roux ou beiges. Il est possible que certains fassent des incursions jusqu'en Dordogne… Mais en général il fuit l'homme, enfin la femme, du plus loin qu'il la voit !

Sylvia consent à rire. Sa terreur du loup, pendant l'hiver, lui paraît tellement lointaine, et tout à fait ridicule.

Soudain il plie le genou, de son bâton désigne des traces triangulaires figées dans la boue fraîche.

— Un chevreuil, ce matin…

— Oh, je le connais, celui-là ! Il passe presque derrière chez moi, pour aller se cacher quand les chasseurs sont dans le coin.

L'homme prend un air sincèrement désolé.

— Il risque bientôt de ne plus trouver assez de couvert ; avec le réchauffement climatique, les grands chênes pédonculés disparaissent les uns après les autres. Et les taillis de châtaigniers dépérissent. Tu sais qu'on les appelait autrefois des arbres à pain, quand il n'y avait que cela à manger ici, avec les glands ? Ils sont très riches en calcium, glucides, lipides et vitamines…

— Je sais !

Elle a mis toute sa conviction dans son affirmation. S'il pouvait imaginer combien…

Il poursuit, sans relever :

— Il faudrait délivrer un peu ces hêtres ; le lierre enserre les houppiers comme des boas constrictors. En plus, celui-là a reçu la foudre !

L'homme marche vite, nez en l'air. Signale là un arbre creux, ici des branches vermoulues envahies de parasites, ou plus loin la terre noire et légère des charbonniers.

— Regarde, la boule de gui, là-haut, a pris possession de ce pauvre bouleau. Il lui pompe toute son eau, avec ses racines installées directement dans ses branchages...

— Je suis passée cent fois ici, et je n'avais jamais remarqué...

— Des prunelliers bardés d'épines, faites pour tenir les animaux à distance. Il doit y avoir beaucoup de sangliers dans le coin. Tiens, pourquoi des saules ?

Sylvia tient sa réponse, apprise dans les cahiers :

— Il en faut, parce que son écorce atténue les maux de tête et la fièvre.

— Et surtout parce que les vents, les oiseaux migrateurs, ne cessent de transporter des graines étrangères, de façon aléatoire.

La bataille des mots se poursuit, ils y ont goût l'un et l'autre. Et lui s'extasie de plus belle :

— Cette forêt fournit vraiment de tout, des baies, des fruits, des champignons, du miel et du gibier. Du bois de chauffage, pour les charpentes des maisons, les piquets des vignes...

— Je suis très riche, en somme ?

Sylvia seule mesure toute l'ironie de sa phrase.

— Oui, madame ! Mais peu de gens le savent, et encore moins en profitent : il faut beaucoup d'énergie, d'intelligence et de courage pour vivre de la forêt, surtout en hiver. Je t'admire...

Sous le compliment, elle renonce à la joute. D'autant qu'il semble se parler à lui-même, sur un ton de confidence :

— Un trésor qu'il ne faut pas dilapider... Quand on coupe et défriche au bulldozer, c'est dévastateur pour les sols, cela tue toute biodiversité, et stérilise la terre. Ensuite, on est bien obligé de compenser avec des engrais et des pesticides. Qui détruisent les insectes pollinisateurs, ceux qui vivent dans les ronces et les graminées. Tout simplement catastrophique...

Il baisse le ton.

— Dans la forêt, la vie est ralentie, c'est ce qui me plaît tant : il faut à un arbre toute une saison pour développer ses bourgeons ou perdre ses feuilles. Et cent cinquante ans pour parvenir à maturité. Chaque année, un petit cerne de plus, à condition d'avoir assez d'eau, d'échapper à l'homme et aux incendies. Un beau cyprès de Patagonie, c'est cinq mille ans ! Il existait bien avant Toutankhamon et Jésus ! Nous aussi, nous sommes partie intégrante de la nature, et les autres espèces vivantes sont indispensables à notre survie. Les intérêts de la nature, des animaux et des hommes sont toujours liés ; blesser ou mépriser l'un fait du mal à l'autre…

Deux heures de marche à bon pas. Ni l'un ni l'autre n'ont de mal à voir le rapport entre leurs monologues successifs.

Jamais elle ne l'avait entendu parler si longuement, sa propre fille en serait bien étonnée. Mais c'est pourtant dans ses silences qu'elle commence à le comprendre.

33

Rien n'irrite plus un homme
qu'une femme qui danse.

Paracelse,
Œuvres médicales

Entre les séquences de beau temps, des orages somptueux éclataient. Celui-là s'annonçait, au zénith de la journée, par des zébrures bleues sur le ciel gris fer, presque noir. Arrivé au galop de la combe, tandis qu'à l'est les couleurs demeuraient d'un calme bleu de layette. Précédé de tourbillons de vent, qui fouettaient la nature exubérante du printemps, faisaient craquer les arbres alentour, déplaçaient même les vieilles tuiles dans un chuintement inquiétant. Ensuite la pluie, à l'horizontale. Des crépitements secs sur les feuilles, avant que l'eau salvatrice ne vienne mouiller les herbes assoiffées, vernir et raviver les couleurs.

Sylvia était restée dehors, simplement pour regarder. Plus elle vivait à Prends-Toi-Garde, mieux elle s'y trouvait, moins elle avait peur des orages. Plus elle aimait ressentir autour d'elle la force des éléments déchaînés, sentir l'eau tiède ruisseler sur son visage, ses épaules.

Les chats, qui anticipaient toujours finement la météo, s'étaient rassemblés dès la première goutte dans les interstices des toits, d'où ils observaient les fureurs de la nature. En réalité, ils étaient six, plus trois chatons de l'année qu'elle pouvait compter et reconnaître aux infimes taches blanches qui les différenciaient ; ainsi avait-elle compris que ce n'était pas toujours le même animal qui lui tenait compagnie sur la couette.

Morgane et Mélusine, elles aussi, détestaient la pluie. Surprises sous l'auvent, elles tournaient furieusement, refusant obstinément de traverser la cour pour se réfugier dans le poulailler.

— Allez, les poulettes, au sec !

Elles grattent le sol de toutes leurs forces, resserrant les ronds autour de leur maîtresse, la repoussant vers le fond de l'auvent.

— Bon, d'accord, on attend un peu…

Un coup de vent ronfle plus fort que les autres, des craquements sinistres, en trois temps successifs. La branche basse du tilleul, aussi épaisse qu'un tronc, vient s'affaler en travers de la cour. Griffant et écrasant sur son passage une aile de carrosserie orange, le grillage du poulailler, le banc et les buissons de sauge, le pilier écroulé du portail…

Sylvia n'a pas eu le temps d'avoir peur. Mais elle ressent une douleur à l'estomac, comme si c'était à elle que l'on avait arraché un bras. Regarde longuement la plaie rosée, béante, sur l'écorce et le paysage transformé autour d'elle. Surtout, suppute ce qui aurait pu arriver si elle était restée au milieu.

— Vous aviez raison…

Quel est ce sixième sens qui a alerté tous les animaux de l'imminence du danger, et l'a fait obéir à des volailles excitées ?

L'orage s'en va déjà vers le nord, comme il est arrivé, poussé par le vent, violent et rapide, avec sa traîne de pluie.

— Maintenant, au poulailler ! Allez, les filles…

— Oui, allez, les filles ! répond un écho rieur.

Une voix que Sylvia reconnaît immédiatement, avant même d'apercevoir sa propriétaire. Une voix capable d'ameuter tout le voisinage, s'il y en avait eu un : même seule sous un orage monstrueux, Yseult n'arrête pas de parler, entraîne en se déplaçant un sillage de rires, d'admonestations, de cliquètements de bijoux. Ses cheveux rouges, son sac à dos, ses jupons tout dégoulinants de pluie ne semblent pas la déranger.

Avant même d'avoir franchi le porche, Yseult a tout vu, tout approuvé. Mais enjambe la branche affalée du tilleul sans paraître le remarquer.

— C'est bien ! C'est bien…

Bien pour le cabanon retapé du carrefour, scanné au passage ; elle a même ouvert la porte, et la pluie s'y est engouffrée par rafales.

— Tes coussins sont un peu mouillés… l'informe-t-elle.

Bien pour la cour propre, bien pour le poulailler retapé et bien aussi pour les herbes qui sèchent au fond de l'auvent, accrochées tête en bas sur leurs fils de chanvre.

À l'arrivée de cet ouragan d'un nouveau genre, les chats soulèvent une paupière. S'étirent et disparaissent.

Sylvia, tout aussi trempée, se jette dans les bras d'Yseult. L'amie est revenue !

— Magnifique ! Sylvia, tu as une mine magnifique !

Et avec admiration :

— Cette mèche blanche, du plus bel effet, Marie-Antoinette !!

— Euh, pourquoi Marie-Antoinette ?

— Le syndrome de Marie-Antoinette, bien sûr ! Soumise à un choc ou un grand stress, l'adrénaline épuise les cellules responsables de la pigmentation des cheveux : ils blanchissent d'un coup.

Sylvia éclate de rire en secouant ses cheveux. Que c'est bon de retrouver une « grande sœur », qui sait tout de vous, aussi imprévisible soit-elle.

— Entre vite au sec !

Yseult remue de l'eau, de l'air et des paroles sous les poutres basses.

Extirpe de son sac à dos une belle tourte à la croûte brûlée, qui craque en atterrissant sur la table.

— J'ai pris du pain en passant, au cas où. Dis donc, ils sont toujours aussi malaimables, dans ce bled ! La vendeuse m'a traitée comme une pestiférée... Comment tu supportes ça, quand tu achètes ton pain ? Tu aurais vu, comment je te l'ai remise à sa place... !

— Tu me fais tellement plaisir !

Sylvia parle autant de la tourte que de la visite surprise.

Et joignant le geste au remerciement se sert aussitôt d'un énorme quignon de pain.

Yseult insiste, pendant qu'elle y plante ses dents :

— Allez, raconte-moi tout !

— Miam !

Sa langue prend le temps de détailler le goût de la farine bise, la fluidité de la mie, avec ses petites bulles d'air, l'âpreté de la croûte, l'arrière-goût de quoi, voyons... vanille ou châtaigne ?

— Pourquoi n'as-tu jamais répondu à mes messages ? Je ne m'inquiétais pas, je savais que tu t'en sortirais, mais tout de même !

— Un peu compliqué... D'ailleurs, il y a très peu de réseau, ici.

Sylvia mastique avec application. Ce n'est pas une excuse, mais elle n'a guère envie d'en dire plus.

— Ça va ?

— Mais oui, ça va !

Elle sait comment détourner l'attention d'Yseult.

— Regarde, j'ai quelque chose à te montrer…

Sylvia ouvre avec cérémonie la porte du cagibi, au fond de la pièce.

— Tadaam…

Elle fait visiter son antre minuscule comme un palais, explique le lit, l'édredon, le chauffage intégré dans le montant de la cheminée.

— Et encore tadaam…

Dévoile l'étagère à livres, derrière son rideau de lin.

Présente l'*Encyclopédie*, tome par tome, les carnets de la sage-femme, dessin par dessin ou presque, et le livre de raison :

— Il est très ancien, relié de peau, touche…

Déroule avec soin le cadastre :

— La ferme est là, dans la clairière centrale, avec des bois tout autour, qui s'étendent d'un côté jusqu'à la falaise de Bayac, de l'autre jusqu'à l'Estaubière et la route…

Présente enfin les cahiers manuscrits de Sylvia l'ancienne, en pesant ses mots. Yseult a cessé de bouger dans tous les sens, et de toute façon le cagibi les contient à peine toutes les deux.

— Ma grand-mère avait la réputation d'être une sorcière, descendante d'autres sorcières. J'ai même trouvé une lettre d'avant ma naissance, glissée dans un livre, où elle supplie ma mère de me donner à moi, Sylvia, son prénom à elle. Pour continuer la lignée… Parce que maman s'appelait aussi Sylvia Labrousse ; mais elle trouvait plus chic, ou moins lourd à porter, de se faire appeler Hélène !

Comme prévu, tout cela passionne Yseult. Elle a même une théorie toute prête à propos des cahiers, et se lance dans un discours :

— Étymologiquement, « sorcier » vient de *weik*, un mot germanique qui signifie courber, plier. C'est cela, le pouvoir magique d'un sorcier : utiliser sa volonté pour modeler l'univers, agir sur l'harmonie du monde. À l'écoute d'une énergie universelle que les autres ignorent ! Les sorciers révèlent un univers rempli d'esprits, ils sont des médiateurs de l'invisible dans notre monde cartésien, rationaliste, et qui a bien montré ses limites, hélas !

Sylvia, en l'écoutant – elle sait d'expérience qu'il est inutile d'interrompre son amie –, observe par la petite fenêtre tout ce que la chute du tilleul a modifié dans le paysage familier : une lumière différente, un point de vue élargi sur le toit de l'atelier, en face. Et à l'horizon, le rideau noir de pluie qui s'éloigne, fonçant toujours droit devant lui.

— Viens, il ne pleut presque plus, il va y avoir un arc-en-ciel !

Sur le seuil, elles respirent à pleins poumons les parfums exhalés par la pluie, les herbes couchées sous le vent, et la terre, où se sont fichées les branches de bois.

Sylvia s'approche de l'arbre blessé, comme pour le consoler, ou se consoler. Caresse lentement ses nœuds verruqueux, et la déchirure, qui ressemble à des muscles mis à nu.

Yseult parle toujours :

— … dans l'aubier, entre l'écorce et le cœur du tronc, c'est là où circule la sève que se concentrent les principes actifs, aux vertus médicinales…

— Oh, tu t'y connais en arbres, toi aussi ?

— Absolument pas, je l'ai lu. Je suis une sorcière des villes, moi. J'achète tout sur Internet : mes élixirs, mes pierres, mes huiles essentielles…

Sylvia la prend par le coude, pas seulement pour lui couper le sifflet, mais par affection.

— Viens voir, cela aussi devrait te plaire…

Elle l'entraîne vers l'atelier, décoince la porte, rafistolée du mieux possible au début de l'hiver, et la fait passer devant elle.

Yseult s'arrête, éblouie.

Les yeux écarquillés, détaille les flacons, les pots, la balance, avance un doigt, une paume, caresse, hume… Puis finit par murmurer :

— Un vrai rêve de sorcière…

La méditation ne dure qu'un instant. Elle fonce tout d'un coup sur l'étagère, devant la petite exposition qui continue à prendre la poussière, parce que Sylvia n'en a jamais vu l'utilité.

Des cailloux, beaucoup de cailloux, à côté de plumes d'oiseaux, de coquillages fossilisés, de bouts de bois tordus, auxquels elle n'a jamais touché.

— C'est un véritable trésor, regarde ! Chacune de ces pierres a ses bienfaits : l'améthyste renforce la volonté, aide à lutter contre les addictions, apaise les migraines, change le négatif en positif… Le quartz, c'est la pierre de l'amour : il l'attire et le soutient, adoucit les chagrins amoureux et, en plus, il apaise les douleurs de l'arthrite…

Du bout du doigt, Yseult caresse une pierre violette, un bloc rose.

— Ce sont des morceaux d'énergie terrestre ! Il faut toujours en avoir sur soi. Tu vois, moi je les porte en bijoux…

Au milieu de l'atelier, Yseult se rattrape de son silence en faisant tintinnabuler ses colliers et bracelets multicolores. Elle en a même autour des chevilles.

Gling, gling, gling.

Un bonheur pour Sylvia de voir cette pièce poussiéreuse où elle a tant travaillé seule devenir un trésor :

— Alors, j'ai ici de quoi soigner tous les malheurs du monde ?

Yseult, s'arrêtant de danser, devient doctorale, comme lorsqu'elle veut absolument convaincre :

— Mais oui ! Ces pierres incarnent l'énergie de la lumière, la connexion qui nous permet d'élever notre esprit : elles canalisent des rayons de lune pour éclairer notre chemin vers l'harmonie, la santé !…

Gling, gling, gling, ses mains se sont remises à s'agiter.

— Tu sais qu'il faut les recharger à la lumière lunaire ? Dommage que je n'aie pas le temps. Je voulais absolument te voir, mais il faut que je reparte vite…

— Oh, tu as encore un sabbat ?

— Exactement ! Tu peux appeler ça un sabbat, si tu veux : un colloque sur la « sororité » à Salem, dans le Massachusetts. Et j'ai faim, moi ! Qu'est-ce que tu me proposes comme potion magique pour la route ?

Sylvia, qui n'a pas beaucoup d'occasions de rire, se met à glousser – c'est tellement bon ! – et répond sur le même ton :

— Omelette des fées Morgane et Mélusine aux herbes de sorcière, et baies de forêt miraculeuses en dessert. Cela te va ? Je m'en occupe !

Yseult, tendre et moelleuse, serre l'amie dans ses bras, une fois de plus.

— Ah, j'avais lu dans mes cartes que tu serais merveilleusement bien ici. Eh bien, c'est le cas !

Pendant qu'en enjambant en tous sens la grande branche de tilleul Sylvia s'active au feu, à l'eau, au poulailler, au chaudron, à gestes efficaces, les bracelets d'Yseult continuent à tintinnabuler dans la cour, pour un éblouissant salut au soleil, ou plutôt à l'arc-en-ciel.

— À table !

— Ma chérie, commence l'amie aussitôt assise, tu as donc bien conscience que par ta grand-mère tu es sorcière de naissance ?

— Oh, je ne suis pas sûre.

Clin d'œil appuyé d'Yseult.

— Moi, je l'ai toujours su ! Encore faut-il que tu

travailles tes dons, pour pouvoir agir sur le monde invisible ! Tu le sens bien, n'est-ce pas, que tu es connectée à quelque chose de plus grand que toi, à l'univers tout entier ? C'est ton intuition qui guide ta vie. Cette décision que tu as prise, de garder cette maison d'abord, puis d'y venir quand tu allais si mal, n'obéit pas à la logique. Il y a des signes qui ne trompent pas : ton corps, celui des autres, tout est antenne pour toi. C'est la raison pour laquelle tu as tant souffert l'an dernier. Puis...

Et de reprendre sur un ton doctoral :

— Tu te sens infiniment plus en paix ici, dans tes bois, n'est-ce pas ? Tu éprouves le besoin de te purifier dans l'eau, de marcher dans l'herbe, d'écouter les oiseaux, d'apprécier le bruit du vent dans les arbres ? Se sentir chez soi dans la nature est une bonne indication que l'on a un potentiel de sorcière. C'est même l'un des signes les plus révélateurs. Les sorcières travaillent avec l'énergie de la terre et de la nature ; en immersion dans le monde naturel, les sens sont radicalement renforcés.

Sylvia a rempli les assiettes et s'est assise, pragmatique, pressentant une longue tirade.

— Rien n'est plus excitant que de ressentir le mouvement de l'énergie universelle, n'est-ce pas ? De vibrer à la vue de la foudre, au bruit du tonnerre ou de la ruée des vents violents ? Surtout le tonnerre ! La forme d'énergie naturelle la plus noble, qui ne peut être apprivoisée. C'est également une forte indication d'un potentiel sorcier, et je t'ai bien vue dehors sous l'orage…

— Mais…

— As-tu remarqué que les oiseaux volent en rond autour de ta maison ? Tous les animaux perçoivent des vibrations, et ta force énergétique est considérable pour les attirer ainsi. Ils te font confiance, recherchent ta compagnie, car ils se sentent en sécurité avec toi ; nous parlons la même langue, celle des émotions pures. Regarde ces chats, qui ne te lâchent pas des yeux… Est-ce qu'il t'est déjà arrivé de ressentir le besoin d'effectuer un rituel à la pleine lune ? Les sorcières synchronisent nombre de leurs pratiques avec les phases lunaires et solaires.

Yseult a haussé le ton pour mieux convaincre :

— Je suppose que tu as aussi des prémonitions ? Par exemple, le téléphone sonne et tu sais qui appelle, même si c'est tout à fait inattendu.

— J'entends rarement le son du téléphone, ici… et alors je saurais tout de suite que c'est toi !

L'amie ne se laisse pas démonter.

— Tu es connectée aux pensées et aux émotions, celles des personnes, des animaux, des plantes et des esprits. Est-ce qu'il t'arrive, pendant une journée entière, d'éprouver un sentiment de tristesse inexpliqué, l'impression que quelque chose va se passer ou bien de faire un rêve… et quelque temps après tu découvres qu'un malheur est survenu : celui que tu avais pressenti, ou rêvé ? Comme chez tous les sorciers, l'énergie vivante qui circule à l'intérieur de notre corps, le tien comme le mien, est plus intense. Et tu es capable de puiser dedans, de les utiliser pour les plier à ce que tu souhaites.

— Si seulement…

Elle pense au jeune homme, à qui elle voudrait tellement transmettre la force de la vie.

— Mais oui ! Notre regard, quand il est concentré et bienveillant, peut émouvoir aux larmes, faire trembler les plus durs, encourager, apporter la guérison ; une influence apaisante, qui redirige les autres vers leur bien-être. Mais nous pouvons aussi abattre une personne malveillante à la force de notre seule colère. Quand l'énergie devient incontrôlable, elle peut être dangereuse…

— Tais-toi !

Sylvia a parlé d'une voix rauque, sèche, et le regard qu'elle lance à son amie pourrait l'abattre, en effet.

Yseult, aucunement impressionnée, choisit avec soin quatre de ses innombrables bracelets, qu'elle fait glisser de son poignet à celui de Sylvia.

— Maintenant que tu comprends mieux, voilà ! Ils te transmettront des vibrations apaisantes pour l'esprit. Le quartz, tu sais pourquoi, et puis du lapis-lazuli pour le courage et la paix, de la tourmaline pour l'équilibre. Ainsi qu'une pierre de lune pour stabiliser les émotions. Sois heureuse, ma chérie !

Sylvia demeure silencieuse. L'amie a tout compris… et rien compris.

— Allez, il faut que j'y aille ! Tellement de choses à faire… Oh zut, mon sac à dos est encore trempé !

— Merci d'être venue, Yseult, merci de tout mon cœur…

Elles se serrent dans les bras, s'embrassent, encore et encore. Et Sylvia, une nouvelle fois, regarde, dans un mélange assez équilibré de soulagement et de regret, son amie s'éloigner vers la route.

34

L'été s'impose et contraint
toute âme au bonheur.

André Gide

« Au coucher du soleil !

— C'est vrai ? il faut absolument faire tout cela pendant la nuit de la Saint-Jean ? avait demandé l'homme, dubitatif.

— Il paraît que cela démultiplie les vertus médicinales des herbes… »

Deux petits rires de gorge.

En amoureux des arbres, il était accouru au chevet du grand tilleul blessé dès qu'elle lui avait annoncé la chute, par SMS. Pour saluer leur victoire numérique, et le cadeau « illimité » du forfait, ils avaient pris l'habitude d'échanger des volées de messages. L'un et l'autre y trouvaient sans doute leur compte, puisque l'un ou l'autre tirait le premier ou répondait, alternativement.

Les vibrations de sa tronçonneuse assourdissaient la conversation. Mais la ramure débitée en courtes bûches et bûchettes avait presque fini de rejoindre l'auvent, en provisions pour l'hiver.

Par la vertu du silence obligé, aucun des deux ne pouvait savoir ce que l'autre pensait vraiment.

Donc, elle obéirait aux prescriptions des cahiers, sans toujours bien savoir pourquoi : elle irait cueillir l'orpin de Combenègre, de l'artémise à la Ladrerie, du millepertuis dans les chemins qui ne voient jamais le soleil, la précieuse achillée à Fongauffier, de la menthe poivrée tout simplement dans la cour, avec la verveine citronnée. Avant l'aube, pour rapporter sa cueillette avant la chaleur. Une tâche menée à bien plusieurs fois déjà ces derniers jours.

Puis, le soir, elle allumerait un grand feu, qui se réduirait en braises durant la nuit, pour y fumer sa récolte.

Il avait ri en écoutant ce beau programme.

« Les gens prétendent qu'ils aperçoivent des flammes dans ta clairière, la nuit. Je comprends pourquoi…

— Quels gens ? »

Et répondu à côté :

« Tu sais que c'est absolument interdit, de brûler des déchets verts dans son jardin ? Depuis la loi de 2011... Si quelqu'un te dénonce, tu pourrais être verbalisée.

— Ah bon ? »

Cela lui semblait tellement incongru d'interdire le feu dans une clairière, justement faite pour cela depuis la nuit des temps. Et tellement impossible de renoncer à ces flambées et fumaisons nocturnes.

Un clin d'œil.

« Bon, alors, promis, je viendrai te défendre ! »

Allusion voilée à cette nuit d'orage, dont ils n'avaient jamais reparlé non plus, où il avait fait fuir définitivement les ombres inconnues.

Et en effet !

Le soir de la Saint-Jean, les plantes attendent en rang d'oignons, tête en bas sur leurs ficelles, prêtes à la fumaison, au bord du grand feu préparé au milieu de la cour, à bonne distance des bâtiments. Sylvia, après une longue journée de pérégrination par les chemins, et de travail de préparation, termine sa « douche » à la fontaine, enveloppée dans une serviette, en secouant ses cheveux humides dans les derniers rayons.

Au moment exact où le globe cuivré glisse derrière la combe, la grande silhouette de l'homme se dessine à travers les noyers, venant du creux du vallon. Il s'était annoncé par un message précis, selon un horaire respecté à la minute près.

Gêné, comme il l'est si souvent, il s'arrête au seuil du porche. À la manière des visiteurs habituels de

Prends-Toi-Garde, toujours un peu embarrassés ou inquiets la première fois. Elle en rit de soulagement, à la fois de le voir prêt à faire demi-tour et surtout de la promesse tenue. De loin, crie joyeusement :

— Donne-moi cinq minutes, et je suis prête !

Aussitôt fait. Ressort de la maison, dans un short et un tee-shirt propre et fripé. Pieds nus toujours et les cheveux rassemblés en queue-de-cheval. Le maximum d'élégance qui lui est possible ici. Plaisante :

— Alors, nous prenons ensemble la responsabilité d'allumer le brasier interdit ?

Il marmonne vaguement. Dépose son éternel sac à dos boursouflé.

— J'ai apporté le dîner. Tant qu'à faire du feu, autant que ce soit pour quelque chose…

Et prenant les choses en main reconstruit le feu démarré « n'importe comment » :

— Tu sais sans doute aussi qu'il faudra sauter pieds joints par-dessus, pour attirer le bonheur et la prospérité ?

— Et se marier dans l'année… Alors là, non merci !

La réponse de Sylvia a fusé.

Il ne sait que dire, déclenche son briquet. D'un seul coup, une longue flamme claire. Puis débouche une bouteille de vin.

— En attendant les braises, un verre de montravel ?

Ils trinquent en regardant les flammèches se

précipiter à l'assaut du bois, dans la nuit qui ne tombe pas.

— Quel privilège d'être ici ! Regarde les étoiles… Pas d'autre source lumineuse, on les voit mieux ici que partout ailleurs.

Il a dit cela d'une voix grave, émue. Ce ne sont plus les demandes de sa fille, mais la forêt, la clairière, la solitude, qui le font revenir ici. Et elle.

Il pointe le doigt vers chacun des points lumineux, présente les étoiles comme des amies intimes :

— Tu vois, Saturne se distingue déjà très bien. Et Vega, la plus brillante, celle qui reste là-haut toute la nuit. Deneb, Altaïr, la voie lactée est magnifique ce soir…

Une impression de perfection.

Sylvia, accroupie au plus près du feu, ne bouge plus, pour retenir cet instant fugace. Les préoccupations de ses visiteurs du jour l'accompagnent même dans cet émerveillement, mais avec plus de douceur : le jeune homme et ses insomnies douloureuses ; et celle qu'elle appelle Cendrillon, la jeune femme de plus en plus enceinte, qui revient régulièrement : une fête, une nuit coquine, et comme dans l'histoire des pantoufles de vair sa forme l'abandonnait après minuit. Sylvia faisait de son mieux pour soulager son dos douloureux, avec un mélange d'indulgence et d'irritation.

L'événement de la veille aussi occupe ses pensées : par la grâce d'un mot de passe réinitialisé, la page d'accueil de son compte bancaire s'était enfin affichée. Et elle avait découvert non seulement qu'elle n'était pas à découvert, après tous ces mois de factures payées sans rentrée d'argent, mais qu'elle n'avait jamais été aussi riche. Son salaire continuait à être versé chaque mois, en plus d'un virement mirobolant de plusieurs dizaines de milliers d'euros, intervenu durant le mois écoulé, crédité par un mystérieux organisme bancaire.

— Voilà, les brochettes sont prêtes…

Reconnaissante, Sylvia lève les yeux vers lui.

— C'est vraiment délicieux…

Le moment est délicieux, le dîner est délicieux, et le vin la grise un peu. Si longtemps qu'elle n'en avait pas bu !

Ne pas oublier d'installer les bâtons fourchus au-dessus du feu, pour faire sécher les simples. Sylvia se déplie dans le noir, sourit sous le regard de l'homme assis à ses côtés. Avec soin elle retend les fils de chanvre, aligne les plantes en ordre militaire, en leur intimant de se tenir droites. Les observe jusqu'à ce qu'elles se balancent toutes en rythme sous le souffle des flammes. Puis, mission accomplie, revient s'accroupir près du feu. Plusieurs chats noirs, surgis de l'obscurité, croisent autour d'eux, en miaulant doucement.

L'homme esquisse un mouvement de recul.

— Je vis avec eux, ils me considèrent comme une des leurs…

Une fois de plus, le silence, parcouru des lueurs et des craquements du feu, résonne pour elle comme une invitation à parler. Depuis le départ d'Yseult, ses paroles occupent son esprit, et débordent d'elle-même ce soir. Peut-être justement un effet mystérieux de la nuit de la Saint-Jean ?

Sylvia prend son souffle, et se lance dans l'aveu, d'une seule traite :

— Au fond, je crois que je suis née sorcière. Rien à voir avec la magie, la sorcellerie, le diable et tout ça, aucun pouvoir fantastique. Simplement l'impression d'être différente, dominée par des intuitions que les autres ne partagent pas. Je sais regarder les réalités derrière les apparences et je vois venir de loin la violence, ou la mort. Et cela fait peur aux gens, ou bien ils y voient du mal.

Elle soupire.

— Moi aussi, cela m'a souvent fait très peur. J'ai cru sombrer, devenir folle… Jusqu'à ce que les cahiers de ma grand-mère m'expliquent. Le fait d'être hypersensible, sans cesse blessée, développe une sorte de compassion, d'empathie envers ceux qui sont « passés par là », par la souffrance en général. J'ai envie de les aider, de les défendre, et j'essaie, autant que je peux, et par tous les moyens. Parfois j'y réussis, et on me remercie. Mais on me craint aussi, et on me fait du mal quelquefois. Ce qu'on a pu me reprocher mon regard, qui fouille dans les pensées des gens, perce leurs sentiments…

Elle a baissé la garde, et le ton.

— Il y a un coût à payer pour ces savoirs-là. D'abord la solitude. Qui peut accepter de partager cette vie différente ? Pourtant, j'aime les gens, et je sais tout ce qu'ils m'apportent ; mais je serai toujours un peu à part, incapable d'une existence autre. Depuis que je vis à Prends-Toi-Garde, l'idée s'est imposée doucement à moi : c'est ainsi, et maintenant je l'accepte.

Sylvia a relevé son visage, consciente du regard de l'homme sur elle. Se prend à penser qu'à ce moment précis, s'il osait un geste tendre envers elle, juste un petit geste, l'instant deviendrait parfait.

La lueur dansante des flammes leur donne à tous les deux des expressions un peu dantesques, tour à tour enluminées, ou durcies par les ombres mouvantes.

Tout d'un coup le brasier s'effondre sur luimême, en une pluie d'étincelles dans la nuit, de craquements répercutés dans toute la clairière. Ne demeurent que les brandons, qui privés d'énergie rougeoient faiblement et meurent peu à peu.

L'homme se lève, d'un geste décidé saisit la pelle rouillée et vient recouvrir de cendres les dernières flammèches. Avec une simple phrase, qu'elle ne sait comment interpréter :

— Cela pourrait devenir dangereux... Il faut que j'y aille, demain je pars tôt pour Paris.

35

La valeur de la richesse,
c'est un pauvre qui te la donnera.

Proverbe arabe

Un-deux, puis, un peu plus tard, un-deux, un…

Sur le chemin, des battements de mains, lents et sans rythme.

Depuis la veille Sylvia éprouve un mauvais pressentiment, l'impression que le soleil s'est terni sur Prends-Toi-Garde, que les sifflements des oiseaux sont sinistres, qu'une catastrophe menace.

Entendant cela, elle se relève vivement de la plate-bande qu'elle est en train d'éclaircir, lave ses mains boueuses dans le seau d'eau et prend le raccourci à vive allure.

Quand Sylvia voit la voiture garée et entre dans le cabanon, elle a déjà compris. Compris sans comprendre. Se jette sans réfléchir dans les bras d'une femme qui attend, assise sur l'un des bancs. La mère du grand jeune homme, dévastée.

— C'était hier matin. Je ne savais pas comment vous prévenir, puisque vous n'avez pas de téléphone. Alors je suis venue.

— Merci, oh merci…

Elle ne sait pas, cette femme en deuil de son fils, ce qu'elle offre à Sylvia en la réintégrant dans la communauté des vivants, de ceux qui souffrent avec elle. Si longtemps qu'elles se connaissent. À distance, elles ont parcouru ensemble les étapes de la maladie, aux côtés du malade. Elles ont sans doute perdu espoir en même temps, et compris au même rythme ce dont avait vraiment besoin le grand jeune homme, pour aller jusqu'au bout de son chemin. De la présence, de la tendresse, de l'espoir, de la magie aussi…

Chacune dans son rôle, c'est ce qu'elles ont essayé de faire. Et maintenant, elles pleurent ensemble.

Dans le cabanon, sans voir le temps qui passe, elles évoquent les étapes de la vie de celui que sa mère appelle Maxime. Ce qu'elles ont partagé, ce qu'elles ne savaient pas de lui, les forces qu'elles peuvent s'apporter mutuellement.

— Vous vous rappelez, la première fois qu'il est venu vous voir ? Il ne me l'a dit qu'après, j'étais si inquiète à l'idée qu'il tombe dans les mains d'un gourou…

— Il était tellement grand, dans cette minuscule cabane !

— Nous l'enterrerons mercredi matin à 9 heures, à l'église de Salibourne. Maxime aurait voulu que vous soyez là. Vous viendrez ?

Un grand trouble dans son esprit. Comme pour la magie, elle ne peut pas dire non. Hoche la tête.

— C'est comme si vous faisiez partie de la famille. Il parlait si souvent de vous…

Sylvia a mis entre ses mains celles de la mère de Maxime, les masse lentement, avec leurs larmes mêlées. Qui ne sont pas de la même eau, elle le sait bien ; elle voudrait juste prendre sur elle, humblement, un peu de cette immense souffrance maternelle.

— Les derniers temps, lui qui ne mangeait plus rien vérifiait que je n'oubliais pas de vous apporter du pain. Il pensait vraiment que vous dépendiez de nous pour votre alimentation !

Elle rit à travers ses pleurs, et Sylvia, après un instant d'hésitation, en fait autant.

— Il avait raison…

Quand la femme se lève, elle semble un peu rassérénée.

— Il faut que j'y aille. Il y a tant de choses à préparer pour les obsèques. Merci, cela m'a fait du bien de venir vous voir et de parler de lui. Alors, nous vous attendons…

La mère de Maxime monte dans sa voiture, en ressort deux minutes plus tard avec une tourte de pain.

— Et voilà, à peine Maxime a tourné le dos

que j'oublie les choses importantes. Il ne faut pas oublier de manger, hein ?

C'est donc de sa mère que Maxime tenait son humour si léger, si délicat ! Sylvia rit à travers les larmes, en faisant un signe d'au revoir.

Le long du raccourci, toute la tristesse de la nouvelle retombe sur ses épaules. Comment imaginer les prochaines journées sans les visites du grand jeune homme ? Sans s'inquiéter pour lui, sans chercher comment le soulager ? Il n'y aura pas de prochaine fois, la clairière de Prends-Toi-Garde au soleil lui semble vide. Impossible de recommencer à bêcher, le chagrin est trop grand…

De fait, c'est la peur qui prend le dessus : Sylvia a moins de deux jours pour se préparer à l'épreuve des obsèques. Tant de mois qu'elle n'est pas sortie, qu'elle n'a pas affronté le monde. Elle n'est presque jamais entrée dans une église. Comment s'habiller ? Ses éternels shorts, tee-shirts, usés et délavés, ne sont pas de mise. Et le pull offert par Maxime et sa mère, qu'elle a tant porté, pas de saison.

Pour éviter de nourrir sa tristesse, son inquiétude, elle s'applique, le reste de la journée, à des choses concrètes : vérifier que la voiture démarre, malgré l'attaque du tilleul, qui a arraché un morceau de calandre. Au quart de tour de clé, il n'y a rien à faire de plus.

Inspecter ses cartons, en vue de cette sortie si particulière : voyons, cette jupe droite très chic, autrefois dévolue aux rendez-vous importants ; et une blouse gris perle qu'elle aimait beaucoup. Sylvia déniche même, parmi des escarpins impossibles à porter ici, une paire de ballerines plates dont elle avait totalement oublié l'existence, et qu'elle trouve bien jolies.

Essayages sans miroir, avec la fonction selfie de son téléphone ; tout est un peu trop large, mais moins qu'elle ne le craignait, et elle se sent mieux dedans qu'elle ne l'imaginait. Ces derniers temps, elle a regagné du poids, et surtout des muscles. Ses pieds, déshabitués des chaussures de cuir, ont un peu de mal à se glisser dans l'empeigne, mais cela ira. Les bracelets d'Yseult cliquettent toujours à son poignet.

Maxime cherchait à mettre un peu de magie dans la vie. Alors, du fond d'un carton, elle exhume une pochette remplie de barrettes, rubans et chouchous fleuris. Elle avait oublié qu'elle possédait tant de jolies choses, voilà une bonne manière de lui faire honneur.

La nuit précédant les obsèques, Sylvia dort très mal. Se réveille à l'aube, attaque le pain de Maxime avec la certitude que déjà, le grand jeune homme a rejoint les fantômes familiers de Prends-Toi-Garde. Prend le temps de bien se coiffer, se pomponner, pour lui. Et se met au volant. Le moteur ronfle, imperturbable.

Route de Périgueux, puis tout droit pendant plusieurs kilomètres. Elle reconnaît à peine le bourg avec ses airs joyeux de printemps, de la lumière sur les pierres et des feuilles aux arbres.

Il y a déjà foule sur la place de l'église ; bref moment de panique quand il lui faut enfiler la rue principale au ralenti, à la queue leu leu derrière d'autres voitures. Voilà la boulangerie, la maison aux volets fermés, puis la vitrine au rideau toujours soulevé par une main curieuse. Au bout du village, elle atteint une placette transformée en parking, pas encore tout à fait bondée.

Retour à l'église, devant laquelle stationne un corbillard débordant de fleurs. La façade romane lui plaît, avec son tympan et ses pierres nues ; les mêmes pierres taillées qu'à Prends-Toi-Garde.

Il n'y a plus qu'à se couler dans le flot. On se serre les uns contre les autres pour entrer dans l'église. Sylvia se sent à sa place au milieu d'eux tous, qui éprouvent le même chagrin qu'elle.

Sa gorge se noue en apercevant le cercueil au loin, devant l'autel. Beaucoup de monde s'agite autour, distribue des feuilles de papier et fait des essais de micro, allô, allô... Elle cherche un petit coin où se glisser, pour écouter, regarder, penser à lui. Soudain, on lui prend le coude. Une jeune femme, tenant de l'autre main celle d'une petite fille, chuchote à son oreille :

— Venez devant, vous faites partie des proches...

On la pousse en avant, pour remonter l'allée principale, sous le feu de tous ces regards curieux. Sylvia se retrouve projetée sur un banc, derrière la mère de Maxime. Qui se retourne et au milieu de ses larmes lui sourit.

— Merci d'être venue, je suis heureuse de vous avoir avec nous...

Sylvia a la tête qui tourne. Il y a de la musique qui résonne, entrecoupée de chants, un prêtre africain qui parle avec bonhomie, des gens qui se succèdent devant un pupitre, pour raconter leurs souvenirs du défunt. Elle découvre un autre Maxime que le sien, des études brillantes, une famille nombreuse, des goûts sportifs, du courage, et le scandale réaffirmé dix fois de cette mort injuste, prématurée... Autour d'elle, on approuve et on pleure, les kleenex passent de main en main, comme des signes de solidarité. Quand son voisin lui en propose un, elle l'accepte volontiers. Les yeux mouillés, se dit que Maxime a bien de la chance, d'être entouré de tant d'amour, de tant d'attention. Mais il ne le saura jamais : sur ce « jamais plus » les larmes montent de nouveau, et comme tout le monde elle plonge le nez dans son mouchoir.

La petite fille, devant elle, s'ennuie un peu, se trémousse régulièrement pour la regarder, et finit par dire tout bas :

— Vous êtes très belle, madame !

Ça y est ! Au son de sa voix elle reconnaît cette enfant, celle qui criait dans son siège-auto : dans la lumière des phares, une nuit d'hiver, elle lui avait raconté une histoire de lapins...

Le prêtre ouvre les bras, les lève, joint les mains,

lit des textes difficilement compréhensibles, où il est beaucoup question d'amour. Des mouvements de foule se forment, se déforment, montent à l'autel et en redescendent, occupant l'œil et l'espace. Cela lui permet d'observer la manière dont il faut se tenir ici : tête inclinée et bras croisés.

Un défilé devant le pupitre. On implore Dieu en parlant et en chantant, alternativement. Cette fois-ci, c'est sa voisine qui passe devant elle en s'excusant, pour aller lire un texte :

— « … et prions pour tous les soignants qui ont accompagné Maxime durant sa maladie, à l'hôpital et ailleurs. Et en particulier pour celle qui durant ces dernières semaines s'est rendue disponible pour lui, a su le soulager et le faire sourire… »

Voilà ! Le puzzle se reconstitue : cette jeune femme est donc la sœur du grand jeune homme, et la mère de la petite brûlée. Qui replie son papier en regardant Sylvia droit dans les yeux. Elle a l'impression que tous les regards convergent vers elle. En guise de protection, Sylvia baisse la tête, ferme les yeux.

— Chacun fera sur le cercueil le signe qu'il choisit, explique maintenant le prêtre.

Elle ne peut que suivre le mouvement, derrière la famille qui trace de grands signes de croix au-dessus du cercueil, avec des sanglots retenus. Juste le temps de choisir son geste à elle, avant d'arriver devant Maxime. Et de reconnaître, mise à l'honneur, la croix tressée de millepertuis qu'elle lui avait fabriquée, il n'y a pas si longtemps, par une belle journée de printemps.

Retenir ses sanglots, encore et encore. De longues secondes durant, elle pose ses deux mains bien à plat sur le bois brut. Ses mains qui ne pourront plus jamais le toucher, le masser, le soulager, mais qui se souviendront toujours de lui.

Et voilà, c'est fini. Une musique lente et douce à gémir. Quatre hommes viennent soulever le cercueil, d'un coup, *han !*, l'emporter vers la sortie, où irradient les rayons du soleil.

Autour d'elle, les rangs se brouillent, à coups d'embrassades, de conversations à voix basses et de larmes essuyées encore.

Sylvia ne pense plus qu'à s'enfuir. Fait un geste de connivence à la petite fille, qui ne cesse de l'observer de ses grands yeux levés, et se glisse le long d'un mur de pierres rugueuses, pour contourner la foule qui s'écoule lentement. Atteint enfin la porte. Le soleil brille si fort, en ce jour si triste, une lumière brutale qui fait plisser les yeux. Elle avise un autre mur à raser, dans la direction du parking, en ravalant encore des larmes.

Quand soudain une grande ombre cache le soleil. Un homme en costume sombre, un peu voûté. Le père de Sybille, qui se dresse devant elle.

L'un et l'autre habillés pour faire honneur au défunt, extraits de leur contexte habituel, peinent à trouver des mots. C'est lui qui revient le premier de son étonnement :

— Toi !? Mais je croyais que tu ne parlais à personne ici et ne sortais jamais de tes bois ? Tu connaissais Maxime, mon neveu ?

Et il ajoute, l'air vaguement fautif :

— Enfin, moi je le connaissais à peine, je ne viens jamais à Salibourne. Mais c'est tellement horrible, ce qui arrive, il faut être là, avec les parents…

Que répondre ? Rien. Elle voudrait surtout s'enfuir, s'effacer, pleurer tranquillement.

Lui a l'air de le comprendre ; un silence, un sourire et il la laisse aller.

Puis il énonce, comme une constatation qui ne le concerne pas directement :

— Superbe, ainsi habillée tu es absolument merveilleuse…

36

Mais un jour il murmura en riant de plaisir :
Quand une sorcière est belle,
eh bien ça s'appelle une fée !

Marcel Pagnol,
Manon des sources

Quand elle les a aperçus, Sylvia remplissait une brouette de pommes, sa première récolte ! S'apprêtant à les stocker dans la cave fraîche sous la maison, pour l'hiver prochain.

Le père et la fille du même pas, arrivant de la combe. Et Shelby bondissant sur leurs talons. Celle-là, prête à suivre n'importe quel promeneur de rencontre !

Sylvia se redresse pour les regarder, avec une tendresse qui l'étonne elle-même : même démarche, même sac à dos. Mais une voussure dans la silhouette du père, comme s'il portait tous les malheurs du monde, contrastant avec son regard toujours haut perché. Versus la cambrure de Sybille, cette manière bien à elle d'avancer les épaules, et tout le corps, vers la vie, et ses interlocuteurs. Elle avait compris maintenant l'autre différence : les silences du père, contre la confiance d'emblée de la fille, sa simplicité à dire les choses comme elle les ressentait. Aujourd'hui, ils sourient.

C'est la première fois qu'elle les voit ensemble.

Elle chasse donc tout ce qui lui encombre l'esprit, surplombé par le chagrin de la mort du grand jeune homme. S'avance vers eux, pieds nus sur le chemin.

Comme une plaisanterie, Sylvestre a commencé par frapper des mains.

— Il paraît que cela remplace très bien le téléphone ? Quand je pense à tous mes efforts pour remettre le tien en service ! Pas très utile...

— Oh, que si !

Sylvia n'en dit pas plus, ce n'est pas le moment.

Mais depuis qu'elle a pris ses habitudes dans le cabanon, pour naviguer dans sa messagerie et sur différents sites d'informations, elle sait ce qui s'est passé depuis son départ, il y a un an...

Tous les journaux en avaient parlé, cela ne lui avait pas été difficile de reconstituer l'affaire, en descendant un peu dans les arborescences de leurs archives.

Tant de choses. Qu'elle préfère apprendre seulement maintenant ; sans avoir vu à temps les messages qui l'appelaient à venir témoigner. Il y a peu encore, elle n'aurait pas supporté.

Dans son ancienne entreprise, qui n'était jamais nommée – il était question d'un « groupe leader sur le marché paramédical » –, l'enquête de police menée après la mort subite de son agresseur avait établi assez rapidement les faits : quelques mois avant le décès, l'homme avait été déplacé d'urgence par la direction du groupe, de son poste de Genève pour un autre à Paris, en bousculant l'organigramme. Il s'agissait de le mettre à l'abri de la prison, une plainte pour viol ayant été déposée contre lui auprès des autorités cantonales en Suisse. La victime s'était suicidée peu après, sans avoir pu être entendue.

À Paris, profitant de l'omerta de sa hiérarchie, le prédateur avait aussitôt recommencé, tous les témoignages des membres de son service concordaient. Hélas, ils avaient attendu sa disparition pour parler, dénoncer : c'était un professionnel brillant, et certain de son impunité. Mais la principale victime de cette récidive avait disparu, après avoir posé plusieurs arrêts de travail successifs. Faute de pouvoir recueillir son témoignage direct, le médecin signataire de ses ITT (interruptions temporaires de travail) avait témoigné de ce qu'elle savait, de la femme traumatisée qu'elle avait reçue.

Un communiqué de l'entreprise mise en cause affirmait qu'elle versait toujours son salaire à la victime. Mais un autre article parlait d'une disparition très préoccupante, laissant entendre que la nouvelle victime avait aussi mis fin à ses jours, étant donné la violence de ce qu'elle avait subi.

Une association de victimes avait donc déposé plainte « au nom de toutes celles qui ne sont plus là ». Le procès aurait donc lieu, et d'éventuelles indemnités seraient versées. Un magazine d'investigation avait aussi tenté en vain de retrouver la trace de la victime ; construisant son enquête sur le dévoilement d'un « indice » : un chemisier féminin de bonne marque, retrouvé déchiré dans le bureau du défunt, et versé au dossier comme pièce à conviction. *Cold case*, titrait-il, *saura-t-on un jour la vérité ?* Le journaliste concluait qu'en France, aujourd'hui, personne ne peut passer inaperçu très longtemps, et que c'était sans doute à l'étranger qu'il fallait chercher la victime, si elle était encore vivante. En contrepoint, la libre tribune d'une féministe s'exclamait : *Quand protégera-t-on mieux les femmes, au lieu de les traiter de sorcières quand elles se défendent ?*

Tout cela, Sylvia l'a lu, médité. Mais elle ne veut pas se laisser voler la beauté de l'été revenu à Prends-Toi-Garde, ni sa sérénité. Elle a compris ainsi d'où provenait la somme faramineuse déposée sur son compte : en plus de l'année entière de salaires, primes et bonus compris, il y a eu après le procès ces fameuses indemnités, versées sur son compte bancaire toujours actif.

Cela ne lui a pas donné envie pour autant de se précipiter dans un supermarché, au moment où Prends-Toi-Garde regorge de fruits et de légumes, en plus des précieux cadeaux rangés sur son étagère. Mais, munie d'un tel pactole, plus jamais elle n'aura peur de manquer !

Sybille, encore sous le porche, regarde son père, étonnée. De cette plaisanterie qui ne lui ressemble pas ; de tous ces mots alignés, chez lui qui en prononce si peu ? Ou bien du tutoiement entre eux, de cette complicité qu'elle n'avait pas devinée ?

Mais lui continue, sur le même ton léger :

— Syb a quelque chose à te raconter !

La jeune fille se ressaisit, explique :

— Alors voilà, je voulais te raconter… Parce que c'est beaucoup grâce à toi que j'ai pris ma décision !

Il n'y avait rien de surprenant dans cette décision. Sylvia en avait eu l'exacte prémonition en écoutant la jeune fille, quelque temps auparavant. Elle l'avait plus ou moins formulée, sans le savoir elle-même.

Mais ses grands-parents étaient d'accord, qui ne savaient rien refuser à leur petite Syb. Bientôt, elle s'installerait dans la maison de son arrière-grand-mère, celle du bourg, aux volets toujours fermés.

— Papa est d'accord pour m'aider à la rénover. Je vais refaire un stage à Salles, pour postuler ensuite comme professionnelle, dans un centre de secours plus important. En gardant du temps pour m'occuper du jardin…

Pendant qu'elle parle, Sylvia la regarde de ses grands yeux gris. Voilà exactement ce qu'elle espérait entendre, de la part de celle qui pourrait bien devenir la prochaine sorcière de Prends-Toi-Garde… Si elle le veut bien.

Mais elle se tait, élargissant encore son sourire. Félicite, fait des vœux, participe aux plans du père et de la fille pour les semaines à venir. Confirme volontiers qu'elle aussi est prête à aider, à échanger des boutures et des secrets de plantes.

— Oh là là, il faut que j'y aille, Moumoune m'attend à la Borderie…

— Déjà ?

Les visites de Sybille ne sont jamais longues, elle devrait le savoir.

Et Shelby, suivant la jeune fille, les abandonne aussi.

— Ah les jeunes ! Je peux rester encore un peu ? demande Sylvestre.

Elle sourit, encore une fois. N'arrête pas de sourire, décidément, aujourd'hui. Tous deux sont d'accord pour ne surtout rien dire de plus, seulement laisser le temps passer, et le soleil descendre à l'horizon. Ne rien forcer, ne rien anticiper non plus. Elle sait ce qu'il ressent, ce qu'elle ressent. Et aussi que ce sera toujours à elle de prendre le risque, dire le premier mot, faire le premier pas.

Alors, c'est elle qui approche sa main tout près de la sienne. Qui est immense, chaude, où elle peut s'abandonner. Elle encore qui plonge ses yeux dans les siens, et dépose doucement leurs mains emmêlées sur sa poitrine. Pour qu'il entende battre son cœur, si fort.

Mais c'est ensemble qu'ils s'allongent dans l'herbe encore tiède, tandis que monte la lune, pleine et blanche, compréhensive. Ensemble, peau contre peau, silencieux toujours, qu'ils se débarrassent de leurs vêtements. Sous les regards attentifs des chats qui font la ronde.

— Ils nous protègent...

Sensations oubliées depuis si longtemps, pour l'un comme pour l'autre. Les chaleurs conjuguées, qui s'attirent, les fameux papillons dans le ventre, toujours là après tout ce temps, la houle qui monte, et peu à peu les corps entiers en feu.

Il roule contre elle, comme une vague puissante qui pourrait la submerger, mais qui se retient, parcourt avec délicatesse la carte du Tendre, un lobe d'oreille, la naissance des seins. Elle se tend vers lui comme un arc, l'appelle de sa bouche ouverte, de tout son corps, de tout son désir décuplé d'avoir été oublié si longtemps. S'émerveille d'en être émerveillée, et du feulement sourd que lui, le silencieux, laisse aller. Enfin...

Pourtant, il chuchote :

— Attends, juste le temps de vérifier...

Et elle rit en le voyant se dresser au-dessus d'elle, si grand, si nu sur fond de lune et d'étoiles, ses amies. Tout est dressé chez lui, d'ailleurs, en cet instant triomphant.

Ses yeux font un vaste tour d'horizon en l'air, à sa manière inimitable, des buissons alentour aux cimiers des arbres.

Rien de suspect, apparemment, car le voilà de nouveau contre elle. Une force qui va ; qui va et vient. Chaque instant compte, appelle le suivant. Ils ont une longue nuit devant eux, et le savent.

— Ma magicienne, dit-il.

Lovée contre lui, c'est une autre joie qui monte en elle. Au-delà du plaisir reçu et donné, celle d'avoir vaincu à son côté les démons, les cauchemars, les peurs.

Mais c'est lui qui dit, encore plus bas :

— Il semblerait que tu m'as hypnotisé, et guéri…

Beaucoup de mots pour un taiseux. À elle de se taire à son tour, en accrochant le regard de l'homme, de toute la force de ses yeux transparents cerclés de noir.

Bibliographie

Vieilles coutumes dévotieuses et magiques du Périgord, Georges Rocal (Éditions Fanlac)

Sorcières, la Puissance invaincue des femmes, Mona Chollet (La Découverte, 2018)

La Vie secrète des arbres, Peter Wohlleben (Les Arènes, 2017)

Médecine traditionnelle et populaire en Périgord, Collectif (PLB Éditeur, 1991)

Chronique de la vie ordinaire en Périgord au XVIIIe siècle, Miton Gossare (L'Hydre Éditions, 2004)

Witches, Exposition Espace Vanderborght, Bruxelles (octobre 2021 à janvier 2022)

Mes remerciements

À ma fille Fanny, qui m'a emmenée sur le chemin des sorcières d'aujourd'hui !

À Odette G., qui connaît si bien la culture et le patrimoine périgourdins, et qui au travers de promenades dans la campagne sait voir les signes de l'irrationnel, de l'invisible.

À Michel G., fin connaisseur de l'âme humaine, de ses besoins spirituels et de ses errements.

À Sophie M., pour sa générosité à partager le sens du rythme dans une histoire.

Vous souhaitez en savoir plus sur les livres
et les auteurs de la collection Terres de France ?

Retrouvez toutes les informations sur le site
www.collection-terresdefrance.fr
et abonnez-vous à notre lettre d'information.

Suivez-nous également sur notre page Facebook,
notre compte Twitter et Instagram.

Composition et mise en pages
Nord Compo à Villeneuve-d'Ascq

Pour plus d'information :

www.lisez.com

Imprimé sur du papier issu de forêts gérées durablement.

CET OUVRAGE
A ÉTÉ ACHEVÉ D'IMPRIMER
SUR ROTO-PAGE
PAR L'IMPRIMERIE FLOCH
À MAYENNE EN AVRIL 2023

N° d'impression : 102430
Imprimé en France